鳩摩羅什の煩悩

施蟄存歴史小説集

施　蟄存　著
青野繁治　編訳

朋友書店

目次

施蟄存の歴史小説について

陳子善

施蟄存は二〇世紀中国文学史において、鮮明な個人的風格をもった新文学作家である。本人はそう呼ばれることをよしとしないが、文学史家は一般に彼を「新感覚派」三傑の一人と見なしている。(注1)

二十数年前、彼は『施蟄存文集』の序文で、読者に向かってこのように述べた。

一九二二年、私は十八歳、旧制中学三年生であった。あまたの新聞雑誌に載った文学作品を読んで、一念発起、自分も試してみようと、一篇、また一篇と小説や随筆を書き、恐れ多くも上海の「鴛鴦胡蝶派」の文学刊行物に投稿した。(注2)

(注1)「新感覚派三傑」とは施蟄存、劉吶鴎、穆時英を言う。一九九〇年春、施蟄存は台湾作家の取材を受け、「大陸、台湾を問わず、多くの人が〝新感覚派〟という名詞を我々の作品にかぶせる。私は個人的にこの〝新感覚派〟という名詞は正しくないと思う。」と述べている。(施蟄存「中国現代文学の曙光：台湾作家鄭明莉、林耀徳の問に答える」、『沙上的脚跡』瀋陽、遼寧教育出版社一九九五年、第一六五頁。

(注2)施蟄存「施蟄存文集・序言」(『施蟄存全集　第一巻　十年創作集』上海、華東師範大学出版社、二〇一一年、第六三四頁。

つまり施蟄存は自分の文学的生涯が一九二二年に始まったと回想し、上海の旧文学勢力「鴛鴦胡蝶派」文学の刊行物が最初だったということである。けれども、昨年ある研究者が一九二〇年十一月三十日の上海『民国日報』副刊「覚悟」(副刊とは、定期刊行物に挟みこまれる付録のこと、ほかに『時事新報』副刊「学灯」などがある――訳者)の「小説」欄に「施徳普」つまり本名で短編小説「紙銭」(注3)を発表していたことを発見した。とすれば、施蟄存の文学的生涯の開始は更に二年早く一九二〇年に始まっており、この時彼は十六歳であった。しかも『民国日報』副刊「覚悟」は、五四新文学、新文化における「四大副刊」の一つと公認されてきたものであるから、施蟄存の文学的生涯はやはり新文学の刊行物で第一歩を踏み出したということになる。

もちろん彼は続けて『礼拝六』『星期』『半月』『蘭友』などの「鴛鴦胡蝶派」刊行物上で一時期活躍し、最初の短編小説集『江干集』を発表したとき、「鴛鴦胡蝶派」の王蘊章や姚鵷雛らに「題辞」を書いてもらっている。そのような特殊な文学的経緯があったことによって、彼は「旧」派文学に対する見方も比較的開けていて、否定的ではなかった。彼は「新旧文学に先入観をもたず」という短い文章を書いて、明確に「旧派」文学に容認的態度を表明しており、その得難い貴重な態度は晩年にまで貫かれたのである。

劉半農、葉聖陶、張天翼らも元々は「旧派文学」の作家で、後に新文学の陣営に飛び込んだのである。それと同じように施蟄存も『小説月報』が改革を行なったあと、「旧派」文学から新文学の創作へと転向したのである。彼は言う。

ほどなく『小説月報』がまず方向転換し、沈雁冰が編集長となった。郭沫若が主催した『創造』季刊、『創造周報』が上海で前後して印刷発行され、『礼拝六』は停刊となった。ほかの旧文学刊行物も次第に改革を行ない、少なくとも言語表現上はみな新文学の方向に近づくよう努力した。そこで、私の文学的習作もまた新文学に方向転換したのだ。(注4)

施蟄存は自分の新文学創作を「十年創作」と命名した。一九二八年から一九三七年の十年である。この十年のうち、新詩と散文の創作、外国文学の翻訳、それから最も影響の大きかった月刊誌『現代』も含めた新文学刊行物の編集を除けば、施蟄存はより多くの時間と精力を小説の創作に費やした。「十年創作」とは十年にわたる小説の創作であり、当時の文壇における彼の名声と後になってますます注目の集まってきた現代文学史における地位とは、主に彼の小説創作によって打ち立てられたものなのである。

施蟄存自ら認定した彼の新文学小説創作の特色と成果を代表する『上元灯』『将軍底頭(将軍の首)』『李師師』『梅雨之夕』『善女人行品』および『小珍集』という六冊の短編小説集のなかで、歴史小説は明らかに重要な位置を占める。施蟄存の新文学小説創作は、二つの次元に分けて行なわれた。ひとつは現実の題材を用い、後に独特の「心理分析」小説へと発展して行くもので、代表的な作品としては「春陽」「梅雨之夕」「パリ大劇場にて」「魔道」などがあ

(注3) 李朝平「新発現的施蟄存小説処女作及其他」、『現代中文学刊』二〇一六年十月第五期参照。

(注4) 施蟄存「施蟄存文集・序言」(『施蟄存全集　第一巻　十年創作集』上海、華東師範大学出版社、二〇一一年、六三四頁。

る。もうひとつが創意に満ちた歴史小説である。彼自身は「古事を題材とする作品」[注5]とか、「旧材料を応用し新作品と為す」[注6]という言い方をしている。

『将軍の首』は中国新文学史上最初の歴史小説集で、「鳩摩羅什」「将軍の首」「石秀」「阿檻公主」(原題「孔雀胆」)の四編を収めている。施蟄存は作品集『将軍の首』の序文で、次のように告白している。

「鳩摩羅什」が『新文芸』月刊に発表されて以来、友人たちはこの類の小説を多く書くように励ますのだが、私自身もこの方面で創作の新しい道筋を切り開くことを心掛けるよう努力した。[注7]

この言葉は施蟄存が当時志をもって追求していたことの明確な表明である。彼は「古事を題材とする作品」において新文学の新しい道を創出しようと試みた。五四新文学が興って後、新文学作家が創作を試みた歴史小説は既に少なくなかった。魯迅は「不周山」(後に「補天」と改題)を書き、郁達夫は「采石磯」を、茅盾は「大澤郷」を書き、あるいは昔を借りて今を諷し、あるいは別に企図するところあり、いずれも優れた作品である。しかし施蟄存の「古事小説」は異なっている。どこが異なるのか。当時の読者はすでにそれを読みとり、評論のなかで、『将軍の首』という小説集の特徴をこのようにまとめた。

国内に古事を題材とする作品(戯曲だろうが小説だろうが)は、ほとんど「古人の口を借りて現代人のことばをしゃべらせる」という手法を用いたものであった。純粋な古事小説というのは、めったに見ることがなかったように思う。あったとするならば、『将軍の首』が記録の最初とすべきである。『将軍の首』が純粋な古事小説と言えるのは、完全にその人物を現在化していないことである。人物たちの意識のなかには、現代人がもつ思想はなく、かれらの言葉には現代人の使う言葉は出てこない。たとえ作者自身の観察と手法がいずれも現代的であったとしてもである。古人の心理や苦痛を彼ら自身は書くことができないし、理解すらしていない。しかし作者は巧みに現代芸術という道具を運用して描き出し、人物たちを読者が理解できる人物にしたてている。この点だけから言っても、『将軍の首』はすでに注目に値する作品となっている。(注8)

後の時代の研究者もまたこれら「古事小説」と施蟄存が身に付けた「心理分析」の創作手法とを関連づけて考察し、一歩進んで、次のように指摘した。

施蟄存は歴史上の人物を小説に書き改めるのを得意とし、それは「歴史小説」と見なされているが、実際はそうではない。施氏の小説は、「歴史」人物の名前を借用したり、大筋でその

(注5)　施蟄存「『将軍の首』自序」(同上、六二三頁)
(注6)　施蟄存「わが創作生活の歴程」(同上、六三二頁)
(注7)　同注5
(注8)　著者不詳「施蟄存『将軍の首』について(書評)」、『現代』第一巻五期、一九三二年九月

概要を著しているのを除けば、全く歴史に即しておらず、また意図も歴史自体にある訳ではない。「石秀」を例に取ると、物語は『水滸伝』の潘巧雲事件に取材し、その言語も『水滸伝』を模倣することに意を注ぎ、読者を水滸伝の世界にいるかのごとく感じさせる。しかし実際には、「石秀」が伝える主題は、男性のサディズムと美意識という特殊な視点である。「鳩摩羅什」や「将軍の首」が人間の欲望と道徳、民族と国家および愛情との衝突を扱っており、これらの状況は固より古人の身の上にも存在しうるものである。けれども、こういった病理やコンプレックスを正視し掘り起こすことのできるものは、現代派の作家、とりわけ心理分析的作家でなければならない。人間心理の複雑化は、二十世紀という時代ばかりでなく、都市という空間において、最も激しさを呈する。施蟄存は古人の古い瓶に現代人の新しい酒を詰めたのだ、と我々が言っても、それは決して言い過ぎではない。(注9)

「鳩摩羅什」を収めた作品集及びその後創作した「黄心大師」などの「古事小説」はいずれも実験的性格の強い作品であった。これらの小説で、施蟄存は西洋の「心理分析」理論と「心理分析」作家からインスピレーションをくみ取り、中国の古典小説の創作方法を参考にして、中国の歴史において確かに存在した人物を新たに造形した。例えば南北朝時代の高僧鳩摩羅什や名著『水滸伝』のなかの「天彗星」石秀に新たな生命、感情および結末を賦与したのである。新しい歴史人物の形象は生き生きとしている。いろいろ議論はあるにしてもである。肯定すべき点は、施蟄存の「古事小説」は、極めて価値のある新文学創作の探究であった、ということであり、それはすでに中国現代歴史小説という庭において耳目を一新する華麗な花となっているのである。

しかし施蟄存はこれら「古事小説」を創作したことに満足せず、更に雄大な志を有していた。彼は宋代の歴史にとくに関心が深く、古事長篇小説『銷金窟』の創作を書く計画のあったことを、後になって回想している。

三十歳の誕生日が過ぎて過去十年の創作経験を総括し、創作の道をさらに一歩発展させ、有意義な長篇小説を数編書き、私の「三十にして立つ」証しとしようと考えた。まず『銷金窟』という南宋の首都臨安（今の杭州）を背景にして、当時の国民経済の状況を描いた作品の計画をたてた。史料を蓄積して、書き始めたところ、思いがけず抗日戦争が勃発した。私は職業が変わり、生活環境が変わって、文学創作の精神的条件と物質的条件も変わってしまった。(注10)

そのとき上海の新聞雑誌は既に『銷金窟』の出版広告を掲載済みであった。残念ながら戦争の勃発によって『銷金窟』の出版は中止に追い込まれた。この長篇歴史小説を世に出すすべがなくなったことは、施蟄存個人の小説創作だけでなく、中国現代文学史における損失でもあった。

日本の大阪大学青野繁治教授は独特の見識によって、『鳩摩羅什――施蟄存歴史小説集』を

（注9）　鄭明娳、林燿德：「『中国現代主義的曙光：答台湾作家鄭明娳、林燿德问』前言」『沙上的脚跡』第一六三〜一六四頁。
（注10）　施蟄存「十年創作集引言」、『施蟄存全集』第一巻、華東師範大学出版社、六三六頁。

翻訳し日本で出版しようとしている。私の知る限り、施蟄存の小説には英訳、イタリア語訳があるが、日本語訳の歴史小説集が世に出ることは、疑いなく日中文学交流において大変意義のあるできごとである。施守珪先生の提案により、私はこの小文を書き、施蟄存の歴史小説創作の経緯を簡単に紹介した。青野教授の尽力に対して賛同と感謝を申し上げる。日本の読者に、この中国現代文学の才気あふれる文学的成果としての作品集が気に入ってもらえることを切望している。

二〇一七年七月十五日　海上梅川書舎にて

（陳其范氏の仲介を経て施蟄存のお孫さんにあたる施守珪さんに序文をお願いしたところ、華東師範大学の陳子善教授に執筆を依頼されたとのことで、この序文を頂戴した。作品名は若干本文と異なっているが、詳しくは最後の解説をご覧いただければ幸いである。——訳者より）

鳩摩羅什の煩悩

一

大勢の従者と美しい妻を連れて、がらんとした山の谷あいをやってくるとき、ラクダの背に高々とまたがった鳩摩羅什《くまらじゅう》は、(注1)夜明け前の風に吹かれて、広い袖と帯を金色の日光にたなびかせていた。妻も一頭の同じような背丈のラクダに乗り、太陽の光がその美しい顔を照らして、厳かな表情をゆらゆらさせていた。妻は亀茲《クチャ》の王女の風格を保っていた。鳩摩羅什よりやや遅れていたが、ラクダ半身ほどの差であった。こころもちふりかえると、妻が深いまなざしで遠くをみつめているのが見える。それは前方の山から立ち昇る瘴気のなかに、蜃気楼の幻影でもみているようなまなざしであった。もう一度振り返ると、一行の人々の後に、まいあがる砂塵を通して、高く険しい山に囲まれたカラスの形の涼州(注2)城が見えた。それは大きな山の谷あいにあるので、陽光は直接届いてはいなかったが、すでに高いところにある姫垣や要塞、塔楼、伽藍などは、一条の金色に縁取られていた。数日前ようやく止んだ猛烈な戦闘によって破壊された要塞の数箇所から、まだゆらゆら白や黒の余塵がたちのぼり、中空に聳え立っている狼煙台からは、燃え残った黄色い狼煙が湧き上がっている。しかしいつまでたっても効き目は

(注1)　クマ・ラジーバ(三四四年〜四一三年、三五〇年〜四〇九年の二説がある。)クチャの人。父鳩摩炎はインドの人、母はクチャ王白純(帛純とも)の妹であった。後、長安に招かれ、法華経など仏典の漢訳に貢献した。西安の草堂寺に鳩摩羅什記念堂がある。

(注2)　現在の甘粛省武威市

なく、一人の救援も来なかった。狼煙の係の兵卒もとうに台の下で死んでいたのだが、そんなことも知らず残煙はまだ消えずにいるのだった。

ラクダの背の上から戦いに傷ついた古い辺城を振り返って見た鳩摩羅什は思わず嘆息をもらした。三河王(注3)の事業は永遠に失敗であることがはっきりした。呂一族の十年余りにわたる苦心のやりくりを思い、この死闘が生きるものに加えた危害を思い、呂一族の末裔である若き呂弼のすさまじい死にざまを思うと、慈悲深い智恵の人鳩摩羅什は、呂一族を軽蔑していたとはいえ、哀惜の気持も禁じえなかった。だが「十余年来この涼州にいて得られたものは何だったのか」という疑問が心の中でかけめぐると、仏をないがしろにしたこの武将は死んでも当然だったのだとも思える。この十余年というもの、修業に精進できなかったばかりか、仏教を軽蔑する呂光によって、堅く持してきた我が身を破戒するようしむけられたのである。七歳の年に母に従って出家して以来、西域諸国をくまなく歩いたが、妻帯した出家人を一度でも見ただろうか。だが自分は今明らかに妻を連れて秦の国(注4)へ行くのである。秦の国にしろ、わからないところがいろいろある。そちらに着いてのち、涼州でそうだったように、役人や最高統治者たちの尊敬を受けると同時に軽蔑もされるのであろうか。いや秦王は呂光父子よりずっと見識がある、仏法を尊重する人物だというではないか。だから姚碩徳(注5)に呂氏討伐の命を下したとき、私をちゃんと長安に連れ帰るよう命じ、国師に封じようとしているのだ。従者たちの口ぶりを聞けば、都の城下についたら恐らく秦王はじきじきに都城を出て迎えるに違いない。そう考えれば、こうして行くのもひょっとして悪くないかも知れぬ。

一陣の風が一行のラクダの鈴を鳴らし、谷あいからまっすぐに山頂まで吹き上げ、通り道の草原の兎やリスが驚いて巣にもぐりこんだ。物思いにふけっていた羅什もふと我にかえり、従妹でもある美しい自分の妻をちらりと見ると、ちょうど周囲の山の景色を見渡しながら、ラクダのゆったりとした歩みにあわせて、なまめかしい姿態をつくっていた。羅什はまたもや在家の人々のように胸中に愛恋の情が湧いてくるのを感じた。それは十年来しばしば苦しめられてきたものであった。羅什の心には相反する二つの考えが培われていた。一つは以前剃髪したころのように、厳粛に自分の修業を実らせようとの考えであり、もう一つは凡人同様に自分の妻を愛したいとの思いである。自分は敬虔な仏教徒であると信じ、あらゆる経典の教えが身にしみついていたが、同時に断ち切りがたいのは妻への愛着だとも感じていた。彼はかつてそれは前世の因縁に違いないと信じていた。というのも彼が結局亀茲王女である従妹を妻に娶ることになったのは、どう考えても偶然ではないと思われるのである。子供のころ一緒に遊んだことを思えば、幼な心にこの美しい娘を無邪気に愛したというのは確かのようなのだが、母に連れられて(注6)沙勒《しゃろく》へ仏法留学に行ってからは、十三年の間完全に彼女を忘れていた。学問好きの少年

(注3)　三河とは漢代以降の河北、河南、河東を言う。つまり黄河の周辺を収めるのが三河王である。ここでは呂光を指す。呂光は涼州で後涼を建国、その子呂纂は兄呂紹の王位を奪い、従兄弟の呂隆、呂超に殺害される。しかし後秦が興り、呂隆らはその支配下に入るが、呂隆の息子呂弼の謀反に連座し、親子ともに殺害された。鳩摩羅什が長安に行く以前には呂弼らは存命のはず。施蟄存の勘違いであろう。
(注4)　後秦(三八四年~四一七年)のこと。初代王は姚萇で、姚興は二代目、都は長安。
(注5)　姚碩徳は姚萇の弟で、姚興の叔父にあたる。
(注6)　ソロクとも、現カシュガル地区疏勒県。

の心は釈迦牟尼の教えでいっぱいに満たされていたのである。女のことは、たとえそれが従妹であったとしても、完全に抑制されて考えようともしなくなっていた。亀茲に戻れば、もはや厳かに仏祖の衣鉢を伝授された大師であったから、母方の伯父である亀茲王が演壇を造営してくれた。毎日タラの葉の経文をめくりながら、四方からやってくる学者に説法したりもした。演壇の下に時として従妹の美しい荘厳な表情が見え、その黒い瞳が彼を見つめていたとしても、自分の心にうごめく熱情を抑えつけないわけにはいかなかった。ひそやかな月夜がくる毎に、ブドウとタラの林の中を散歩しつつ、仏法の瞑想にはいるのだったが、従妹は幾度かこっそりとあとをつけてきた。声をかけはしなかったが、今そうしているように、彼の様子をうかがい、時たま彼がもらす敬虔な教理の独白を立ち聞きしていた。彼は彼女があとをついて来ているかも知れないと思うと、池のほとりの孔雀の囀声やカラスの鳴き声にも振り返ってみるのだった。

王女があとをつけていると気がつくたびに、彼は困惑にかられた。しっかりとした僧侶になる自信はあった。十余年来の秘密の修行は充分彼の徳を証明するだけのものであり、他の女を見ても、たとえそれが美しい女であっても、彼は雑念を動かすことはなかったが、このようにして毎度のごとく月夜の園林で天女のような従妹の姿を見ると、内心持し難いものを感じるのだった。それゆえ彼はこれが菩薩様の与えた誘惑、最大にして最後の誘惑である、その前世の業を勘破すれば、正しい道に至るのだ、と理解した。彼は合掌してひざまづき、祈りはじめた。

「仏祖釈迦牟尼よ、あなたの栄光にかけて、私はあなたの聖なる教えに従い、戒律を守り、何時如何なるときも罪過を遠ざけております。あなたの経文の一字一句が私の心にこだましています。私はあなたの恩寵をうけ、地上の衆生に向かってあなたの教義を広めています。あなたの神聖な功徳によって、あらゆる魔鬼の誘惑から逃れられることを私は知っています。されどさらにお願い申上げます。あなたの神聖なる法力で、あの魔鬼どもの誘惑を叱責して永遠に私のもとから去るようにしてください。私が安らかに壇上であなたを賛美していられるように。私の力ではまだあの最大の誘惑には抗いかねます。」

鳩摩羅什がそう祈っているとき、亀茲王の愛娘は、ずっと手にもった白孔雀の羽扇であおぎながら、月光のように微笑していた。彼女は気高い功徳をもった自分の従兄を尊敬していたし、彼が毎回壇上で説く教義がどのような光明の大道であるかを聞いて理解することもできた。決して悪意で羅什の秘密の修行を邪魔しようと思っていたのではなかったが、もはやどうしようもないほど、彼を愛してしまい、彼を自分のものにすることが、ただ一つの光栄と思えたのである。彼女は微笑しながら敬虔に祈る自分の従兄を見つめていた。

「わが従兄鳩摩羅什様、大智のお坊様でおわしますというのに、このような月夜でも厳しい修行をなさるのかしら。釈迦牟尼仏は夜の木の葉の香すらお弟子様が楽しむのをお許しにならないの?」

「木の葉の香も同じように静かな求道心を乱すことができる。君はよい娘だが、ここでは私は砂漠にいるのと同じように何も見えない。私はもうこのきらびやかな都会に住んでも砂漠にいるのと同じように何も気にせずに過ごせる。魔鬼に誘惑されて修行を怠ることはないと信じている。しかしお願いだ。君はここから出ていってくれ。でなければ、私の方からこの場を去っていく。たぶん君だけが私を駄目にできる。」

「鳩摩羅什様、お話を聞いて感心しています。私はあなたを駄目にできるかも知れません。邪悪な力が私の身体にとりついているような気がするのです。でも鳩摩羅什様、あなたは気高い教えで私の心を照らし、私を本当に解脱させられるだけでなく、御自身も難を避けることができます。わたしたちの間には確かに容易には打ち破れない試練があると感じるのです。さあ、あの清らかな泉のそばにすわりましょう。そしてあの慈悲深い太子の教えをきかせて下さい。」

「いや、演壇の上からなら、君に仏の悟りを語りきかせもしよう。しかしここでは駄目だ。私は今にも自分の力を失いはしないかとそれが心配だ。私を中にはいらせてくれ。ほら、月が黒雲に隠れてしまった。闇の中には最も恐ろしい魔鬼がいるのだ。」

そう言いつつ心が猿のように落ち着かなくなるのを感じて、鳩摩羅什は慌てて痩せた掌で顔を覆うと、王女を一人でタラの林のなかに残したまま、自分だけ座禅室にはいって、仏像の前でうやうやしくひざまづき夜どおし懺悔しつづけた。

長安への道を進んで行く、ラクダに高々とまたがった鳩摩羅什は、十数年前沙勒から亀茲へ戻ったころを思いだしながら、自分は本当にかつては徳の高い僧侶であったし、自分を抑えて修行を積むのがもっとも難しい青年時代に五蘊皆空の境地に達していたことも、なかなかできることではないと思えるのだった。しかしその後の十数年は、まるで完全にその功徳の頂点から転落してしまったかのようであった。経文を熟知しているとはいえ、妻という重荷を背負っていた。人にはまだ取り繕うことができても、自分自身に対しては暗い気分にとりつかれたように感じられ、人と話をするには声を低め、顔色には輝きが失われて、もはや在家の人とあまり変わりがないように思えるのだった。そういったことを考えるとあの不信心の武将呂光が恨めしくてならなかった。亀茲が呂光に攻め落とされたとき、未練心を起こして捕まるようなことをすべきではなかったと後悔していた。その後呂光は鳩摩羅什と亀茲王女を酒に酔わせ、裸にして、異常に贅沢にしつらえた密室に幽閉したので、自分から苦行を汚し、自制がきかなくなって、とうとう王女と姦淫するに至ったのである。このことを思い返すと、半ば自分を、半ば呂光をうらみに思うのであった。そういうわけで学問のある出家人でありながら、今回の呂一族の滅亡はいささか愉快に思わないではいられなかった。

けれども鳩摩羅什は、かつて母が亀茲を去り天竺に戻っていくとき彼に話したことも、それに自分がどう答えたかも、忘れたわけではなかった。母は鳩摩羅什が魔訶不思議な教義を東方に伝えるべく運命づけられた唯一の僧侶であること、その事業はしかし彼本人にとっては有害無益のものであることを、とうに知っていた。鳩摩羅什は母の予言に対して、自分にふりかかる苦難を避けることなく仏の教えを伝えます、と答えたのだった。そうした事情を考えてみれば、涼州でこの十数年間被ってきた大小様々の災厄は、運命によって決められていたものであり、この美しい従妹を妻に迎えるという因縁も、母にはとうにわかっていたことなのだ。鳩摩羅什はラクダの上で急に母親のことを思いだしたので、ラクダをとめて地面に降り立ち、天竺の方向、遠くの曇った空に向かって両手を合せ、母上の聖なる栄光が前途の様々な苦難に立ち向かう助けとなりますように、と祈った。というのは、秦の都に到着するまでに、自分にわずかに残された功徳も消しとんでしまうほどの災難がまだ幾つもあることを、彼は知っていたからである。

再びラクダにまたがったとき、妻の天女のような荘厳な顔がうれわしげに砂漠の風に吹かれ、頭巾がひらひらと風に舞うのが目にはいった。何か苦しみを背負っているように見えたのである。閉ざされた密室で初めて肉体関係をもったとき、鳩摩羅什は亀茲王女が重い苦しみを抱いていることを深く感じ取った。愛するがゆえに、燃えるような肉体を鳩摩羅什に差し出したことは、彼女にとって一種の喜びであったが、そのために彼が法身と戒律を破ったのを知っているからには、彼女自身も罪を受けとめねばならなかったし、もしかしたら天罰が彼女に下されるかもしれないという恐怖もうまれていた。十数年来彼女はこの罪悪感と恐怖に入れ替わり立ち替わり魂を蝕まれ、性格は憂鬱になり、身もやつれはてていた。鳩摩羅什は王女の気持ちを知っていた。彼女ゆえに破戒に至ったことは自分にとっては不幸であると思えたが、自分を怨みこそすれ、彼女に対する熱い思いが、在家の人と同じように受け止められ、満足されるものだとは、自分でも予想できなかった。そのように戒律を考えれば、あらゆる色、声、香、味、触が確固として受け止められ、遠い砂漠の村に移り住んでまで苦心して官能の誘惑を遠ざけるには及ばないのである。だが鳩摩羅什にとって最も大きな危険は妻に対する愛情であった。肉体関係をもったといっても、それに執着しなければよい。彼はとうとう従妹を妻に迎えたことを人に話した。しかし彼の功徳には何の影響もなく、高潔な蓮の花は臭い泥から生じ、蓮を摘む人は臭い泥など意に介しないのと同じなのである。この譬え話を実証するために、鳩摩羅什は肉食飲酒を始め、在家のものと同じ生活を送るようになっていた。だがこの比喩が涼州の人々を瞞着して鳩摩羅什の徳行が非凡であることを信じさせたのと裏腹に、彼は心のうちに人に言えない悩みを隠していた。いずれにせよ彼は亀茲王女と互いに愛しあっており、蓮と臭泥のように無関係ではない、と思われたのである。

ラクダは重々しい足取りで、さわやかな鈴の音をあとに曳きながら、次第に涼州城から遠ざかって行った。彼は妻の憂い顔を見、あれこれと考えながら、ますます自分で自分がわからなくなるのを感じていた。このように賑やかな従者や護衛の兵によって都へ送られて行くのは、西域の著名な僧侶としての鳩摩羅什なのであろうか、それとも、経文に通じた平凡な在家人としての鳩摩羅什なのであろうか。それは旅の第一日目に、鳩摩羅什がどれほど考えても解決できなかった疑問なのであった。

二

三日目の旅はある小さな村から始まった。丘を越えて長い坂道を下るとき、太陽が東方の山々の向こうから昇ってきた。四方に広漠とした景色を眺めながら、鳩摩羅什はふと自分が心の中までがらんどうになってしまったように感じた。この二日間の苦悩がすべて消え去った。彼はこの二日間のように考える必要を感じなくなったのだ。この二日間の様々な苦悩はすべて無駄だったとさえ思えた。この大原野を照らす光明の太陽が、愛欲と功徳とは決して矛盾しないものなのだという暗示を彼に与えたかのように。それは奇妙な概念であり、鳩摩羅什は自分でもなぜこのように考えることができたのか、何故この旅の三日目の朝日を見たために、従来一人の僧侶も敢えて弁解したことのない考えを思いついたのか、解らなかった。彼は天竺諸国の高僧で肉食妻帯していたものを頭の中で数えてみて、全くそういうものがいなかったわけではないし、自分の功徳が全部なくなってしまうものではないと確信したのである。だが続けてこうも考えた。妻帯していた僧侶たちは、妻に対してやはりこのような痴情をもっていたのであろうか。それほどではなかったかも知れない。すると自分の場合はまた違ってきて、修行によって正果を実らせることはやはりできないと思われてくるのだった。

正果を実らせんがために禁欲し苦行をつづける僧侶は、大きな知恵を有する僧侶ではないのだ。それは役人になるために本を読んだり、良い報いを受けるために善行を積む人と同様に低級である。鳩摩羅什は心機一転そう考えるようになった。すると突然寒気がした。それがまるで再び道に反しているかのように感じられたのである。どうして正統派の仏弟子がここまで規律を守らずにいられるだろう。どうして妻をめとって愛欲に染っていながら、自分からなんとかして懺悔しようとはせず、無理矢理人を驚かすような理屈をひねりだして自己弁護しようとするのか。そのように考えると、鳩摩羅什は自分が本当に仏道への反逆者であるかのように感じるのだった。このとき鳩摩羅什は白樺の林を通り抜けていたが、ラクダの群が踏込む音を聞いて、突然林のなかから一匹の狐があらわれ、狡猾そうな眼差で鳩摩羅什を凝視すると、毛のふさふさしたしっぽをひきずりながら逃げ去った。太陽はそのわずかな間に輝きを失ったように見え、鳩摩羅什は目の前が真っ暗になるのを感じた。彼はそれが魔鬼の予兆であることを知っていた。まじめな僧侶が邪道に入ろうとするとき、魔鬼はこのようにして現われるのだ。鳩摩羅什が堪え難くなってラクダをおり、あらゆる邪念をとりはらって祈ろうとしたその時、強烈な陽光が木の葉の隙間から洩れてちょうど彼の顔面を照した。鳩摩羅什は目を閉じたその見えない状態のなかで、うしろのラクダに乗っていた妻が長いため息をつくのを聞いたのである。

振り返ると、妻はうなだれて二度目のため息をついていた。鳩摩羅什は別の力に引き止められるかのように、先程の祈ろうという気持をなくし、眉をひそめてラクダをとめ、妻をみつめながら彼女がやってくるのを待っていた。

二頭のラクダは並んで進みはじめた。

「善良なる妻よ、気分が悪いのではないか。天女のような顔がどうしてそのようにやつれ、悲しい怨むような目をするのか。二日の旅で疲れたのではあるまいな。前途が茫漠として、なかなか東方の古都に着かないので嫌になったのか。安心するがよい、ほら、この泥は一歩ずつ柔らかくなってきているし、草花や木々も次第に美しくなってくる。おう、わかったぞ。あれが東方の大河、名は黄河という、あれに違いない。あの神聖なる大河を渡れば、我々は繁栄する天の国に着くのだ。美しい王女、そなたはもうじき東方の見知らぬ人々から歓迎をうけることになるだろう。」

「ああ、わが従兄、わが栄誉、わが夫。わたくしが遠く輝ける東方の国へ行くことを夢に見たでしょうか。いいえ、一度もありません。そうすることを考えるのも恐ろしかった。わたくしは疲れたのではなく、これ以上ラクダに乗っていられなくなったのです。前途に希望がないと思うのではなく、反対に今日やっとわたくしは歩むべき道を歩み終えられるという気がしております。前方にわたくしの行くべきところが見えるから、今日一日頑張ってそこまで行って休みましょう。何も気分は悪くありませんし、心はこんなにも平静です。ほら、全然どきどきしてもいません。あなたのうしろから、わたくしは宗教のかおりもかいだし、大いなる知恵の光も見せていただきました。あなたは東方の国に教義を広めにいく唯一のお方、でもわたくしはあなたにとっては災厄、わたくしがあなたとともに秦に参れば、わたくしはあなたの事業の妨げになり、あなたの評判を傷つけることでしょう。ああ、鳩摩羅什様、わたくしにはどうやら予知の力がそなわったようです。わたくしたちは別れなければなりません。わたくしの命は自から消えて行こうとしています。油のきれた長明灯の光のように、今日の夕暮れのころ、それは消えてしまうでしょう。」

そう言いつつ彼女はまたため息をつくのだった。それは一羽のホトトギスの悲しい鳴き声に似ていた。鳩摩羅什は妻を見つめ、そのふるえる声を聞いていた。その顔には既に死の影が浮び上がっていた。彼は妻が夕暮れには確実に死んでしまうであろうことを、叡知によって悟った。すると急に激しい悲しみにおそわれた。四大皆空の僧にあらぬごとく涙が流れ、十数年らいの夫婦の愛情が心に湧き起こって、その一つ一つが思い出されるのだった。鳩摩羅什は凶運をふりはらい、妻を救う方法をさがしもとめたが、結果は不可能であった。嗚咽しながら首をうなだれて、妻の顔を見返す勇気もなかった。

お供の役人たちは、亀茲の言葉が解らなかった。鳩摩羅什が妻と話しているとき、聴いてはいたが、何を言っているのかはわからなかった。しかし彼が今度は涙を流していると気がついて、国師様の心には大きな悲しみがおわすに違いないと思い、そこで涼州の役人の一人が尋ねた。

「われらが高僧、われらが国師様。いかなるお悲しみにかくも涙を流されるのでございますか？　もしわれら凡人にも出来ることでございましたら、どうか国師様がこのように悲しまれぬよう、ひとはだ脱がさせて下さいまし。でなくば、どうぞお隠しにならないで、われらに苦悩をお分け与え下さい。」

鳩摩羅什は習い覚えた涼州なまりで答えた。

「善意のお役人さんがた。ご心配には及びませぬ。わたくしは功徳の根が浅かったために、これから大きな災難に遭遇することになります。これからのことは全てわたくしのせいなので、逆らうことはできません。自分でもどうなるのかわかりかねるのです。わたくしは長安に着くころには、もはや平凡な俗人になってしまい、皆さんたちの尊敬をうけるに値する何ももちあわせていないかもしれません。それが悲しくて泣いていたのです。」

すると別の小役人が言った。

「知恵ある国師様。今日大きな災難に遭遇されるとおっしゃるなら、国師様の清らかさと気高さにかけて、きっと間違いないことと思います。けれどもわれわれのような凡人には、その災難がやってくるまえに、それを少しでも聞き知っておくことは出来ぬものなのでしょうか。」

「できない道理はありません。尊敬する太陽の国のお役人たち。ごらんなさい。わたくしの妻、亀茲の映えある王女をごらんなさい。自分の不幸な夫の為に、今日夕暮れの頃に、この寂しい旅の途上で死のうとしているのです。二度と肉親に会うこともできないし、あなたたちの歓迎と賛美をうける幸福にも恵まれることなく、この荒れ果てたゴビで長い眠りにつこうとしているのです。尊敬するお役人さんたち。今晩わたくしたちはどの町に宿るのか、教えて下さらんか。」

「国師様、まことそのように悲しい運命がふりかかろうとしておいでなので？」役人の一人が王女を見ながら言った。「ああ、亀茲王の娘御、われらが国師様の慈愛深い奥方、仏の国からこられた馨しい花を、天は何故にわれら東方の者に一目の恵を惜しまれる？　恐ろしいのはこの夕暮れよ。われわれは、まだまだ大きな町にはたどりつけませぬ。あの天上から流れてくる黄河の辺りまでたどりついたら、一晩水音を聴き、明けがた河を渡って、それでやっと遠くに大きな町の灰色の影が見えてくるのでございます。」

するとラクダの上で憂鬱と空虚のまなざしをひらめかせていた女が言った。

「ああ、見えましたわ。あの遠くの真黄色なのが、有名な天国の河ではないこと？　偉大な精霊よ。あなたを讃えましょう。わたくしは、河のそばでやすむのですね。そして河が永遠にわたくしとあなたを隔ててしまう。わたくしの愛する夫、誠実な尊い人。わたくしは気が遠くなってきました。ラクダの背中でふんばり、運命に定められた場所へも行くことも、果たしてできるかどうか……。」

そう言いつつ美しい王女は突然ラクダの背で気を失った。

＊　＊　＊　＊

鳩摩羅什は妻を支えながら、一頭のラクダに同乗した。秦の国の官吏が前後を取り囲み、息をひそめて静かに進んだ。連なる山々の谷あいを歩きながら、誰もが茫漠とした行く手を見つめていた。われに返った王女が時折発する長いため息は、山をゆるがし人の心を驚かせるこだまのように、悲しみと恨みの響きであった。王女の体は熱を帯びて鳩摩羅什には支え切れなくなっていた。急性の熱病にかかっていたのだ。同行の人々のなかに医者がいて、診察を申し出たが、眉をしかめる結果に終わった。医者はとりあえず一、二粒の丸薬をとりだして、王女の堅く閉ざされた唇の間におしこんだが、熱は一向に下がらなかった。三時間前進をつづけても、道端に草や木は生えていたが、泉は一箇所もみつけられなかった。

恐ろしい熱は高くなる一方で、王女は夫の懐のなかで、しきりに唇をかんだ。赤く潤いのあった唇は既に黒く変色していた。鼻の下にいっぱい汗をかいて、恐ろしいうわ言を言っている。鳩摩羅什は瀕死の妻を腕に抱いて、目をとじ、わらべがラクダを引いて坂を上り下りするに任せ、自分は敬虔な気持で経文を黙唱していた。

「おや、どこかから泉の水音が。なんとか捜してきてもらえないものでしょうか。妻に一口命の水を飲ませてやりたいのです。」

太陽が一行の影を長々と前方に投げ落とすころ、鳩摩羅什は突然泉の流れる音を耳にして、こう言ったのだった。そこで数名の小役人が手分けして水音の方へ捜しにでかけた。

岡をめぐり、林に入って、一行は繁茂した草の下を流れる清流のそばで休みをとった。鳩摩羅什は王女を草の上に寝かせ、自分もその傍らに腰掛けた。誰かが革袋で清流の水をくんで王女に飲ませると、彼女の意識は次第にはっきりしてくるのだった。

そのときもう日は暮れかかっていた。夕方の風に吹かれて、木の葉が絶え間なくさらさらと音をたてていた。カラスの群が木の上で彼らを取り囲み、カァカァとやたら鳴き続け、陽光がひとすじ木の葉の隙間をすりぬけて、王女の美貌の衰えた顔を照し出した。

「お別れのときがきました」と王女は微かな声で言った。「私にはもう秦の都の大きな街が見えました。あなたはあそこで賞賛をうけ、大事にされることでしょう。でも私は、ここが私の休息の場となるのです。あの轟きは何かしら？　ああ、あれが黄河なのですね。黄河が永遠に私とあなたを引き離すのです。あなたの前世の縁はここでおしまい。黄河を渡れば、あなたは今まで通りの高僧で、しかも完全な智恵の人。あなたは一切の魔障に打ち勝ったのです。あなたを尊敬する私は、一番よいときにあなたの腕のなかで死んで行く。こんなに安らかに、こんなに苦しまないでいられて、満足です。私の表兄、智恵ある尊い人、尊敬する夫、私にもう一度くちづけを……」

鳩摩羅什は跪き、両手を草むらについて、うつむいて最後のくちづけをした。王女は夫の舌を口に含んで、両目を閉じた。木の枝の一羽のカラスが急くように鳴き声をたて、鳩摩羅什が頭をあげると、風に吹かれた大きな木の葉が一枚舞い落ちて王女の顔を覆った。鳩摩羅什は寒気を覚えた。

鳩摩羅什は茫然と妻の遺体のそばにすわり、黙って思いに沈んでいた。随行の人々は、静かに立ちつくし、首をたれ、目を閉じている。しばらくそのままの状態が続いた。

鳩摩羅什は我に返った。彼は恭しくひれ伏して妻の遺骸に手をあわせ、護衛の兵士に遺骸を埋葬せよ、墓標はつけるには及ばぬと命じた。

林を出て、黄河沿いの村に宿をとったとき、空はすっかり暗くなっていた。その夜、鳩摩羅什はぐっすりと眠った。

翌日、黄河をわたると、鳩摩羅什はお供の人々に告げたのである。自分はこの上ない功徳をつんだ僧侶になろうとしている、あらゆる俗世間のしがらみや、悪魔の難題、誘惑をすべて打ち破ったのだ、もはや汚れなき五蘊皆空の境地に到達したのである、と。鳩摩羅什は秦の国で盛大なる歓迎と尊敬をうけるであろうことを堅く信じ、すこしのやましさも感じなかった。

三

まさしく、鳩摩羅什はやましいと感じることなく、秦王姚興の歓待と官吏、宮女、王妃そして中国の僧や民衆の崇拝をうけたのである。まるまる一箇月の間都城は沸き立った。旅の疲れのため、鳩摩羅什は西明閣で休養しており、一日一時間だけ出てきては、人々の最敬礼を受けるだけで、それ以外の時間は、経典を読むでもなく、東方の風物に対する好奇心から外出するということもなかった。目を閉じてガマの円座にすわっていたので、人々は鳩摩羅什が座禅中なのだと思ったかもしれない。実際には座禅をしていたのではなく、新しい環境のもとで、何かと不安を感じていたのである。殿上の盛大な酒宴、古い鼎で香り高く焚かれる香、東方の人情風俗、これらはすべて彼の旅愁をよびおこすばかりだった。本来出家人は、行く雲流れる水の如く、その境遇のままに安んずるものだとは、彼もはっきりと知っていたことだが、沙勒国から亀茲に戻り、亀茲からまた涼州に移ったときでも、このような落ち着かない気持になることはなかった。この異境の地に埋もれて行くことに、強い空虚を感じているようなのだ。彼はとりあえずわけもわからないまま目を閉じて黙座していた。

全く世捨て人らしくない、と鳩摩羅什は思った。彼ほどの戒律修行をつんだ人間が、そんな思いに捕われることはあるはずもなく、あってもならないということを、自分ではよくわかっていた。しかし結局それを振りきることもできずに、こうして悩んでいるのは、魔障の誘惑の類いに違いなかった。かくして鳩摩羅什は豪華な料理を拒絶し、一切の歓待を、国師への豪勢なしつらえを退けたのである。しかもお付きの者には、彼が禅房にいるときは、男であれ女であれ外部のものの声が聞こえぬようにせよ、と申し付けた。昔沙勒の大砂漠で師から道を学んだ頃の誠実な禁欲の苦行生活を完全に復活させたのである。鳩摩羅什は祈った。

「慈悲深き仏祖様、昔のような苦行なら私がこの東土の京城で暮すのに不足はありますまい。かつて私めは大胆にも、自分は戒律修行によって一切の誘惑に抵抗できるものと過信して、肉を食し、音楽を聴き、目を見開いて繁華な街をそぞろあるき、妻まで娶りましたが、涼州にいた十余年というもの、ここに来てからのような不安を感じたことは一日とてなく、すべてが受入れられ、なんの差し障りもありませんでした。しかし今はどうしたことか、同じように心を鎮めようとしても、知らずしらず心はぐらつくのです。私の修行がまだ足りないというのでしょうか。私はここでおちぶれてしまうのではないかと思うと、心が落ち着きません。注意をはらって、修行を始めたばかりの者のような生活を続けていますから、どうか慈悲深い仏様、私をお守り下さい。私の心が安らかになって、仏祖様の輝かしい聖なる道をこの地で広められますように。さもなければ、私も仏祖様もどちらも望みを失うことになりましょう。」

かくも敬虔に祈りはしたが、かつて妻を娶ったということが全く許されないわけではないと、理性で感じることもあった。林の小川のほとりで臨終を迎えた亀茲王女の顔がいつも鳩摩羅什の前に現われ、彼を戦慄させた。仏祖に嘘を申し上げたという罪を背負わねばならぬことも同時に感じていたのである。

幼いうちから剃髪すべきではなかったと後悔し始めていた。ガマの円座から降りて袈裟を脱ぎすて、普通の人の服を着て普通の人々のなかで生活したい、と本気で考えた。それはそのときから正果を成す光栄の道を放棄することであったが、そうすれば或いはこのような心に燃え盛る煩悩の火を消すことができるかも知れなかった。しかし、ああ、今では妻も死に、すぐにまた還俗するのでは、乾いた糞を噛むように味気ない。私はやはりこれらの誘惑に抵抗しなければならないのだ。道を一尺たかくのぼれば、魔障は一丈高くなる。今はもがき苦しむ時なのだ、恐ろしいことに。

鳩摩羅什は絶対禁欲の苦しい生活をつづけたが、その迷える心の中では求道と魔障とが入り乱れ闘っていたのである。


国王の招きに応じて、東土の善男善女、比久僧、比久尼に公開で経典の講釈をする日が来た。草堂寺の境内は、すでにきれいに掃ききよめられ、大殿上では濃厚な香が焚かれていた。聴衆はまっすぐに大殿の石段の下に押し寄せ、椅子を争ってたちあがっていた。来るのが遅かったために、庭のカシワの古木に登って、肩に鳥の糞や雀の羽をつけている人々もいた。鳩摩羅什はまだ壇上にあがって来ず、好奇心にかられた人々が大騒ぎであれこれ議論している。

「兄さん、あんたも仏の道を聴きにきたのかい。あんた、豚の二、三頭も殺すのをひかえりゃ十二年は長生きできる、と俺は思うがね。」商人が一人割り込んできて前列に座っていた屠殺屋に言った。

「俺かい、俺は見物するのが楽しみなのさ。」

「今日、お経の講釈にくるのはどんな人なんだろうね。」そばにいた一人の女がいぶかしげに尋ねた。

「おめぇ、見たことねぇのか。」

「ぜんぜん。」

「悟りをひらいた西方の坊さんだ。姚碩徳将軍が涼州からお連れしたのよ。」

「ふん、悟りをひらいただと。肉食妻帯の糞坊主さ。」一人の読書人風の男が憤激して言った。傍らにいた痩せた坊主が、その言葉を聴いて男をちらりと見、阿弥陀仏を念じはじめた。

男の言葉は魅力的で、それを聴いたものはみんな顔に驚きと疑いの色を浮かべた。連れのいるものは互いに質問しあった。

「本当か?」

前列に宮女が一人座っていた。彼女は好奇心から鳩摩羅什の講釈を聴きにきたのだったが、彼女は連れの一人に答えた。

「本当よ、あの人を送り届けてきた役人たちはみんなあの西方のお坊さんは肉を食べるし、在家の人と同じで、綺麗な奥さんもいたと言っていたもの。それもどこかの国の王女とか。残念ながら途中で死んでしまって来られなかったけど。来たばかりの数日あの坊さんが肉を食べお酒を飲むのを、私この目で見たわ。でもここ数日は絶っている。病気だからだそうよ。」

その話を聴くと、あまり耳にしたことのないことなので皆ああだこうだと議論しあうのだった。そのとき外からあでやかな女が割り込んできて、すわっている人々に色っぽい流し目をくれたので、男たちが喝采をして女を迎えた。女が町の遊び人のそばを通り過ぎたとき、その男が手を伸ばして女のお尻をつつき、高らかな声で言った。

「皆の衆、孟の姐さんのお出ましだ。活仏様の奥さんになろうってぇ寸法だぁ。」

皆がどっと笑った。

「お黙り、あたいが活仏の奥さんになったら、あんたはあたいのウオノメ削りに来るんだよ。」女も吹き出して笑い声で言った。

「本気なのか。てめぇに活仏をひっかける腕前があったら、本当にてめぇのウオノメ削りに来てやらぁ。」遊び人はふとももを叩いて言った。

「話は決まった。俺が証人だ。」そばにいた物好きの男がどなった。皆もどっと笑って、その奔放な女を見つめた。女は少し恥かしくなって、きまり悪そうに前列に行き、あの宮女のそばにすわった。

そのとき鳩摩羅什が輿にのって到着した。鐘《しょう》や磬《けい》の音楽が鳴り響いたので、人々でひしめく殿上はしばらくしんと静まりかえった。一同は振り返って外のほうに目をやり、好奇のまなざしで、西域の異人僧がゆっくりとした足取りで錫杖をつきながら入ってくるのを見た。

数日に及ぶ禁欲生活によって、大智鳩摩羅什の顔はひどく痩せ細っていたが、その両眼は煌々と奇異な光彩を放ち、人の心の奥深くを見通せるかのようであった。それでも煩悶は続いていたし、人格の葛藤の苦しみは深かった。最初から民衆の信頼を失うようなことになりたくないのでなければ、鳩摩羅什は草堂寺に来てこの重苦しい講演などすることはなかっただろう。

鳩摩羅什は聴衆の間の狭い通路を通って入っていった。一人一人を凝視しながら。誰もが心の中でどきりとして、すべての秘密を見透かされたような気がしていた。奔放な女のそばを通るときにも、やはり同じように相手をちらりと見た。意外だったのは、この大胆な女は驚きもせず、彼の心を見透かすような凝視を受け止めることができ、彼に向かって笑いまでしたことだった。女の媚態のすべて、女の最高の色香が鳩摩羅什の前で繰り広げられたのである。鳩摩羅什は内心驚きにおそわれ、全身がふるえた。

初日はもの珍しさだけで講釈を聴きにくるものが多いから、話が長くなると飽きるものもいるだろうと考えていたので、鳩摩羅什は特に奥深い講釈を用意してはいなかった。しかし鳩摩羅什にとって簡単な話になったからといって、好奇心だけでやってきた聴衆は、彼の姿を見てしまったから、後はあまりよくわからない涼州の言葉で鳩摩羅什が難しい仏典の解釈をするのを聴かされると、さすがに苦痛を感じて、後の座席のものから、一人また一人と抜け出して行くのだった。殿上には数百の真面目な僧たちが残って首を垂れ、眠ったように耳を傾けているばかりであった。それを除けば、鳩摩羅什の心を煩わしたのは、例の奔放な女が、静かに宮女のそばにすわっていたことである。まるで彼の講釈の奥義が理解できるかのように、少しも退屈した気配がなかった。鳩摩羅什はちらりと視線を流し、たちこめる香煙の間から、傍らの宝座にかけている国王を見、宮女たちを見、それから思わず妓女の顔に目をやった。女はずっと彼を見つめたまま、彼の心中がどうであるか見抜いているかのように、彼に微笑みかけていた。しかも彼のまなざしが女に注がれたとき、女はかすかにうなずいて、髷《まげ》のもとに斜めに挿したハナショウブがゆらゆら揺れた。そのときである。小さな虫が演壇のそばの黄色い綾絹の幕の上から舞いおりてきて、ブンブンと鳩摩羅什の顔の前で旋回し、最後に彼の唇にとまったのである。鳩摩羅什は威厳をたもつために、仕方なく少しだけ舌を出して小さな虫を追い払った。虫は飛び去って演壇の下に舞いおり、あの奔放な女のつやのある黒い髪にとまった。鳩摩羅什は再び激しい震えに襲われ、慌てて目を閉じると、そそくさと講釈の言葉に締めくくりをつけた。自分の功徳がますます地に落ちていくのは内心悲しかった。たとえ目を見開いて民衆に仏典の講釈をしようと思っても、自分を支え切れなかった。それは普通の僧侶にくらべても決して優れているわけではない証拠ではないか。

逍遥園にもどる輿の上で、鳩摩羅什は目を閉じ合掌して、普通の僧侶と同じように懺悔と祈祷を続けるのだった。

四

夕刻は蒸暑かったが、鳩摩羅什は林のなかを散策した。一切の厳粛な教義を投げうって、ここ数日来異様な感情におそわれる真の原因をつきとめることに専念していたのである。もし死んだ妻がここにいてくれたら、少なくとも涼州にいるかのように平静な心でいられることだろう。しかし鳩摩羅什は愛には執着していなかった。それが空虚なものだとわかっていたからだ。それなのにどうしてこのように妻に未練が残るのであろうか。もし別の女、例えば昼間見かけた奔放な長安の女が代りに彼の妻の座におさまったら、彼はどうするだろうか。彼にはそれ以上考える勇気がなかった。

あの奔放な女の誘惑によって、講釈の時に煩わしい気持にさせられたということだろうか。ことはそんなに単純ではない。奔放な女に、さらには淫乱な女にさえ今まで出会ったことがないわけではなかったが、かつて一度も未練を感じたことはなく、派手なものにちらりと目をやるがごとく一瞬の視線を向けたにすぎなかった。それなのにどうして今度はこのように心に纏わりついてくるのであろうか。かと言って他の理由はみつからなかった。まさか本当に心ならずもこの東方の女を愛してしまったのだろうか。

鳩摩羅什は異様に蒸暑くなって、石鼓の上に腰掛けた。袈裟を脱ぐと胸が軽やかになったように感じられた。深い息をすうと、晴れた春の夜の林の中に発せられる新鮮な草や葉の吐息が鼻から体内にしみわたって、彼に新しい活力をもたらした。次第に誰かの足音が林の外の小道から近づいて来たので彼は尋ねた。

「何者か?」

「わたくしでございます。国師様でいらっしゃいますか?」

相手が近寄って来たので、護衛の一人、年も若く、容貌も秀でた近衛兵であるとわかった。昼間講釈を終えたあと、草堂寺の山門を出て輿に乗ろうとしたとき、護衛の一人が混乱のどさくさに一人の女を押さえつけているのを見たことを、鳩摩羅什はかすかに覚えていた。女は媚態をまきちらしながら罵っていた。その護衛がこの男ではないか。押さえつけられていた女は誰だったか。どこかよく知っているような気がして、じっくり考えをめぐらせた。鳩摩羅什は急に恐ろしくなった。その女は亡くなった妻に似ている。そんなはずはない。おお、そうだ、前列にすわっていたあの宮女たちの一人のようだ。しかしどうして死んだ妻のことを思いついたのか、不可解だ。

「国師様は座禅をなさっておられるのでございますか」と若い近衛兵が尋ねた。

「座禅はしておらぬよ。」

「それなら、お遊びで？」

「遊びとな、その通り。」

鳩摩羅什はこの若い近衛兵に対して不愉快な態度を見せたが、別に恨みがあるわけでも、怒るようなことをされたわけでもなかった。この近衛兵から何かが得られるような気もしていた。それが何であるのかははっきりとはわからなかったが。鳩摩羅什は尋ねた。

「これ、そなた名前は何と申すか？」

「わたくしは、姓は姚、名は業裕と申します。隴西王(注7)の第八王子でございます。」

「それで宮女をからかうことが出来たのだな？」鳩摩羅什は笑い出した。

近衛兵は愕然とした。鳩摩羅什が何故笑ったのか解らなかったのだ。鳩摩羅什は笑いながら相手を見つめていたが、心の中は爽快であった。

「お忘れかな。そなた昼間草堂寺の山門外で、女を押さえつけようとして罵られたであろう。あのように菩薩を冒涜するようなことをして、まだしらをきるつもりかな？　南無阿弥陀

（注7）　隴西公姚碩徳のこと。

仏。」

「宮女を押さえつけた？……滅相も無い、国師様、見間違いでございます。遊び女に戯れはしましたが、そうです、遊び女でございますよ。」

「遊び女？」

「仰っているのは、髷のふちにハナショウブを挿した奔放な女のことでございましょう、国師様？」

鳩摩羅什は夢からふと目が醒めたように、この若い美貌の近衛兵が昼間ちょっかいを出していた女が宮女ではなく、間違いなくあの奔放な女であったと悟った。だがあの女が遊び女であったとは。

「その通り。あの女は遊び女か？」

「国師様がご存知ないだけでございます。あの女が長安に名の知れた遊び女の孟嬌嬢であることは知らぬものはおりません。」

「うむ。」

鳩摩羅什の両目は閉じられた。この遊び女に会ってみたいという願望、熱い願望が生まれていた。その動機が何であったか、はっきりしなかった。しばらく黙って考えていた。

「あれは苦労の多い女ですな。」

「いえ、楽しんでおります。幸福な女でございます」と若い近衛兵は言った。

「しかし魂は苦しんでおりますぞ。」

「あの女には魂はございません。それに魂と呼ばれるものは、あの女には必要のないものでございます。」

「年老いたら、そのときには魂が苦しみを感じさせましょう。今は若くて楽しんで幸福であったとしても。」

「いえ、国師様、あの女には老いはありません。死あるのみでございます。あの女は永遠に若く、永遠に楽しむのでございます。あなたさまも、あの女がいつも人に向かって笑っているのをごらんになりませんでしたか？」

「そなたは罪深いことを。」

鳩摩羅什は両手を合わせて目を閉じ、敬虔に懺悔する様子であったが、心の中は急にわきあがる煩悩に乱れていた。近衛兵は失笑して言った。

「国師様は妻帯されていると伺いました。本当でございますか？」

「本当です。かつて妻を一人娶りましたが、もう他界しました。」

「僧侶は妻帯してもよろしいのでしょうか？」

「何をしても許されるのです。心をしっかりもっていれば、同じ様にりっぱな僧侶になれます。自分を律するちからの弱い人は、そうする勇気がないだけなのです。」

「それでは、わたくしが国師様を案内して孟嬌嬢に会いに参じましょう、いかがでございますか？」

「いますぐに？」

「いますぐでございます。」

「この数日魔難に災いされて……」鳩摩羅什は躊躇いながらそう言ったが、すぐさま言をひるがえした。「いや、行ってみるのもよろしかろう。私はその女を改心させに行かずばなりますまい。」

するとと近衛兵が笑って言った。

「おそらく国師様のような方でさえ、逆にあの女に感化されましょう。」

あるいはそうかもしれぬ、と鳩摩羅什は思った。

「こんな夜中では、巡邏の兵隊さんにつかまりはしませんかな？」と彼はたずねた。

「巡回にあたっているのはわたくしの兄でございます。」


土塀の暗く寂しい門をはいり、二つの庭を通り抜け、一人の侍女に導かれて、灯火のずらりとならんで明るい母屋に入った。壁にかけられた錦繍や香炉からたちのぼる香料の匂いに初めから鳩摩羅什の心は揺れていた。

「大嬢はおるか？　国師様が会いたいとの仰せだ」近衛兵が案内の侍女にきいている。

「おりますが、」と侍女は母屋の西の部屋の方を口で示し、「あちらで独り者の大旦那様の相手をしております。国師様のお召しとあらば、わたくしが呼びにまいりましたら、すぐこられるでしょう。」そういいつつ侍女は出て行った。

母屋の西の部屋で女の笑い声のするのを鳩摩羅什は聴いた。まさしく昼間草堂寺の門前で耳にした罵声であった。鳩摩羅什はその卑猥な笑い声から女の容貌を想像しようとした。しかし奇妙なことに、この有名な遊び女の華美な部屋のなかでは、自分の妻の容貌のほかには、美しい女の容貌を思い浮べることがどうしてもできないのである。鳩摩羅什は驚いていた。かつて自分の妻を忘れてしまおうと力をつくしたのは、妻の幻影が永遠に自分についてまわるのを恐れたからであった。道を修めるためには危険だったのである。鳩摩羅什は孟嬌嬢の幻影で妻の幻影を打ち破ろう、その後で孟嬌嬢の幻影を打ち破るのだ、そうすれば自分自身の解脱は比較的容易だ、というのは遊び女に対しては幻滅しやすいものだ、と考えていた。鳩摩羅什は本当にこの有名にして哀れむべき遊び女を解脱させてやろうなどと本気で考えたりもしたのである。しかしこんなところにやってきても、まだ妻のことが思い出されるとは思いもよらないことであった。いったいどうしたわけなのか。捨て難い思いにかられた時期もあったが、再び苦しい禁欲の生活を始めてからは、妻の幻影がよみがえることはなかったのだ。それがどうして今日はこのように心が落ち着かないのか。あの遊び女に注意していたというのに、何故その女の顔さえ思い出せないのか。この遊び女と妻になにか関係があるのだろうか。いや、そんなことはあるはずがない。

鳩摩羅什がそのような考えにふけっていると、母屋の西の部屋から聞こえていた孟嬌嬢の笑い声がこちらの方へ近づいてきた。笑い声がゆったりととまって、部屋の外で女の話す声が聞こえる。

「なんという光栄でございましょう。活仏様までおいでになるなんて。」

鳩摩羅什は依然じっとして、手を合せ座禅を組む姿勢であった。閉じた目は胸元の方にうつむき、心臓の鼓動がきこえていた。女が部屋にはいり、一本一本のろうそくの芯の煤を切り取ってから近づいてくる音が、耳にはいった。

「ほほほほ、国師様はここに座禅をしにいらっしゃったのかしら。わたくしどものところでは、歓喜禅しかございませんのよ。国師様、どんな参禅をなさいますの？」

鳩摩羅什は目を開いて厳粛な表情で女を見た。全く女に見覚えがなかった。この女は誰なのだ？　鳩摩羅什は呆然とした。まさかこの女が孟嬌嬢ではあるまい。昼間のあの奔放な女がこの女であるはずがない。違う、はっきりこんな女ではなかったと覚えている。しかし髪に挿してゆらゆらさせているハナショウブは、確かに昼間見かけたものだ。そうだ、小さな虫がこのゆらゆらする飾りに驚いて飛んでいってしまったのだ。どうして女の顔を見覚えていなかったのだろうか。鳩摩羅什は困惑していた。

若い近衛兵は傍らで鳩摩羅什がこのように動揺しているのを見て、笑って遊び女に言った。

「姐さん、今晩国師様をここにお泊めしてくれたら、私からも別に褒美をとらそうではないか。」

「おやすいことでございます。国師様がずっとお泊りになって、草堂寺の講釈にお出かけにならなくなっても、わたくしは責任はとりかねますよ。」女はそう言ってまた高らかに笑った。

鳩摩羅什は急に嫌悪感にとらわれた。この憐れな女が完全に豪華華麗な生活のとりこになっているのを見て、やってきたときの気持をなくしてしまった。女を改心させる気持が萎えてしまったのである。鳩摩羅什はもはやまだ顔をあわせる前のように奇妙な望みを抱いてはいなかった。この女は完全に堕落した、色で男に媚びる女であり、肉欲だけしかもちあわせていないのだと、鳩摩羅什には見てとれた。

鳩摩羅什は手をすりあわせ、南無阿弥陀仏、南無阿弥陀仏と仏号を唱えた。それから席を離れ、近衛兵に一瞥を投げて、立ち去る合図をした。だが若い近衛兵はひきとめられ、鳩摩羅什を送って帰るのは気が進まぬ様子。ためらいがちに言うのだった。

「国師様、お帰りの道はおわかりでしょうか。」

鳩摩羅什は近衛兵の言う意味を理解した。そこでこの若者を残して、一人で母屋を出、庭を通り抜けた。耳の中で女と男の笑い声が次第に小さくなっていった。

五

翌朝、鳩摩羅什は朝の勤行もせず、訳経もせず、東から昇ってくる真っ赤な太陽に向かって祈っていた。光明にみちた菩薩がどうすべきか指し示してくれることを望んだのである。自分自身が疑わしいからであった。昨夜は、あの遊び女に誘惑され、一種の衝動にかられて、あの近衛兵とともに出かけていったのだ、と思っていた。しかし実際に遊び女に会ってみると、自分はその女に迷わされたのではなく、自分の法力もその女によって骨抜きにされたわけでもないと気がついた。彼は威厳を保ったまま逍遥園に戻ったのだった。それが今になって何かやるべきことをやっていないのではないかと気にかかり、一刻も心が静まらない。そこで自分の功徳が無に帰することを恐れ、祈っていたのである。

午の刻がすぎ、再び講釈の時間となった。護衛の侍たちは準備を整えて、輿に乗るしたくをなさいましと促した。鳩摩羅什は倦怠を覚えた。講釈をしようという気分になれなかったが、やめるわけにはいかない。たくさんの敬虔な聴衆が、本堂で待ち受けている。そういった人々は皆彼の講演から何か啓示をうけて悟りを開きたいと考えているのだ。

壇上に上がると、下は黒山の人だかりであった。弘始王姚興陛下も恭しく傍らに座っていた。鳩摩羅什は急に心が落ち着いて、亀茲で講釈をしていたころのように厳粛な気持になった。やや目を閉じてしばらく思案し、題目をひねり出してから話を始めた。

半分ほど話したころには、会場は静まりかえり、咳をするものさえいなかった。鳩摩羅什は、昨日はあれほど人の声がざわついていたのに、今日はどうしてこれほど静かなのか、心中訝しく思った。今日講釈を聴きにきた人々のすべてが真面目に仏教に帰依しているわけでもあるまいに。鳩摩羅什は目を見開いて会場の聴衆を注意深く観察しようとした。

最初に目に入ったのは昨日と同じく前列に座っていた数人の宮女であった。しかしあの遊女の座っていた席に鳩摩羅什が見たものは何であったか。それはすぐさま彼の目を覆わせるものだったのである。妻の幻影が浮び上がり、眼前で動き出し、彼に向かって笑い、髪のハナショウブを揺らしながら、次第に近づいてきて、壇上に登り、彼の懐に腰掛けて放埒なしなをつくった。更に鳩摩羅什に抱きついて臨終のときのように彼の舌を口で吸ったのである。

大智鳩摩羅什は全く自分を支えることができなくなった。彼は突然講釈を中断し、目を閉じて壇上で震えていた。顔色は蒼ざめていた。会場で講釈を聴いていた人々は国師の異様な様子を感じ取って、急病に違いないと騒ぎはじめた。弘始王はみずから壇上に登って鳩摩羅什の耳元で尋ねた。

「どうなされた。国師殿、どうなされた。」

鳩摩羅什は目を閉じたまま宮女の座っている方を指さし、喘ぎながら言った。「因果でござる。私の妻と二人の子供が。これは因果でござる。」

翌日、国師鳩摩羅什が講釈のとき突然一人の宮女を見染め、国王はその晩その宮女を国師に妻として賜わった、という話題で城内は沸騰した。そのためあれこれと噂をたてて、鳩摩羅什の功徳に疑いを抱くものも出てきたのである。

実際、鳩摩羅什自身、禅房で眠りから醒めて自分が亡き妻に似た宮女と夜をすごしたのだと知ったときには我を疑った。以前であれば如何なることも自分の知力によって予測することができたのに、最近は完全に知力が鈍ってしまっている。昨日のことも全く予知できなかった。どうしたわけか強烈な誘惑が鳩摩羅什を襲い、迷わせてしまったのである。まさか妻の魂が故意に彼を堕落させようとしているのではあるまい。そうではない、妻の幻影とはいっても、科《しな》はあの遊び女のものだった。しっかりと戒律を身につけた僧侶であれば、昨日あれほど取り乱すこともなかったはずだ。ああ、こんな東の国までやってきて、情けない。

鳩摩羅什は後悔しつつ淫らな行為をした床を離れ、澄玄堂（注8）へとやってきた。仏をおさめた厨子の前の長明灯には、油が満たされてはいたが、火は消えていた。彼は震えおののきつつ、仏祖がもはや彼を見捨てたもうたことを悟った。この度の罪は妻を娶ったときより重大であったのだ。

昨夜の淫らな行為を都城の人々がどう噂するか、彼にはわかっていた。いま鳩摩羅什にとって第一の問題は人々と僧侶たちの彼に対する信頼を固めることであった。さもなければ、西域の異民族の僧鳩摩羅什にはどんな危険がふりかかるかわからなかった。自分の二重人格はしば

（注8） 曽士海『慧遠　乱世玄龍浮蓮花』に澄玄堂は鳩摩羅什が講経説法を行った場所とある。

らく耐え忍んで、ゆっくり方法を考え解決するしかないのである。そこで三日目の講釈では、草堂寺に好奇の人々が大勢あつまっていたが、鳩摩羅什は弁舌の限りを尽くして申し開きをした。禁欲者は最高の僧侶ではなく、肉食妻帯の僧侶が悟りを開けないわけでもない。しかも僧たるもの先ずあらゆる欲望、魔難を経験して、それらに心を許さぬようになって、ようやくその功徳が金剛のように不滅のものとなる。砂漠の高僧は、華麗な都にやってくるやすぐに戒律を忘れてしまいうるのである。しかしそうは言っても自分の功徳に自信のない僧侶は、苦しい禁欲の生活を送るべきである。でなければ容易に堕落してしまう、というようなことを言って。

鳩摩羅什の弁解をきくと、彼に対する人々の噂や誹謗はすぐに消え去った。弘始王でさえ彼に対する尊敬の念を増したのであった。その晩、鳩摩羅什を永貴里の廨《かい》舎に住まわせ、遊び女十名を下賜するという勅令が下された。鳩摩羅什の子孫を残そうというのである。

それからは、昼間経典の講釈や翻訳を、夜間宮女や遊び女と寝床をともにすることになった鳩摩羅什は、深い苦悶に悩まされた。女たちにはなんの執着もなかったし、女たちによって彼の功徳に陰りが生じたわけでもなかった。しかし妻を思い出してしまったために宮女や遊び女たちと関係が生じてしまったのだ。妻を忘れ去ることができなかったのは高僧にあるまじきことと鳩摩羅什には思われた。しかし自分が高僧でありつづけるために、妻を情愛の記憶から追い払ってしまうのは、人間らしい感情から遠ざかることのようにも思えるのだ。そうなのである。鳩摩羅什は人間らしい感情という考え方をするようになり、自分がすでに学問を積み経典に通暁した凡人にすぎず、真に戒律を守れる僧ではなくなったと悟ったのである。それに妻つまり美しい亀茲王女を思い続けていたとして、今度は別の女と関係をもってしまえば、それは一途な愛情ではないように思える。鳩摩羅什はこのような三重の人格的混乱のなかで、既に自分が僧侶ではないばかりでなく、最も卑しい凡夫になりさがったことを知ったのであった。生活のために高徳の僧侶を装って、弘始王の庇護の下に、無知な善男善女や東の国の比丘僧、比丘尼を愚弄しているのだ。最初母親の目の前で誓った言葉と企図などまったく話にならない。鳩摩羅什は今の自分の身の上を悲しんだ。

ある朝、鳩摩羅什は街路で人の騒ぐ声をききつけた。何か大事件が起こったらしい。いぶかりながら耳をすませていると、御付きの者が通報に入ってきた。二人の僧侶が昨夜遊廓に泊ったため、近隣の者に捉らえられて役所につきだされそうになったので、街の僧たちが義憤から、国師様でも宮女や遊び女とおやすみになるというのに、僧侶がたまたま遊んだくらい大したことではないと、役所送りに断固反対した。そこで両者口論となり、御上を驚かすに至ったが、御意により二人の僧の処置は国師にゆだねることとあいなった。そこで人々が門外におしよせ、国師様に決着をつけていただこうといって騒いでいたのである。

鳩摩羅什は報告をうけて、それが弘始王から鳩摩羅什に出された難題であることを知った。だが自分はこのように毎晩遊び女と寝ているから、真の悟りに達することは難しいとわかっていたけれども、他人には何の差し障りもないのだ。しかしこの二人の僧は彼が数日前草堂寺で弁解した言葉をきいて、大胆になって遊び女のところへ行ったのである。長安中の僧侶がこんなことを始めたら、いっそう罪深いことである。鳩摩羅什はこのように躊躇いながら、子供のころに術師から習い覚えた魔術の力を借りるしかないと考えていた。剃髪して修行の身となってからは一度も試したことがなかったが、紛争の解決のため、また自分の威厳をたもつためにも、しばし邪道を用いざるをえない。思えば悲しいことだが、これしか、長安の僧侶たちを騙しおおせる方法はないようであった。

そこで鳩摩羅什は出て行った。大広間に遊び女を買った二人の僧やその他の僧たちを召し入れると、騒ぎを見にきた民衆がどっと押し寄せた。鳩摩羅什は遊び女を買った二人の僧に言った。

「遊び女を買ったというのはそなたたちか?」

「さようでございます。」

「出家した者がどうして決まりを守らぬ?」

二人の僧は皮肉っぽく鼻で笑った。一人が言う。

「国師様、あなたさまにはこのことを処罰できませぬ。わたくしどもは国師様の教えの通りにしたまでです。御忘れでしょうか? あなたは草堂寺で、僧侶は禁欲するには及ばぬと確かにおっしゃいました。」

「ほう、そうか、そなたは私がその種の僧侶は苦しい禁欲生活しか送ってはならぬと言ったのを聴いていなかったのじゃな? そなたたちが遊び女を買う? それもよかろう、かまいはせぬ。しかしそちたちにどんな功徳があるか、人々に証明してやらねばなるまい。功徳のある僧は修行を積んでいる。修行を積んだ僧は解脱を得、たとえ毎夜遊び女を買おうと、五蘊皆空、何に染ることもない。御分りかな?」

「それなら国師様にはどの様な功徳を皆の衆に証明して下さるのでしょうか?」一人の狡猾

な男が言った。

「わたくしが？　いますぐ皆の衆に証明いたす用意がござるよ。」

鳩摩羅什はそう言いながら、侍従に仏壇の鉢をとってこさせ、蓋をあけて僧侶の一人に渡した。

「見るがよい。これは何じゃ？」

「針でございます。」

鳩摩羅什は針の鉢をとりかえすと、一握りの針をつかんで腹に呑み下した。続けてもう一握りつかんで呑み下した。見ていたものは仰天して、しばらく建物の前はひっそりと静まりかえり、人々は息を呑んでいた。鳩摩羅什が最後の一握りの針を呑み終ろうとしたとき、ふと見ると傍らに孟嬌嬢が立っていた。その姿を見ると急に妻の幻影が浮び上がってきて、欲念の湧いてくるのを感じた。すると最後の針が舌に突き刺さって呑み込めなくなってしまった。鳩摩羅什は汗だくになって、誰も見ていないすきに、その針を吐き出し指の隙間に挟みこんだ。鳩摩羅什は笑いながら二人の僧にむかって尋ねた。

「そなたたちはこんなことができるかな？」

「お許し下さい、国師様。今後掟を破ったりはいたしませぬ。」

入り乱れる賛嘆の声のなかを鳩摩羅什は心に恥じ入りながら部屋に戻った。舌の痛みは続いていた。

その後も鳩摩羅什の舌はずっとこのように刺すように痛み続けて、妻の記憶を喚びさまし、鳩摩羅什自身もひそかに凡人を自任していた。外ではいかめしく西域からきた大徳の僧侶を装っていたが。ゆえに鳩摩羅什寂滅の後、弘始王が異国の方式にならって鳩摩羅什を火葬に付したとき、その遺体は凡人同様に焼けてしまったが、舌だけは焼け残って、仏舎利の代りに信者に与えられたのである。

花将軍の涙

成都猛将有花卿、（成都の猛将に花卿あり）
学語小児知姓名。（学語の小児とて姓名を知る（注1））

——杜甫

それは唐の広徳（注2）元年のことだったか、広徳二年だったか、どうも思い出せぬ。いずれにせ

（注1）戯作花卿歌　戯れに花卿の歌を作る

成都猛将有花卿，　成都の猛将に花卿有り
学語小児知姓名。　学語の小児とて姓名を知る
用如快鶻風火生，　用うれば快鶻の風火を生ずるが如く
見賊惟多身始軽。　賊の惟だ多きを見るに身始めて軽し
綿州副使著柘黄，　綿州副使柘黄を著るに
我卿掃除即日平。　我卿掃除して即日平らかなり
子璋髑髏血模糊，　子璋の髑髏血も模糊たるを
手提擲還崔大夫。　手に提げ崔大夫に投げ還す
李侯重有此節度，　李侯重ねて此の節度を有す
人道我卿絶世無。　人は我が卿世に絶えてなしと道う
既称絶世無，　既に世に絶えてなしと称するに
天子何不喚取守東都。　天子何ぞ喚び取りて東都を守らしめざる

（注2）唐の年号、七六三年～七六四年

よ、代宗皇帝(注3)の御治世で、西方の強国吐蕃(注4)が幾度も侵入してきたころのこと。

とある秋の日、重苦しい雨が降っておった。国境に通ずる蚕叢鳥道(注5)と呼ばれる巴蜀(注6)の険しい山道を、勇猛な騎兵の一隊が、数こそ多くないが、なぜか大軍を擁するかのごとき勢いで、山道の高低と曲折のなかを進んでいた。この騎兵隊を率いる、大宛(注7)の駿馬に跨がり、犀革を肩に掛け、長い鉾をさげ、腰に宝刀をぶらさげながら、銅の盾を担いでいるかの勇ましい将軍は何者なのか。ほかの将軍たちとは違い、黒ずんだ大きな顔もしていなければ、人が見たら針鼠か、ちょっとした林かと思うようなごわごわの髭もはやしてはいない。顔色白く、髭は美しかった。まなざし深く、瞳は褐色で、そこが少々他のものとは違っていたが、人はその眼光を見ると、どうしても注目しないわけにはいかないのであった。そのまなざしに悪い所があると感じたのではなく、むしろこの男のまなざしに人を魅惑する力があることを認めないわけにはいかなかったのである。しかしこの将軍は、かくも美しい容貌によって自らの威厳が傷つくということもなかったのである。将軍たるもの美しい顔をもつということはよいことではなかった。北斉の蘭陵王(注8)は、容貌の美しさのゆえに、出陣のときには凶悪な顔の木の仮面をかぶらねばならなかったではないか。とすれば、これから話をするこの将軍にも、その美しい容貌のほかに、かならずやなにか人を恐れさせるところがあったに相違ないのだ。その通り、猛々しく鋭い表情が、四六時中夏雲の雷電のように眉根から放出されていたのである。それゆえこの将軍にあえて馴れ親しもうとするものもいなかった。

ところでこの将軍は一体何者なのであろうか。このような疑問に、我々はこうして物語りながら、誰も答えを推定できないのである。時代がすでにこの人物に対する我々の記憶を洗い流してしまった。しかし当時の巴蜀の地では、いやいや、段子璋平定後はそれどころか全国的に名の知られた人物だった。わたしがかくのごとく話題にするや、誰しもこのように言ったものである。「ええ？　それは花驚定将軍のことではないか？」

花将軍は部下を連れ、何処へいくために、このような気もふさぐ秋雨のなか、つらい山道をこのように通り抜けて行くのであろうか。それは将軍にもわからなかった。わかっているのは自分と部下が命令を受けて吐蕃兵のいるところに向かっているということであった。しかしもう一言ききたいとするならば、それは将軍とその部下が何をするために吐蕃兵のいるところに派遣されたのか、ということである。このような詮索に対して、もし三日前であったなら――それはつまり成都を出発した日のことなのだが――そしてもし将軍自身に答えてもらうとしたら、自分は命を奉じて吐蕃征伐に行くのだと勇ましげに説明したに相違ない。しかし何ゆえに三日後のこの日には、かれは質問にそのように答えられないのであろうか。それは当然かれの思惑が変ったからなのだ。

（注3）　唐第十代皇帝粛宗（在位七五六年～七六二年）の長男、在位七六二年～七七九年
（注4）　七～九世紀頃のチベット統一王朝。ソンツェン・ガンポは統一後、都をラサに定め、唐太宗李世民の娘文成公主を娶った。
（注5）　蚕叢は四川のこと、四川の険しい山道をいう。
（注6）　現在の四川省
（注7）　漢代に西域にあったイラン系の国家。汗血馬を産することで知られる
（注8）　高長恭（五四一年～五七三年）北斉を建国した高洋の兄高澄の四男。

将軍は練兵に長けていた。部下はすべて将軍がじきじきに鍛え上げた精鋭であった。とはいっても、ここでいう練兵とは実は単に戦術的な訓示を与えるという方面に限られている。故に将軍の部下は闘いが始まると、向かうところ必ず勝利をおさめ、勝利の後はどうしても少しばかりは姦淫掠奪行為におよんだ。それは彼らの向かうところ敵なしの名誉と同様に人々の確信するところであった。人々は花将軍を話題にするとき、崇拝と賛美の中で、このことを玉に瑕として、将軍に遺憾の意を表するのであった。しかしそれは一体将軍が背負わねばならない責任なのであろうか。苛酷な人か、事の真相を弁えぬ人なら、「その通りだ」というかも知れぬが、将軍は内心それを否認しつづけていたのである。

もともと将軍は純粋な漢民族ではなかった。百年余りも前、ちょうど太宗李世民皇帝のころに、吐蕃の賛普（王）雄々しきソンツェンガンポ[注9]が使者を遣わし、大唐天使馮徳遐《ふうとくか》の帰朝するに同行せしめて、大唐の姫君を娶りたいと請うた折[注10]に、数多くの吐蕃商人が、大唐との国境地域までついてきて商いをした。そのような人々の中に花という武士が一人、本国では落ちぶれて頼るものとてなく、この機会に大唐を見てまわろうとしていた。武士は成都で落ち着いて、一軒の武具屋で弓矢戈矛など諸々の武器をつくる手伝いをした。当然それはこの武士の祖国の技術の粋なのであった。かれは漢族の娘を娶り、ここで家を成し事業を起こした。いま話題にしている花驚定将軍は、つまりその孫に当たるのだ。将軍は漢族の祖母と漢族の母の流れをくんでいるが、父方の血統から言えばやはり一人の吐蕃人だった。三世代にわたって漢族の国に住んでいたし、父親もすでに大唐の籍に入ってはいたが。将軍は幼い頃から元気盛んな祖父が語り聴かせる吐蕃の風俗、宗教、習慣といった話に慣らされ、この年老いた武人の絶妙の語りに感化されていたので、祖国の栄光は将軍の成長につれて心のなかで輝きを増していった。

だが将軍は結局大唐の武官となった。

将軍の武勇は、謀反をおこした梓州刺史段子璋(注11)を征伐したころから、人口に膾炙《かいしゃ》しはじめた。そのころ将軍は剣南節度使崔光遠の配下に属していた。将軍は自分の騎兵隊を率いて、はるばる綿州まで段子璋をおいつめ、逆賊の首級をとり、自ら引っ提げて崔節度使に献上した。そのとき成都市民から受けた歓迎の映えある光景は、将軍にとって真に生涯忘れ難いものであった。しかし将軍の過失もまたそのころから人々にささやかれはじめた。もともと将軍の騎兵隊はすべて漢族の武士であったので、将軍の訓練のもとで並外れた戦士になっていたとはいえ、漢族の貪欲と義にもとる根性は、将軍の軍事的知識で訓練されて良くなるというものではなかった。将軍が志を得て凱歌を奏しながら帰還するとき、綿州をすぎた沿道で、かれの部下たちは民家を襲い始めたのだった。

将軍はどのようにして配下の武士を抑えたのであろうか。

幾度か試みたあと、将軍はそれが自らの能力の許すあたわざる仕事であると感じたのだった。配下の兵士を死を畏れぬように訓練することはできる。大唐皇帝に忠誠を尽くすように訓

(注9) 本名ティ・ソンツェン(五八一年～六四九または六五〇年) チベット最初の王国吐蕃の創立者で、チベットに仏教を導入した人物でもある。
(注10) この求めに応じて吐蕃に嫁いだのが、文成公主である。
(注11) 東川節度使李奐が、剣南節度使段子璋の罷免を奏上したことを機に、七六一年、段が綿州の李を襲い、梁王を自称したが、崔光遠指揮下の花驚定によって殺害された事件を指す。

練することもできる。ただ兵士が財貨を愛さぬように訓練することだけは不可能だ。将軍は漢族の兵士の劣悪な品性を感じ取ったが、それはどうしようもないことだと思い始めたのである。どうやって彼らを縛るのだ。戦勝のときに乗じて人々の財宝を掠めとるものは全て一律に処刑するのか。真実を隠す必要もあるまい、そのようにすると全軍を処刑せねばならなくなる。そんな軍令を下すことができようか。訓戒という手を使うのか。戦略についての訓戒なら誰しも従おうが、掠奪を禁止するというなら、たとえ将軍が涙を流して説得をしても、誰も悔い改めはしない。そのような状況を目の当たりにし、民衆の将軍に対する無理解な怨嗟の声を聴くにつれ、勝利の喜びはすぐに消え去った。失望したかれの目の前によみがえってくる幻は、祖父の話にあった正直で勇敢で戦死のほかには何も求めない吐蕃兵の姿だった。

部下の放埒な行動のとばっちりを受けて、主将崔光遠は朝廷の処分をうけ、挙げ句の果てに憂愁の死をとげた。将軍自身もその関係で、ひたすら功をたて罪を償うことによってしか、もとの職にとどまっていられなかった。将軍が四川東部を平定して後、朝な夕な悩んでいたのは、このことにほかならない。

さて今や将軍は再び命をうけ、部下を率いて、険しい大雪の山中を、幾度も辺境の侵犯をくりかえす吐蕃、党項諸国軍の征伐に向かっていた。

成都を出発した日はすがすがしく晴れ上がった秋の天気であった。いかめしい騎兵隊を率い、号令兵が鋭いひちりきを馬上で吹くに任せ、大旗を山風にゆらめかせつつ、市民の歓迎の熱烈ぶりを思い返すと、将軍の雄々しい心が突然高鳴りだすのだった。絶大なる功績を築く好機だ。俺があの山賊どもを滅ぼしてやろう。朝廷にもどったら、郭子儀(注12)将軍に向かって笑って言ってやろう。「片付けて参りました。将軍のお手を煩わすにはおよびません」と。

一日目の行軍途上における将軍の思いはこのようなものだった。

然るに二日目は陰鬱な西域の山雨が降った。いりくんだ山のなか、瘴気が濃霧のようにあつまり、雨水にぬらされて、将軍と部下のフェルトに包んだ体をひたす。鼻は絶えず瘴気のあの硫黄のような臭みをかぎつけ、馬蹄も滑りやすい岩の上を踏むので、ときどき転倒しそうになった。将軍も部下も勇猛ではあったが、足取りはどうしても緩慢になるのだった。

そのとき暗い行く方をつんざいて、悲しい山猿の鳴き声と松のざわめきが聞こえてきた。将軍の心も景色につられて陰鬱になった。兵士たちは声も息も全然たてず、沿道にはただ馬の蹄鉄が土を踏む音と、ときたま矛が木の枝や崖にぶつかる音が聞こえるばかり。将軍もまるで声をたてず、ただ腰の宝刀のつばと身に帯びた銅環のこすれあう音が聞こえるだけである。しかし将軍も兵士も心の中では思いをめぐらせていた。

兵士たちの考えていたことはこうである。

今回は西南の吐蕃をやっつけることになった。敵兵の戦闘ははげしいもので、鋭利な刀をもち、人の体を貫いた後さらに飛び出して大木の幹にささるほどの弓矢をもっている。三百歩の外まで飛んでくる投槍と堅い籐の盾をもっているから、射ち込んだ矢や切りつけた刀は全部はねかえされると聞く。なんと恐るべき強敵であることか。しかし考えてもみろ、遠くまで名を馳せる花将軍に付き従っているのだ、勝利の保証を得たのとおなじではないか。我々の軍隊が

（注12）　郭子儀　かくしぎ（六九七年～七八一年）玄宗、粛宗、代宗、徳宗に仕えた軍人。

どこへ行っても勝をおさめているのは誰だって知っている。以前、段子璋が東川で反乱したとき、やつの軍隊は十万と称していたではないか。崔将軍は敗戦を喫して逃げた。李奐将軍は兵を率いて数回戦ったが、やはり攻め落とせず敗退した。我々が花将軍についていったからこそ、ようやく段子璋を打ち破り、首をとることができたのだ。そう考えれば、吐蕃軍が荒々しくとも気に病むことはないのだ。将軍は必ずや諸葛亮孔明が孟獲を捕えたような妙計(注13)を案ずるであろう。しかも吐蕃といえば西方の宝の国と聞く。天下に名の知れた緑玉（エメラルド）や紅玉（ルビー）の産地、火斉珠(注14)があり、谷間には牛や羊や千里の駒がいっぱい、良質の絨毯はあるし、麝香のかおる賛普の館には、裸の美女が数千人もいて、日がな一日、箜篌《くご》(注15)を弾じたり、銅鼓をたたいたり、踊ったりしている。ああ、もし戦いに勝ったら、それらを全部楽しむことができるのだ。段子璋を平定したときは、民家からほんの少しの報酬を頂戴したがために、朝廷は驚きと疑いを抱き、花驚定将軍の官位は上がらず、俺たちも今まで一兵卒のままで来た。今度こそは吐蕃征伐に行くのだから、勝利の後少しばかり夷狄の宝物や女を掠奪したところで、きっと皇帝陛下はお許しになるであろう。俺たちは陛下の為に辺境開拓に行くのだ。それでも罪になることがあるだろうか。とすれば、今度行って勝利をおさめれば、昇進ばかりか、一財産つくれるではないか。何と愉快なことだろう。……

兵士たちの考えはほぼ全員がそんなところであったが、なかでも将軍の後方を進んでいた兵士は、吐蕃で手に入れた宝石をもって凱旋し、久しく別れていた妻子にそれを捧げるところまで夢想すると、おもわず鉄兜の下から抑えきれずに笑みを漏らしたのである。

しかし前方を勇猛に進んでいた将軍は、背後の兵士たちがこのようなときに笑みを浮かべているなど思ってもみなかった。なぜなら、心境が天気にあわせて急に陰鬱になっていた花驚定将軍は、重苦しい悩みで頭が一杯だったのである。

今回は命によって吐蕃・党項(注16)の諸国征伐に行くのだ。だが俺は祖国の軍隊と出くわさないように願っている。ことは少しばかりやっかいだ。数日前節度使閣下から下された書状によれば、辺境に外敵の危険があり、この花驚定に騎兵部隊を率いて昼夜兼行で討伐に赴くようにとの思し召し。そこで昨日は勢いよく出発したものの、自分の出身を何故忘れてしまっていたのだろうか。俺は吐蕃の人間ではないか。節度使殿は一体俺がもともと吐蕃の者であることを知っているのか。どうして俺を吐蕃征伐に派遣するのか。俺が吐蕃人であることを知っているなら、故意に俺を派遣し、俺に自分の故郷の人々を殺させようということではないか。もしそうだとしたら、俺はどうすればいいのだ。俺を派遣するのに故意の理由があろうがなかろうが、俺はこうして出かけて行って、大唐王朝の為に真の忠義を尽くし、懸命になって祖国の人々を殺すべきなのだろうか。いや、それは吐蕃族の武士たるもののなすべきことではあるまい。しかし命令に背くことも自分の職責にもとることになる。……

将軍はそんなことを考えながら、それ以上適当な方法も思いつかないまま、前日命令通りに

（注13）『三国演義』の「諸葛亮七擒孟獲」の挿話による。正史『三国志』には孟獲について記載がない。
（注14）穴のあいたガラス玉、ビーズ。とんぼ玉とも。
（注15）古代中国、朝鮮の弦楽器で弦をはじいて奏でる。
（注16）党項　タングート、青海、四川周辺のチベット系民族で羌《きょう》と同じ、五胡十六国時代に後秦を建てた姚氏も羌である。十一世紀には西夏を建国した。

出発したことを悔みはじめていた。

行軍の二日目に陰鬱な山雨を突破しつつ、大宛馬の上で物思いにふけっていた将軍の考えは、こうして前日とは随分変ってしまった。

三日目、将軍とその騎兵隊は最も深い山の谷間にさしかかった。雨はあいも変らず降り続いている。将軍は黙って昨日の物思いにふけり、兵士たちは勝利の後の幸福を追いかけていた。将軍の後ろの例の兵士は、瘴雨のなかに時ならず自分の愛妻の顔を見て微笑していた。

たまたま将軍は振り返って、部下が英雄的な厳粛さではなく、軽薄な微笑を顔に浮かべているのを目に留めた。将軍は思わずこの部下に対して厭わしいものを感じた。出陣は厳粛な事柄だ。自分の生命を祖国に捧げようというのだからな。ところがこの漢族の兵士は厳粛なときににやにや笑っている。それはこの男の勇気を示しているのか、それとも無知を示しているのか。将軍はもはやはっきりと部下の心中を見通していた。にやにや笑っているこの男だけではなく、表情は厳かに繕っている兵士たちがこの時腹のなかで密かに何を言いたがっているか、もはやすべてが明白であった。

将軍が見上げると、灰色にけむった空を、一羽の隼が、雨雲を突き抜けて西の方に身を投じるように飛び去った。将軍は思わず長いため息をついたのだった。

「ゲンテイの神よ(注17)、私がどうしてこのようなろくでもない漢族の奴隷を率いて祖国に歯向かいましょう。私はもはや流れ者の生涯に嫌気がさしました。祖父の魂とともに、祖国の大原野の懐に帰りたい。崇高なる大賛普よ、まだ私のような男を祖国の子として受入れて頂けましょうか。私は半分しか吐蕃の肉体をもってはおりませんが、吐蕃人の魂と力はすべて受け継いでおります。大賛普の金の矢を私のために一本残して下さりさえすれば、私は喜んでお召しに従いましょう。私には、卑しい民族のなかで将軍となるよりも、英雄居並ぶ祖国の軍隊のなかで、ラッパ吹きの兵隊になるほうが、ずっと光栄なのです。ああ、お前たち貪欲な愚か者ども、お前たちが自分の夢想を実現させようと考えはじめた時が、お前たちの最後だ。」

将軍の考えにこのような突然の変化が訪れたのであれば、三日目の行軍中に、この騎兵隊を連れ吐蕃兵のところへ行って何をするのかと将軍に尋ねたところで、将軍にはきっぱりと答えることはできなかったであろう。

さて将軍とその騎兵隊はとうとう国境に到着した。

国境はタールー川のほとりにあり、タールー川を渡ると、連綿と数百里の長さで絶壁の続く草木も生えない大雪山が連なっている。そういった山の谷間では、時たま風にたなびくむかで型の蛮旗を見ることがあり、吐蕃兵の胡笳(注18)の音も順風に乗じて、舞い上がった黄砂に包まれながら、これらの谷間から伝わってくる。するとタールー川の辺の漢人の居留民は、驚いて続々と丘にかけのぼり、吐蕃兵がまた襲来したのではないかと疑ってみるのである。

そこは小さな町で、鷲の形をした高い峰の麓の南の平地にあった。山の中から青い清水が流れ出して、曲がりくねりつつ、この町の前面と平野部を横切り、西方向に曲って、小山を一つ

（注17）　原文「羱羝之神」、羱羝は角の大きなオスの羊を指す。『旧唐書・吐蕃傳』に吐蕃人は「多く羱羝之神につかえる」とあり、羊の神を信仰する風習があったと考えられる。

（注18）　葦の葉でつくった笛。古代の胡人が鳴らしたという。

めぐってから、タールー川に流れ込んでいる。町の人口はあまり多くなくて、数字をあげるとすれば、百数十戸ほどであった。どの家もその清水に面していた。清水のほとりには美しい柳やギョリュウやエンジュが生えていた。この町は、西の辺境にあって、唐と西南異民族を掌握する交通の要衝の中でも、景勝の地とうたわれていたのである。

太宗李世民の貞観年間、唐と吐蕃との交わりが生じて以来、深山幽谷を行き交う人馬に踏み固められて、この街道が出来た。少々頭のよい蜀の人々が、この平野に竹や茅で小屋をたて、チーズやナンの類を用意して、行き交う旅人や商人の休息所にした。すると人口が増え始め、建物も次第に煉瓦づくりに変っていって、現在ではこの決して静かとはいえない町も、百年の歴史を数えるようになった。しかし近頃吐蕃の大賛普は、党項、東女(注19)、白狗(注20)など小国の使者の遊説に動かされて、親族関係を有する大唐皇帝の領土に対する侵略の野心を起こしていた。それで先ず辺境地帯が次々に吐蕃の兵隊によって挑戦的な攪乱をうけていた。この町は地理的な関係で、忽然と出入りする吐蕃兵の大いなる掠奪の対象となったのである。

辺境が不穏になると、唐の大軍が再び成都に駐在するようになり、この町の住民も壮健な男子であれば、敵の兵隊に十分抵抗できるようになった。吐蕃兵と同様の素晴らしい投げ槍と様々な刀術を学んだのである。彼らは、それが吐蕃兵の必勝の妙技であること、そして旋風のように襲ってくる吐蕃兵に打ち勝つには、この二種類の武術しかないことをよく知っていた。あるとき吐蕃や羌などの蛮族の野心家が、小隊をつくって、早馬を駆りたて、先端に白い羽を靡かせた長矛を立てたまま、向う側の山の上から真っ直ぐに襲いかかってきた。町の武士は全員で陣形を組んで馬の背に高々と跨がり、渓流のめぐる小山の上で待ち構えた。吐蕃兵はとうにこの町の武士たちの評判を聞き及んでいたので、考え直してみて、もし自分の手に負えない相手と感じたら、たとえ小山のふもとまで突撃してきていても、即刻たづなを翻して撤退するのである。戦わずして勝利をおさめた町の武士たちは、高笑いをしながら町の居酒屋に戻り、大いに飲んだ。しかし羌蛮の輩が負けたままで引き下がりはしないこと、退却してももっと多くの人馬をかき集めて再び襲ってくるに違いないことを、彼らはよくわかっていたから、適当に楽しんで飲むと、またもと通り厳重に武装して、木の枝の上、谷間、岩の裂け目、くさむら、煉瓦の山の後などそれぞれの持ち場に四散したのである。往々にして月の明るい夜には、誰かがまず一騎走ってくるのをみつけると、続いて二騎、三騎、四騎と次々に二、三百騎も蛮勇の吐蕃兵が来襲することがあった。すると口笛を鳴らして互いに警告しあいながら、それぞれの隠れ場所からこっそりと一騎また一騎と射かけるのだ。勇気と力を頼むばかりの吐蕃兵は、どうしても竹の矢や投げ槍を発射する相手を見つけだせず、死物狂いで突っ込んでくる。結果はたいてい七八騎が残って狼狽しながら逃げ帰るだけであった。そのため吐蕃兵はこの町を恨みに思っていたのである。最近になって吐蕃の賛普が、できるかぎり唐の領土に攻め込むよう正式な命令を下したので、千も万もの吐蕃の大軍が大平原で一日中訓練している様子をみ

（注19）『旧唐書』巻百九十七東蛮西南蛮傳に「東女国は西羌の別種、西海中に復た女国あるを以て、故に東女と称す。俗に女を王となす。東は茂州、党項と接し、東南は雅州と接し、羅女蛮、伯狼夷と界を隔てる、とある。

（注20）東女と同じく羌の一部族、『旧唐書』巻百九十七東蛮西南蛮傳に、白狗王が東女王、哥隣王とともに四川に侵入した記述が見える。

かけるようになってきた。町には朝廷からさし向けられた七、八十人の国境守備隊がおり、鷲の形の高峰には大きな狼煙台が築かれていたけれども、それが何の役にたつであろう。守備隊は戦いときいただけで逃げ出そうとする役たたず。狼煙台から大きな烽火があがっていても、蜀の地には高山が多く、十里離れたら烽火はおそらくまるで見えなくなってしまう。それでこの町の人々は少しばかり危惧をもっていた。もし次の来襲に彼らが抵抗しきれなければ、この町は全員命を失うことになる。しかも敵兵がこの最も重要な交通の要衝を手に入れれば、あとはいともたやすく長距離を駆け抜けて、成都に攻め入ることだろうと考えた。この町、蜀の地、さらに唐の全領土を救うためには、町の人々は飛脚を成都に走らせ、駐留軍の増強を頼むことによって、守備を万全のものにしなければならなかった。

将軍はこのような使命を帯びてこの町にやってきたのである。

将軍が町についたのは、ちょうど町の武士たちが吐蕃・党項の混成軍一、二百騎を打ち破ったあとのことである。町ではまさに祝宴が催されていた。将軍があまり高くない山の崖から一番目に姿を現わして町はずれに向かって進み、その後二列の騎兵隊が次第に姿を現わすと、勝利の熱気に沸き立っていた町の人々は、大多数が酒場の門前の大木の下に散らばっている卓のそばに集っていた。そのなかの眼光の鋭い男が警告を発すると、すぐに皆疑いの表情を浮かべて立ち上がり、将軍の姿を見守っていた。

はっきり唐の軍旗を掲げていたことが、怯えていた町の人々を安心させた。最も早く将軍を迎えたのは、自分たちの礼儀作法に基づいてのことだが、例の形ばかりの守備兵たちである。彼らはすぐに酒席をたって、さきほどの疑いとまた吐蕃兵の来襲かという恐怖心を拭いさり、隊を集めると、威厳ある整った軍容を装って、歓迎のラッパを吹く兵隊を先頭に、将軍とその騎兵隊を迎えに出てきた。

守備隊長がふるえながら将軍の目の前で馬をおり、軍礼をした。

「我々は五、六年前からここに駐在している守備隊であります。将軍の旗印を拝見し、こちらからの警報によって朝廷からさし向けられた大軍と知り、特別にお迎えに参上しました。」

将軍は男をちらりと見て言った。

「そちが隊長か。」

「は、はい、前の隊長が今度吐蕃兵に射ち殺されましたので、仲間がそれがしを推挙したのであります。」

「よし、御苦労であった。先を歩いて町へ案内してくれ。」

将軍と配下の騎兵隊が町に到着し、適当な営舎をさがし、休息のために解散したのは、ちょうど申の刻（午後四時）頃であった。その日はよい天気であった。将軍は風景をながめながら、一人で足の向くまま酒場の前にやってきて、一卓を選んで腰掛けた。将軍は渓流や樹木や遠くの山を見つめていた。有名な将軍の顔色をうかがいにやってきたたくさんの武士や女たちがまわりを取り囲んだが、将軍は気付かぬ様子。気をまわした酒場の主人が愛想笑いを浮かべながら尋ねた。

「将軍様、食事になさいますか。」

将軍は相変わらず黙ったまま、視線は遠くを注視していた。

将軍のまなざしはぼんやりと遠くを見ているようであったが、取り囲んだ人々の誰か一人でもその視線に細かい注意を払いさえすれば、将軍が実は何も見ていなかった、ということに容易に気がついたであろう。ところがこれらの人々の中には結局そのことに気づいたものはおらず、立ち往生する酒場の主人をながめながら、将軍の厳粛な態度に心中恐れをなしていたのである。

しばらくして、将軍は夢幻から醒めたように、振り返って、手に布巾をもった主人と周囲の観衆がぼんやり立ち尽くしているのを見ると、笑って言った。

「酒をくれ。何かつまみがあったら適当にみつくろってな。」

将軍の微笑と男性的な美しい流し目は大きな魅力をもっていた。酒場の主人が将軍のために卓を拭いて得意げに店のなかに入っていったとき、まわりで見ていた群衆は、急になにやら愛の力を感じたかのように、将軍が優しくて親しみ深い人物に見えてきたのだった。

「どうして先程はこの将軍が猛々しく見えたのだろう。見間違いだったのか。」

「勇猛果敢な逆賊段子璋の首がとれるような男には見えねぇな。何でまたこの人はこんなに優しそうなのか。」人々は皆このような暗中模索の態だったのである。

将軍は一人で酒を飲み、数日の行程の間静まることのなかった思いは、この辺境の小さな町に来てからますます乱れた。もう吐蕃領のすぐ近くまで来てしまった。一体どちらに決めるべきなのか。もし今夜吐蕃軍が、大唐が彼らを征伐するために騎兵隊を派遣してきたと知って、夜っぴいて攻めて来たら、それも有り得ぬことではないが、そうしたらどのような態度をとればいいのか。勇気を奮って抵抗し、敵を滅ぼすのか。それともこの二日間の穏やかならざる考えに従って、あっさりと自分の祖国の武士を迎え入れ、矛をひるがえして付き従ってきた貪欲な部下を殺戮し、遥かな大唐の土地を侵略するのか。将軍は以前東川を平定した功績の高さに対して、褒賞が得られなかったことを思いだした。挙げ句の果てに漢族の詩人杜甫までが見るにみかねて不平をならし「花卿歌」という詩をつくった。その朝廷に対する嘲りの口調の「人は道う我が卿世に絶えて無し、すでに世に絶えて無しと称するに、天子何ぞ喚び取って東都を守らしめざる（注21）」という結びの句を思い起こせば、将軍も容易に新しい人生への決断ができていたことだろう。けれども将軍がここに至ってもなおこの問題にきっぱりとした解決の道をとることができないのは、将軍が第二の故郷である成都に実は強い未練をもっていたからなのである。将軍は妻もめとらず、両親も亡くなって、足手まといは何もなかった。成都で生まれ育って、もはや三十四年をすごしたので、温かくて柔和な将軍の考え方からすれば、祖国吐蕃に対する感情は成都に対する感情ほど強くは感じられなかったのだが、別の面では将軍の英雄的思想は、もっぱら彼を祖国吐蕃へと引き戻すのである。将軍には同時にこのような二つの思いがあって、迷っていたのだ。祖父の口から聞かされた武勇に長け正直な吐蕃の人々を敬ってはいたが、大唐の例えば成都のような繁華な生活も捨て難いものだったのである。また祖国の人々を率いて成都に攻め込み、漢人にとって代るのも忍びなかった。将軍はときならず空の酒杯を掲げ、世迷いごとに耽けったのであった。

「いずれにせよ、こんなに貪欲で下劣な漢人には嫌気がさした。漢人にもたくさん正直ない

（注21）　注1参照。

い加減でない人々がいるが、俺はもし新しい出口が見出せなければ、永遠にこれらの貪婪な者共の群に埋もれてしまう。それだけで俺が謀反をおこす十分な理由になる。ああ、俺は謀反を起こしたいのだ。」

酔いのまわった将軍の考えは偏ってきていた。

将軍はふらふらと立ち上がり、自分の営舎にもどろうとした。しかし困ったことに将軍は強い酒を飲み過ぎてしまった。ようやく立ち上がりはしたが、目の前で赤い輪がぐるぐるまわって、両足が萎え、またすわりこんでしまった。

将軍の朦朧とした眼が周囲をみまわすと、たくさんの人々が何時までも彼一人を見つめ、彼の体から永遠の楽しみが得られるかの様子をしている。それで将軍はまた赤い顔をして微笑んだ。

酔った将軍の二度目の微笑で、眉間に現われたり隠れたりしていた猛々しく鋭い表情が完全に失われたので、武士や婦人たちの目には、この時の将軍がまことに風流かつ穏やかな酔顔の人物と映った。将軍がこうして微笑すると人々もそれにつられて顔を見合せながら微笑するのだった。

食べ物屋を開いている髭の男が、町でいちばんのお節介焼きだったが、この男、目を細くして笑い顔を見せながら、いささか媚びへつらう面持ちで将軍に向かって言うのだ。

「将軍さま、お酔いになりましたな。」

「酔ってはおらぬ。」将軍は微笑みながら返事をしたが、振り返って声をかけたのが誰なのか確かめようともしなかった。

「将軍さまは何時吐蕃兵を討ちにお出かけに。」

髭の男は将軍が彼を振り返って見もしなかったので、人込みから少しばかり進み出て、将軍に面と向かって率直にそんな質問をしたのである。

将軍は内心不意をつかれて驚いた。何時吐蕃兵を討ちに行くのかだと。ここで俺を取り囲んでいるものは皆そんな風に俺を詰問しようとしているのか。あたかも心の内を見抜かれてしまったかのように、将軍はいささか混乱していた。振り返って、見るともなしにこのような粗忽な質問を発した男を見ると、男は媚びへつらうような鬱陶しい愚鈍の相だったので、将軍は眉間に深々と皺を寄せた。

不興をかった食べ物屋の髭男は、顔を赤らめてきまり悪げにひきさがった。そばにいた人々も口をとがらせて嘲笑の眼差で男を見送ったのである。しかしそれと同時にその場を囲んでいた観衆は不安になった。いつ吐蕃兵を討ちに行くのかと尋ねるものがあるとすぐに将軍が眉に皺をよせたところを見ると、将軍は武勇に優れてはいるけれども、投げ槍の得意な吐蕃人に対して、どうしても警戒心を免れないのだと、皆は考えたのである。今の形勢では、吐蕃、党項、羌の征伐をしても必ずしも勝てるとは限らない。そこまで推察すると皆は危惧と猜疑の表情を浮かべたのだった。

将軍は人々の恐慌の面持ちを理解して、少しばかり忍びない気持になった。自分がもし祖国に帰順したら、そのときは正直で武勇に優れた祖国の人々が、唐の領土に突入してきて、平生貪欲でどうしようもない漢人をきれいにやっつけてしまうだろう、と内心想像しながら、今こうした蒙昧で善良で、彼に頼って平和の保証を得ようとする町の住民の哀れな表情を見ていると、別の感慨も湧いてくるのだ。

「結局戦さとは、とりわけ二つの異なった民族の対立する戦さとは、呪われるべきものなのだ。」

将軍はそんな風に考えていたのだった。

そこへ一人の刀を帯びた武士が近づいてきた。ちょうど将軍が樽の酒を飲み干し、酒樽を下に置いたときのことである。

「将軍、さきほどから御様子を拝見しており申した。将軍は主命により、それがしどもが吐蕃を征伐する応援にこられたとお見受けするが、将軍がこの吐蕃征伐の責任にたいして優柔不断な態度をとられるのには失望いたした。皆将軍の様子をみて不安になっておるのでござる。この者たちは今互いに議論しあっていたのではござらぬか。もはや今度ばかりは将軍も確かな保証にはならぬ、と感じている様子。成都から来られた有名な花将軍がこんな事では、それがしどもとあの手薄な辺境警備兵で、どうしてあの強い吐蕃と西羌諸国の兵馬に抵抗できましょうか。今までのところ敵は河源を通る道をとり隴西の方を侵略に行っているゆえ、われらの方では一向に騒乱は起こらなかったが、最近吐蕃は剣南侵略の野望を抱いて、大小の部隊でしばしばやってきては、われらが兵力を試しているのでござる。さいわい皆が力を合わせて何度も敵を撃退したものの、敵が大軍を集めて襲撃してくれば、われらに勝ち目はござらん。そのような危険を見て取って成都に救援を求める使者を送りもうした。さきほど将軍の旗印が山の崖の向こうから現われたとき、われらが如何に安堵したか。しかし今将軍がこのような態度をとられるのであれば、人々はすぐに希望を失いますぞ。ご覧あれ、将軍、あの者どもはどうやって引っ越すかという相談をしているではござらぬか。」

言えば言うほど豪気あふれてくるこの武士は、議論紛々たる町の民衆を指さしながら、厳しい眼差で将軍を見つめていた。将軍はかつてこのような厳しい叱責を受けたことがなかった。この荒々しい熱血の武者の言うことは、将軍を誤解している町民全体の意思を代弁するものだとわかっていたが、こんなときどういう具合に釈明すべきなのか。将軍はあいかわらず微笑していた。将軍にとって、それは穏やかな態度を装うと同時に、密かに考えを練ることでもあったが、話をやめて静かに将軍の回答を待っている人々にとっては、ますます疑わしく感じられたのである。

空に夜の幕がおりた。率直な武者はいらだちはじめた。

「もし将軍が吐蕃の討伐を……たいへん……」

将軍はさっと立ち上がり、左手でさえぎった。

「だまれ。」

それから将軍は大笑いをしたのである。

「お前は俺が吐蕃を討伐できぬというのか。」

将軍は本来の英雄的傲慢の態度で訊いた。しかしその武者が返答するのを待たずして、左側の人込みが騒がしくなり、町の武士の一人が、将軍の部下の騎兵をひきずって、人々をかきわけ将軍の方へまっすぐに近づいてきたのである。将軍は驚いて大声で言った。

「手を放せ。何事だ。」

武士の後には大勢の人々がついてきて、まっすぐ寄ってくると、将軍を取り囲んだ。武士は将軍の前に進み出て、手をゆるめ、その騎兵を引き据えた。それから怒気もあらわに騎兵を指さしながら、将軍に向かって言った。

「そいつに聞いてくれ。」

将軍は、地面に引き据えられたどうやら決闘をしたらしい騎兵を見て、それが五日間の行程でしばしば妄想から一人にやにやしていた男であると知った。そこで厳しい声で詰問したのである。

「言え。何をしでかした。」

しかし地面に引き据えられた騎兵は結局顔を覆ったまま返事をしなかった。

「あんたが話してくれ。」

将軍は向き直ってその武士に言った。

武士はしばらく黙っていたが、腰に帯びた刀の鞘でその騎兵を指さしながら、将軍に向かって言った。

「そいつに聞いてくれ。人の娘のあとをつけて、刀をもって部屋に押し入り、何をしようとしたのだ。」

民衆は怒りを爆発させ、すべての武士が刀を抜いた。

「奴を殺せ。」

将軍は目の前が真っ暗になるのを覚え、しばらく沈黙をまもった。人々は将軍がこの道を踏み外した騎兵の処置を考えているのだと思っていたが、実は将軍の眼前には空漠たる祖国の平原の幻が浮び上がっていたのである。先刻民衆によって刺激された心境は、急激に鎮静化され、旧態依然とした卑賤な部下を見ているうちに、皆殺しにして、一人で英雄的な祖国に帰還したいと本気で考えるのだった。かくて将軍の謀反の意思がまた頭をもたげてきたのである。とは言え当面の問題を片付けねばならない。将軍はその騎兵をどなりつけて訊いた。

「本当にそんなことがあったのか。何か弁明することはないのか。」

騎兵は這いつくばりながら将軍に哀れみを乞い狡猾そうに言った。

「あったことはありましたが、将軍、けっして悪意からのことではありませぬ。それがしは刀が錆びたので、町中をさがしまわりましたが、一軒も錆びを落とす鍛治屋を見つけられず、砥石を借りて自分で研ごうと思っておりました。ちょうど娘さんが一人家に入って行くのが見えたのでついて入ったところ、その娘さんが急に怯えて庭で大声をあげ、それでこの武勇にすぐれた方が出てきて事情も聞かずに刀を抜いてかかってきたので。自分の命をまもるために幾合せか太刀合いましたが、ついに敗れてこのように引き立てられた次第……」

「ふん。よくもぬけぬけと。まず俺が叩っ斬ってやる、それから許しを乞うのはお前の勝手だ。」

武士は怒りで鼻息を荒立て、また腰の剣を抜いてこのように怒鳴りながら、本気で斬りおろそうとした。その動きを制止したのは、言うまでもなく将軍である。彼はこう言ったのだった。

「待て、それはいかん。あんたがまず事の成り行きを説明してくれなくては。こやつの言うことにも一理あるではないか。」

「全部うそっぱちだ。」

「それならあんたの話をきこう。」

「俺には言うことなんかない。俺が部屋で刀を磨いでいたら、急に妹が庭で助けてと叫んだから、この刀を提げて走って出たら、このちんぴらが刀で妹を脅していたんだ。将軍、そいつは一体どういうことなのだ。この野郎を斬っちゃいけないとでも。」

将軍は両者を一目ずつ見て言った。

「どうやらあんたの妹御本人に事情を説明してもらわねばなるまいな。ここにおるか。」

武士は人込みの後の方から一人の娘をひっぱり出してきて、将軍の面前に立たせた。将軍は急に細胞の震えを覚え、それから地面にひれ伏している騎兵に目をやって、唇をかすかにひきつらせたのである。将軍は目を閉じ、厳かな調子で娘に言った。「どういうことなのだ。そなたはありのままに申さねばならぬぞ。それがそなたの責任なのだ。前後の事情をすべて話すのだ、娘御。」

「事実はこういうことでございます。さきほど将軍様がお酒を召し上がるのを見てから、空も暗くなってまいりましたから、激しい戦いを終えて兄が家で休んでいるのを思い出し、きっとお腹をすかしているだろうと、急いで家に戻ろうとしたのです。ところが何歩も行かないうちに、反対側から将軍様の御家来がやってまいりました。その人は立ち止まって私を見ていましたが、私がそばを通り過ぎるのをまって私のあとをつけてまいりました。そして『娘さんお家はどこですか』とか『遊びに行ってもいいですか』とか不躾けなことを聞くのです。私は無視しましたが、とうとう後について家まで入ってくると、刀を抜いて無理矢理私を……。それで私は兄を呼び、後のことは兄が申した通りです。」

娘はとても歯切れのよい声をしていた。将軍は内心こんなことを考えていた。蜀という国は昔から美女の産地との聞こえが高いが、俺は蜀で育ったというのに、今まで三十余年間一人も美人を見たことがない。あらゆる女は外出するのに必ず覆いのついた駕籠にのり、頭には黒い布を巻いて顔の大半が見えないようにしなければならないのだ。ところが目の前に立っている女は魔性の女のように賢くまた美しい。部下の騎兵がよからぬ態度に出たのも無理からぬことだ、と。

しかし将軍はそのようなことは絶対に口に出せなかったので、地面に伏している部下をじっと見据えるばかりであった。

「そういうことではないのか。まだ弁解することがあるのか。」

騎兵は言葉もなかった。

「我々は町の人々を守るためにやってきたのだ。吐蕃兵がやってきたときですら、このような不名誉な行為はしなかった。しかるに貴様は危険もかえりみず敢えて誰より先にこのようなことをしでかしたのだ。貴様のようなやつは残しておいても何の役にたつのか。吐蕃を打ち破り、蛮人たちの国に行ったなら、兄弟たちにちょっと楽しみを与えもしよう。しかし今自国の領土内でよくもこんな不名誉な事件を起こしてくれたな。よし、貴様がそうしたいというなら、俺が貴様に永遠をくれてやろう。」

将軍がそう言うと、周りの観衆は一人として寒気を覚えないものがいなかった。将軍が振り返ると、後に将軍の衛兵が立っていた。将軍は厳しく号令を発した。

「こいつを斬れ。首はあの木に懸けるのだ。」

観衆は一斉に叫び声をあげ、女たちは顔を覆って、後にさがった。法を犯した騎兵の首は衛兵に高くかかげられ、将軍の指定した木に懸けられた。そのとき将軍は内心かすかな衝撃を覚えた。その騎兵の首が嘲けるような凶悪な笑いを浮かべているのを見たのである。そんな笑い顔を将軍は今まで見たことがなかった。しかもいつまでも忘れ難いのである。将軍は額の汗をぬぐい、心を落ち着けて、事件によって集ってきた騎兵たちに向かって訓示を行なった。

「皆の者、よく覚えておくのだぞ。我々は上の命令でここの民衆を守るためにやってきたのだ。むやみに人々をかき乱してよい道理がどこにある。この不埒者のように法を犯して捕えられたものが処罰されなかったら、我々に軍規がなくなってしまったも同然ではないか。周りにいる村の人々が納得してくれるものか。俺は決して皆の者を苛酷に扱おうとしているのではない。ただここの民衆のことを考えてくれるだけでいい。この人たちがどうして我々の到来を歓迎してくれるのかを。さあ、皆の者、この不埒者の首に向かって、各自よく胆に銘ずるのだ。我々の軍隊の名誉を重んじるのだ。吐蕃軍を打ち破ったら、大いに楽しむことができるではないか。吐蕃の都に討ち入ったなら、ここよりずっといいことがあるではないか。」

将軍がこうして十分暗示をこめた話をすると、部下の騎兵たちは意外や意外、何も言わずに帰って行った。将軍は自分の部下のことをよく理解していた。名誉とか法律とかいったもので彼らの常軌を逸した行動を規制しようとしても、何も効き目がなく、木に懸けられた同僚の首を見ても何も感じない連中なのである。吐蕃を打ち破ったら女を犯しても金品を奪っても構わないのだ、という暗示を与えておけば、もうすぐ手に入る大きな幸福を思って、このような小さな町に食指を動かそうとしなくなるのだ。

部下の騎兵隊が解散すると、観衆も次第に帰って行った。夜の気配がもう町を支配していた。将軍は虚しい気持で刀の柄を手でささえながら、ゆっくりとした足取りを踏出し、自分の営舎に帰ろうとした。ふと目を上げると、さきほどの町の武士とその妹が、距離にして十数歩ばかりのところを歩いている。将軍は急に突き上げてくる欲求に動かされて、よく考えもせずに叫んだのだった。

「あいや、しばらく。待たれよ。」

武士とその妹が振り返った。歩みをとめ、意表をつかれたような面持ちで将軍のでかたを待っている。将軍が近づいていくと、武士は従順に尋ねるのだった。

「何か命令でござるか。将軍。」

それで将軍の方が逆にとまどってしまった。何か命令があるのか。将軍はそこで再三考えるのだが、この二人に命令などあるはずがない。しかし将軍はずっと人や物に機敏に接する態度をとってきた。樹木の向こうから昇ってきた秋の月の白い光のなかで、将軍はまた優しそうに微笑したのである。

「命令？　いやそうではない。俺は先程の事件に対する処置が適当だったかどうか、聞きたかったのだ。」

武士は将軍の顔を見守りながら落ち着いて言った。

「結構でした。将軍の規律に感謝いたさねばなりませぬ。」

将軍の顔は黒い服装の娘の方を見た。

「あんたは？」

「私？　少し厳しすぎたと思いました。あの人結局私を傷つけたわけではありませんもの。」

娘は将軍を仰ぎ見ながらそのように言った。将軍は相変らず落ち着いて愛すべき微笑を浮かべ、放心したようなまなざしで娘を見つめていた。が最後に何ということもなしに言った。

「本当に？」

将軍特有のまなざしの魅力——それは月光のなかで絶えず娘に攻撃をかけるように輝いていた——と、将軍のなれなれしい言葉遣いのせいで、娘は思わず顔を赤らめてうつむいた。将軍はすぐさま自分の言葉が不適当であったと気付いた。将軍は娘の言葉の前半をさして言ったのだった。しかし娘がそれを後半に対して詰問したのだと誤解していたら、まずいことになる。将軍はそう感じとり、言葉をつないで取り繕った。

「そなた、本当に厳しすぎたと思うのか。しかし……しかし軍隊の規律に人情は含まれてはいないのだ。」

武士はようやく安心した。

「将軍、拙宅で夕食でも召し上がりませぬか。」

将軍は心で迷いながら、口ではもう決めてしまっていた。

「うむ、邪魔になるのではないかね。」

深夜の月明りのなかを宮舎へともどろうとして、首が掛っている木の下を通りかかったとき、花将軍は全身が震えるのを感じた。将軍の手で殺された人々の数はもはや少ないとは言えなくなっていたが、将軍はかつて一度もそれらの人々を記憶に蘇らせたことはなかった。しかし今回は将軍も異様に感じたのである。橙色の明りの下で、客好きの武士とその妹とともにすわって、静かな夕食をとった一時《ひととき》から、将軍の目の前にぼんやりとあの処刑された騎兵の凶悪な笑い顔がちらつきだした。武士や娘とのうちとけた会話がとぎれると将軍は身の縮むような感じにとらわれるのである。その状態からどうしても抜け出せなかった。晩の山風が、月光にはっきりと照し出された首の掛った木を揺らしているこの場所を、今まで大胆にふるまってきた将軍も顔を覆い隠して、寒気に耐えながらそそくさと通り過ぎたのである。

門衛に地形の調査に出かけていたと嘘をついて営舎に入った花将軍は、深いため息をついて椅子にすわりこんだ。将軍はとても眠れる気分ではなかった。ひとつには酒を飲みすぎたせいもあるが、将軍の頭のなかにいろいろな考えが錯綜していたので整理してみる必要もあった。

考えが錯綜しているといっても、決して解決困難な問題だったわけではない。もし将軍が何によって突然考えが乱れたのか、その原因を仔細に分析すれば、当然解決できたはずである。それが間違いなくあの可愛らしい娘のせいであることを、将軍自身はっきりと知らないはずはない。ただ将軍は生まれ育って三十四歳になるが、大小何百という戦争をくぐりぬけて、巴蜀の人々は皆将軍が厳しい正義の英雄であることを承知しており、将軍自身も天を頂いて地に立っている剛直の男子であることを自負して毎日を過ごしていた。恋愛のようなことは、平静な生活を捨ててわざわざ煩悩を追いもとめる自暴自棄の行為とずっと将軍は考えてきた。将軍はいつも、酒と戦争が自分の定めであり、それ以外のことは何も気にかけるつもりがない、と言っていた。部下の好色な行為に対して、将軍は容赦なく厳しい叱責を加え、軍規を適用しようとした。いましがた騎兵が殺されたのも、将軍が平素の通り処分を執行したのである。精神的だろうが肉体的だろうが、将軍の恋愛に対する観念はかようなものであったから、部下の民間に対する掠奪行為は、姦淫の罪（事後であろうと未遂であろうと）よりも軽く感じられた。

ところが、永遠に恋愛を解することあるまじ、と考えていた花鷲定将軍が、明らかにあの偶然出会った少女を憎からず思い、さらに一歩進んで深く愛してしまったのである。これは将軍が初めて体験した煩悩であった。将軍は秋の夜の冷気の充満した部屋のなかにすわっていた。灯はすでに油切れで消えてしまい、月光が木枠の小窓の穴から流れ込んで、粗末な松製の器具が、微風のそよぎにつれて松脂のにおいを発散させている。それらのものが、食事をともにした少女の無邪気な顔と深くて大きな瞳、混じりけのない黒髪、並びのよい歯、凝白の肌そして一目毎に将軍の心臓をどきどきさせる物腰を思い出させるのだ。蜀中の女と言えば、当時艶名を馳せたものであったが、将軍は成都に生まれ育つこと三十四年、真の美人を見たと心に感じたことは一度もなかった。たとえ美人を見たことがあったとしても、将軍は心に恋慕うものを感じなかった。しかしこの西の辺鄙な町で出会った少女には、はじめから全身に染みいるような魅惑を感じたのである。それは何故なのだろう。将軍のつよい意志は、愛欲に対するわだかまりの観念は、ここに至って何処に消えてしまったのか。

しかも将軍は自分でも不思議な気がしはじめた。これは運命が彼に対して故意に仕掛けた難問なのではないだろうか、と。将軍の恋愛感情は遅くもなく早くもなく、よりによってこのようなときに生まれたのである。将軍は祖国吐蕃に忽然と熱烈な愛着を覚えていたはずだ。それが今、祖国に身を投じようとしている矢先に、大唐の少女に恋するなどありうることなのだろうか。将軍は月明りの下でそのようなことに戸惑いを感じているのだった。この二つの願望は二つながらに実現出来ぬものなのだろうか。漢人の少女を連れて吐蕃に行く？　いや、だめだ、それは絶対に不可能だ。それならいっそ女のことをあきらめ、きっぱりとこの初恋に見切りをつけ、夜が明けたら、吐蕃へ出発するか。……将軍は目を閉じ、腹を据えて何度も決定を下そうと試みたのだった。しかし将軍が目を閉じて吐蕃の娘たちを想像すると、彼女たちは美しいことは美しいが、将軍の恋着する武士の妹の崇高な美しい輝きに照されると、顔色を失ってしまうのであった。将軍は生れて初めて恋愛の苦しさと甘い味を知ったのである。このようにくるくる変る思いに、将軍はようやく恋愛とはかくも猛々しいものだと知らされたのであった。

将軍は長いためいきをついた。何も決められないうちは、来るべき運命と戦うこともできない。事態の進展を見守って、その流れに従うしかない。将軍は結局そのようなやり方で行くことにした。

一方であの黒い服の少女に思い焦がれながら、同時に将軍はどうしても首を斬られた兵士を思い出さないわけにはいかなかった。将軍は実のところ後悔していた。あの騎兵は斬首されるだけの罪を本当に犯していたのだろうか。それは間違いない、姦淫の心をもった罪は軍法から言って死刑に処すべきなのだ。しかし自分はどうなのだ。将軍はそこまで考えるとひとりでに震えてきた。自分も今は同じように、あの少女に対して口に出しては言えない欲望を抱いているではないか。あの騎兵は、この欲望を抑制できなくて暴力的な逸脱行為に出たので、かくなるうえは死刑に処せられても致し方ない。将軍はと言えば、身分上その欲望を暴力的行為として表すことがなかったにすぎない。しかしそれは無罪だと言えるだろうか。それにもし将軍があの卑しい騎兵であったとしたら、絶対にその騎兵と同じように死刑にされるような行為を仕出かさなかったであろうか。将軍は騎兵の身になって考えると、首に一陣の痛みを覚え、それが心臓にまで至って、目の前にまたあの騎兵の凶悪な笑いを浮かべた首級が浮びあがってくるのであった。将軍はその残酷な嘲笑に堪え切れず目を閉じて、月光をながめる勇気すらないのであった。

しかるに、将軍はたとえ目を閉じていてもその恐ろしい幻覚から逃れることは出来なかったのである。見ると、あの騎兵が美しい少女のあとをつけて、低い棗の木の門から中に入り、少女は慌てふためいてなすすべもなく逃げ惑い、庭のゼニアオイやセンノウの花が地面に一杯散っていた。騎兵は刀で脅迫し、少女はとうとう騎兵の屈強の腕に抱きとめられた。騎兵がどのようにして少女にくちづけ、少女がどのようにして虚しく抵抗し、どのように騎兵によって一株の大きな栗の木の下に抱いて行かれ、どのようにして騎兵に着物を弛められ、どのようにして操を汚されたか……これらを将軍は深い衝撃を受けながら見たのである。将軍は少女の泣いている蒼白の顔を見ると、思わず歯を食い縛って騎兵を憎み、口の中で衛兵に向かって「こいつを引っ立てて首を斬れ」と命じそうになったが、ちょうどそのとき、将軍はおぼろげながら自分の目撃した暴行を働いたのが、自分の部下ではない。そう、決してあの凶悪な笑いを浮かべた騎兵ではないのだと感じたのである。それならこうして暴力的にひとりの無抵抗の美少女を欲しいままに辱めたこの男は一体誰なのか。将軍は体中に熱気を感じて完全にわれを忘れていた。将軍は急に少女を凌辱している男が、決して他の者ではなく、そう、他の者でなく、将軍自身であると気がついたのである。自分の手がまさに少女の肌をまさぐっているのであり、自分の唇が少女の顔におしつけられ、そして自分が突然感じた熱気は、少女の裸にされた肉体の上から伝わってくるのであった。

将軍は金縛りにあったように夢中で息を吐き、秋夜の冷気の中に座っているとはいえ、体は心臓をあぶるように熱く蒸せかえっていた。将軍は重苦しい頭を支えて立ち上がった。何処の小屋であろうか、驚いて目を覚ました鶏が既に一番を告げていた。


将軍は朝食のとき、思いついたように衛兵に命じて、木の枝にかけてさらしものになっている首を下ろして埋めさせた。

朝食後隊長の一人が来て尋ねた。

「将軍の御指示を。今日は吐蕃征伐に出撃いたしますか。」

この粗雑で単純な漢人の武士を見ると、将軍は思わず腹がたったので、呆れたような目をして痛罵した。

「愚か者め。吐蕃兵がどれくらいいると心得ているのだ。貴様、戦い抜けるのか。我々が受けた命令は吐蕃に抵抗することだ。やつらが攻めて来たら、力を尽くして一戦交えねばならないが、やつらがやってこなければ、我々はここを守っているだけでよい。それで辺境守備の役目は果たせる。それとも皇帝陛下の為に吐蕃の政権を奪取しに行くつもりなのか。どれだけ兵力をもってきているのだ。それとも貴様一人で千軍万馬に敵対しようとでもいうのか。」

隊長は言葉を返す勇気もなく、ただたてつづけに応答するばかり。

「は、は、はぁっ。」

「本隊の騎兵の点呼に行くのだ。前からの守備兵も、町の武士たちも点呼しろ。町を離れることは許すな。町の西三里の外に数名の歩哨を置き、小山の上には見張りを配置しろ。吐蕃軍の来るのが見えたらラッパを吹くのだ。そうしたらすぐにここの通りに集合して出発する。わかったか。行け。」

隊長は命をうけて出て行った。将軍も武装して出てきた。隊長は営舎、兵営に将軍の命令を伝えに行ったのだが、将軍は何処へ行くのか。営舎の門を出るまで将軍自身もわかっていなかった。しかし例の低い棗の木の柵の入口までやってきたときには、それが偶然の外出でないと認めざるを得なかった。将軍は入口の外で徘徊しつつ朝日に照された小さな庭を窺った。ゼニアオイやセンノウ、ホウセンカやアサガオといった様々な花が爛漫と咲き乱れ、菩提樹や栗の木が朝の風のなかで秋の冷たい感触にそよいでいる。これらの景色は将軍に昨夜の幻覚を思い出させ、将軍は苦痛のあまり溜息をつくのだった。

将軍が七度目に小川の辺から柵の門の外まで折り返してきたとき、あの美しい少女は、すでに庭で壷を提げながら花に水を撒いていた。髪は乱れ、着物もボタンはいくつか外れていたし、襟元から斜めに肩の一部が露わになって、明らかに起きたばかりの様子であった。将軍は柵門の外に立って見入っていた。

将軍の身につけていた犀の革につけた金の飾りが、朝日に照されて、一筋のまぶしい反射光を、少女の目の前でちらつかせた。驚いた娘はすぐに顔を挙げて将軍を見た。

「お早いのですね。将軍様。」

そういいながら娘は壷を提げて歩み寄り、将軍のために柵の門を開いた。

「おはよう……」

将軍は娘に笑いかけながら話のあるような素振りを見せたが、いつまでも言い出さなかった。

娘はしばらく困惑していた。

「兄はまだ起きていませんの。将軍様、兄をお呼びかしら？」

今度は将軍が困惑する番であった。

「いや。兄上は当然起きて点呼に行かねばならないのだが、俺は彼を呼びにやってきたわけではないのだ。お、俺か？俺は気の向くままに歩いて、偶然ここへやってきたのだ。わざわざここへ来たのではなく……」

将軍の言い方があまりに性急であったためか、それとも将軍の熱く燃える眼差が魅惑的な作用を起こしたためか、少女は将軍をみつめながら微笑んだのである。

「将軍様は鎧を着ていらっしゃるから、てっきり戦いのために兄を呼びにいらしたと思ってびっくりしました。用事がおありでなければ、中へ入ってお掛けになりませんこと。」

そんな言葉を聴きながら、将軍はそれが決して剣南の女の声ではないに違いない、どうしてこんなに艶っぽいのか、と耳を疑った。将軍は意識を喪失したようにひたすら娘を見つめていた。

「本当か。お宅に入って座っても構わないのか。……そうだ、思い出した。……そなたに言わねばならなかったのだ。……しばらく考えさせてくれ。……」

「何ですの。」

「そうそう、そなたに言わなければならなかったのは、つまり例の首のことだ。覚えているかね。もう埋めてしまったよ。俺が今日そうするように命令したのだ。……」

「それでわざわざおいでに？……そんなこと私におっしゃらなくとも、埋めてしまえばよろしかったのに。……」

「そうなのだが……。しかしまた誰かが付きまとってきたら如何する？」

「将軍様のご家来が？」

「例えば俺の部下だったら？」

「将軍様がきっと死刑になさるでしょう。」

「俺の部下でなかったら？」

「兄がその人を殺すでしょう。」

将軍は内心ぎくりとしたが、相変らず微笑を浮かべて訊くのだった。

「だがもし他の者でなかったとしたら……」

将軍はとうとうこんなことを口走り、二本のたくましい腕で少女の肩を捉えた。彼女を見つめながら返答を待っている。しかし少女は意外にも窮地に立って慌てていた。彼女は黙ったまま将軍の心臓の鼓動を感じ取れるかのように将軍を見つめていた。将軍がどんなに熱い心を抑えきれずにこんなことを言い出したかを理解しているかのように。彼女は将軍の心の動きをその特異な眼差から読み取ることが出来たようであった。少女は冷静沈着に答えた。

「将軍御自身の軍規に例外は認められるのでございますか。」

将軍はひそかに驚いた。どうして無垢な少女が、こんな厳しいことを言えるのか。結局これが少女の一番言いたい本心なのであろうか。それとも別の人間が、例えばあの首を斬られた騎兵のように、将軍を嘲りの目で見る立場の者が、この少女の口を借りて言わせたのだろうか。「将軍御自身の軍規に例外は認められるのでございますか」と将軍は娘の問いを反芻していた。将軍にはそれが恐ろしい予兆であるかのように感じられた。しかし恋に血迷った将軍はもはや何も構っていられなかったのである。将軍は少女を長い間じっと見つめて、嘆きの口調で言った。

「俺の軍規では、とあんたは訊いているのだな。その通り、例外などあってはならぬ。ただ、自分自身の刑罰を受けたこの花驚定は、たとえ首がなくなってしまっても、きっとそなたに付きまとうに違いないぞ。それは予言してもいい。そうしたらどうする。」

「本当にそうなったら、かえって話は簡単でございます。」

少女は将軍の方を見ながら、こんなでまかせを言った。将軍は落ち着いてはいられないと思った。本当に俺の首を斬ってしまわなければ、この恋は成就しないのか。こんなことになるとわかっていたら、昨日あの騎兵の首を斬るのではなかった。今まさに進退きわまれりだ。それにしてもこの言葉鋭い少女の本心は一体どうなのか。俺の気持を受入れることができるのか。首を斬られたらという話は本気なのか、それとも戯れ事を言っているだけなのか。そうだ、娘の言うことがまことであろうと偽りであろうと、俺の恋を成就させるためには、昨日の騎兵の首に対して一言ことわりがなければなるまい。

将軍がこうして顔に難儀の色を露わにして思いに沈んでいたにもかかわらず、目の前の少女は堪えきれずに失笑した。

「将軍様、何をそんなに真剣に考えてらっしゃるのかしら。本気で首を斬ることをお考えなのですか。実際将軍様が首をお断りにならなければお話にならないとはかぎりませんことよ。もし将軍様が軍規に従ってお話をお進めになるのでしたら、将軍様のような方であれば、兄も決して私のために別の方を選ぶようなことはいたしませんわ。」

少女はそう言いながら、最後には少し恥かしくなって、壷を提げると花に水をやる振りをして、顔を別の方向に向けた。将軍はというと、その言葉を聞いて満足げに笑ったのだった。

将軍が一歩踏出して棗の木の柵の門を入って行ったとき、物事は実に巧くできているものだが、遠くから喧しい人の声が聞こえてきて、将軍は踏出した右足を引き返したのである。将軍が振り返ると、一団の人々が騒ぎたてながら押し寄せてくるのだった。次第に姿がはっきりしてくると、最前列は一人の隊長で、そのあとは皆将軍の部下の騎兵たちであった。将軍は内心ぎくりとした。謀反でも起きたのだろうか。そこで腰の刀の束に手を添えて、そそくさと迎えでた。

「がやがやと何を騒いでおる。」

近づくと将軍の方から大声で尋ねた。

隊長は両手をひろげて、後から押し寄せてくる人々をさえぎった。将軍に敬礼もせず、また平生の恭順の態度も完全になくした状態で、率直に言った。

「ほかでもありません。さきほど将軍のご命令通り、点呼し、町を出るのを許さず、外に歩哨をおき、山の上に見張りを出すように仲間に伝えました。しかしみんな嫌がっています。みんなの言うには、将軍についてきたのは吐蕃征伐のためで、今のように我々のような精鋭を放っておいても、この町の武士たちも大したものだし、どうして将軍は出兵して大勝利を得る命令を出そうとしないのか、ということです。しかもみんな言っているのは、将軍は昨日彼らが吐蕃の京城に攻め込んで大いに楽しむことに同意されたから、ここでは将軍の軍規を守って少しも破っていないということです。いま将軍が吐蕃征伐に行かないとは、仲間たちにここで陰干しになって、大雪山からの西風でも食ってろとおっしゃるんですか。こんなつまらないことですが、それがしには仲間を抑えることが出来かねます。それで将軍の指示を仰ごうと、みんなを連れてあちこちさがしまわっていたのです。……」

隊長の言葉が終らぬうちに、もう将軍には怒りがこみ上げていた。将軍は今まで部下からこのような侮辱を受けたことがなかったから、最初しばらくは為すすべもなく、黙って対処の方法を考えていたが、怒りが度を越し厳しい表情になって怒鳴ったのだった。

「俺が吐蕃征伐には行かないと言ったらどうする。」

将軍の判断では、自分がこれだけ厳しく一喝し、鋭い眼差で一人ひとりの騎兵を睨みつけさえすれば、いつもの経験では、必ず彼らを鎮めることが出来るはずだった。しかし将軍の予期に反して、部下たちは今度ばかりは命令をきかなかったのである。将軍の言葉が終ると、短い静寂があって、それから彼らは大きな声を響かせて叫んだのである。

「この町を掠奪する。」

これら規律のない漢人騎兵の貪婪で下賎な顔を見て、将軍が心を切られるような悲哀を感じていたとき、突然耳元で鋼鉄のような冷笑が響いた。将軍が振り返ると一人の威厳のある武士が見えた。右手に長矛を握り、左手には号令用のラッパをもって、将軍の後に立ち、挑戦的な軽蔑の表情を浮かべて将軍の部下を見ていた。この武士こそ将軍の愛する少女の兄にほかならなかった。

将軍は再び恥じた。漢人の武士の中にはこのような人物もいるというのに、俺の部下は何故こんなつまらぬやつらばかりなのだ。それは俺の責任ではないか。その俺が責任を負えずに祖国に逃げようなどと考えるのは恥かしいことではないだろうか。それにこの英雄的気概の武士の目の前で、自分の部下の弱点を暴露したことも恥かしいことではないか。

しかしこのような困った状況を将軍が苦心して解決するには及ばなかった。ちょうどそのとき秋風に乗って、危険を知らせるラッパの音が伝わってきたのである。将軍とその部下はすぐさま耳をそばだてた。将軍は腰の刀を抜き振り回しながら、軽蔑の笑いを浮かべて言った。

「行け、お前たちの楽しみの時がきたぞ。」

通りは急に慌ただしくなった。馬は空に灰塵を巻きあげ、将軍の部下の騎兵と町の住民で組織された武士隊が先を争って出撃した。女たちはみな家のなかに身を隠した。静かになった町には何人かの辺境守備兵が徘徊するだけであった。

将軍は大宛馬を操りながら、風を追うように疾走していた。しかし馬上の将軍はまた物思いに沈んでいたのである。いまこそ決断の分かれ目に来ていた。大唐に叛旗を翻して祖国に戻って行くのか、それとも、恋愛のために本気で祖国の人々を討ちに行くのか。それをすぐに決定しなければならない。

将軍が余裕をもって最終決定を下したいと思っても、時間がそれを許さなかった。先頭をきって突進した騎兵隊はすでに正面からやってきた吐蕃・羌族タングートの連合軍と小山の麓の平原で接触していた。吐蕃兵は百発百中の矢を唯一の武器としてもっていたが、将軍はそれが空中で唸るのを聴くと、片手でその銅の盾を掲げて防ぎ、片手でその太刀を振りかざし鬨の声をあげながら突っ込んで行った。持ち前の好戦的な性質をみなぎらせ、さきほどまで心を乱していた考えはしばし捨て去られた。そのとき将軍の頭にあったのは、どうやって敵の殺戮から逃れるか、どうやって敵を殺戮するか、だけであった。将軍はもはや完全に民族という観念を忘れ、目の前に現われて彼を殺そうとするものは全て敵となったのである。自分を守るためには敵を殺さねばならなかった。

歩兵と騎兵の入り乱れる戦いのなかで将軍は興奮していた。突然将軍のそばで一人の武士が落馬した。将軍は一瞬の隙を見計らってそちらを見た。武士の胸には深く矢が命中していてそれで落馬したのであった。そして将軍の眼差がその苦痛に歪んだ顔に注がれたとき、将軍は驚きを禁じ得なかった。その武士は将軍の恋している少女の兄、あの町では名の知れた勇猛な武士だったのである。将軍の馬は斜めに駆け抜けたのだったが、あとからきた馬がその武士の傷ついた体の上を踏みつけて行った。

将軍はふとした思いにかられ、戦闘を続ける気力を失って、駿馬が彼を乗せて山の上に駆けて行くに任せた。将軍はあの少女のことを思い出したのだ。兄が死んでしまったら、孤独の身の上ではないか。誰が守ってやるのだ。兄以外に家には誰もいなかったではないか。将軍はそんなことを考えながら、孤独なよるべのない少女を胸に抱いて守っている自分をみたような錯覚に陥った。あの武士の戦死は将軍にとっては幸運を導いたのである。この時の花鶯定将軍は全く自分勝手になり、かつて武勇の誉れ高かったことを忘れ、自軍の紀律を忘れ、今戦闘中であることとすら忘れた。

将軍は心から得意になって馬の手綱をかえし、町に戻ろうと思っていたが、背後から彼を認めた吐蕃の将軍が追ってきていることには気がついていなかった。将軍の馬が振り向いて後から誰かが来るのを将軍の目がとらえたとき、その凶悪な吐蕃の将軍の太刀は、馬上から猛烈に将軍の首に斬り下ろされていた。

かくして成都の猛将と謡われた花驚定将軍の首は、吐蕃の武将の手中に握られたのである。しかし将軍は落馬したであろうか。さにあらず。将軍は自分の首が敵に斬られてしまったことを気づかなかったのである。斬りかかってくる敵将の姿が見えたとき、将軍にも咄嗟に殺意がはたらいた。それで将軍も大刀を馬上から振り下ろし、敵将の首を地面に斬り落としたのである。

状況は伝奇小説の筋のように出来すぎているが、言うなれば将軍が敵将を斬ったのと敵将が将軍を斬ったのが同時であった、と言っても差し支えあるまい。その瞬間に違っていたのは、吐蕃の将軍が花将軍の首を握ったまますぐに落馬したにもかかわらず、花将軍は首を失ってもすぐには死ななかったということである。将軍は敵将を殺した後、地面から勝利の首級をさぐりあてると、大宛の駿馬に跨がって町へと急いだ。

激烈な戦闘は二時《ふたとき》あまりも続いたが、勝敗はまだ決していなかった。町の人々はまだ家のなかに身をひそめ、出てこようとしなかった。首をなくした将軍は馬の行くままに川に沿って進んだ。生い茂った森の中の道であったので、川の対岸をうろうろしていた辺境守備隊にも彼の姿はみつからなかった。将軍は急に暑苦しくなってきた。どうして目の前が何も見えないのか。以前の戦闘ではこんな経験をしたことがない。将軍は全身血だらけであることに気がついた。こんななりではあの美しく優しい少女に会いにいけない。そんなことを思いつつ、将軍は川の浅瀬を見つけて身体を洗う必要を感じていた。

将軍は河川敷で馬をおり、川の辺まで歩いた。水がどうしてこんなに濁っているのか、自分の姿も映らないとは。将軍は怪しんだ。そのとき対岸の石段で食器を洗っていたのが、将軍の思いを寄せる少女である。彼女がふと目を上げると、手に首をもった頭のない武士が対岸に立っているので、先ずは吃驚して、相手を見つめながら洗う手を止めたのだった。しかし将軍が屈んで川の水をさぐり手を洗おうとしている様子をみると思わず失笑した。

「あら、負け戦さなの。首まで取られて。何を洗おうと言うのかしら。早く死んでしまわないで何をしようというの。首なしのお化けが人間にもどれるものですか。ふん。」

将軍は心ではっきりとそれが誰の声であるか聞き分けた。ふと将軍は首についての予言を思い出し、少女の冷淡な嘲笑の態度を対比させて、急に虚しいものを感じたのである。将軍は手で空をつかんで、そのまま倒れこんだ。

そのとき将軍の手中にあった吐蕃人の首が笑みを露わにした。

同時に遠くで地面に倒れている吐蕃人の手に握られた将軍の首から涙が流れたのである。

石秀の欲望

一

はてさて石秀(注1)はその晩、楊雄(注2)の家に泊ることになったのであるが、いつまでも寝返りをうつばかりでなかなか眠れなかった。黒っぽい模様のついた更紗の蚊帳越しに目を見張ると、寝台の前の小卓の灯芯に火をともした背の低い燭台に、微かな炎が、五尺も離れていない出入口よりの板壁の上で、いつまでもゆらめいている。石秀の心情もこの微かな炎のようにゆらめいて落ち着かないのだった。実際は、石秀の心はこの新しい友人の家の燭台の炎のようにゆらめいているというよりは、心がそのような炎に誘われ導かれて行ったと言ったほうがよかった。というのは寝床に横になってからの石秀はまず、昼間の闘い、交流、会話などの作りだした疲労を感じていて、もしもその時すぐに目を閉じ、首を垂れ、眠ろうとしたら、彼はまちがいなくすぐにグーグー眠ってしまっただろう。ところが石秀は今まで見知らぬ他人の家で休んだことのない人間で、しかも彼は小さな旅館では、毎晩地べたに寝ていたので堅くて冷たく、楊雄の家のように柔らかな蒲団などなかったので、環境がこんなに変ってしまった第一夜はすぐには眠りにつけないように思えたのである。

寝床に横になって神秘的に見えるこのゆらめく炎を注意して眺めていると、石秀の心につき

（注1）　拚命三郎石秀、梁山泊順位三十三位。
（注2）　病関索楊雄、梁山泊順位三十一位。

せぬ思いが沸き起こってくるのだった。そのときの石秀は、すこしも誇張なしに言って熟睡してはいなかったが、ぼんやりと自分が既に夢境に入ったようには感じていた。毎日柴を担いで薊州《けいしゅう》城内(注3)で商売をしていたころを思いだし、七年前叔父について遥々金陵建康府(注4)からここまで牛や羊などの家畜を売りにやってきた光景、叔父がどのようにして旅館で死に、自分もどうやって、ゴロツキとぐるになった牛飼いに騙されて元手をなくし、帰るに帰れなくなったかも思いだした。自分で自分の身の上を思ってみれば、まったく貧窮と困難の極みであった。今日の出来事にしても、最初はただ他人の難儀を見て、義侠心を抑えきれなかったからである。そこで楊節級(注5)の味方となり、張保の野郎を痛めつけてやったのが、はからずも楊節級と義兄弟の契りを結び、以後彼の家に住むことになり、思わぬ間にまた梁山泊の天下に名の聞こえた人物と知り合うことにもなったのである。この一日に遭遇したことを数え上げれば全く不思議な気がしてくるのである。

　ふと石秀は神行太保(注6)にわたされた十両の銀のことを思い出した。手を伸ばして足元にころがっている巾着をさぐると、確かにひやりとする錠銀である。黒い模様のカーテンからもれる微かな灯火の光をたよりに、石秀はこの冷やかな光を放つ如何にも値打ちのありそうな錠銀をまさぐりながら、思わずにんまりするのだった。この石秀様ももう何年もこんなずっしりとした銀を手にしたことはなかったわい。それにしてもあの神行太保さんは俺に銀をわたすとき、梁山泊にはどんな人材がいて、どれほど義理を重んじ、金銀はどうやって分け、着物はどうやって着るか、自慢たらたら一気に話してくれた。俺も行くあてのないところだったから、あの人たちに口を聞いてもらって仲間に入ってもよかったんだ。もし楊雄兄貴の家にやっかいにならなかったら、今ごろとっくにあの人たちと一緒に梁山泊に向かっていたかもしれない。そんなことを思って石秀は少しばかり楊雄と知り合いになったことを悔やんでいた。楊雄の家にやっかいになることになったとはいえ、奥さんの父親の潘親父の口ぶりでは、肉屋を開店する手伝いをしてほしいらしい。そうなりゃ蘇州城内で柴をかついで売り歩くよりはましには違いないが、大の男が店の経営に顔を出したりするのもみっともよくはない。年若い武術家の石秀は梁山泊で彼をまっている名誉と富と英雄的事業の幻を追いかけるのだった。「うむ、こいつは道を間違えたな。」石秀は蚊帳の天井を見つめながらそっと一人でそんな後悔の言葉をつぶやいた。

しかし石秀のせっかちな性格と同様、その考えもくるくる変った。何か新しい学問でも学んだときのように、ふと一つの考えがひらめいたのである。くそっ、戴宗とか楊林(注7)とかいうやつはとんでもないやつだ。俺を騙して仲間に入れ、人様の家に掠奪に入ろうというあこぎな了見のやつだ。この石秀様は貧乏だが、ご先祖様はみんな清く正しい人たちだった。ちょっとばかり貧乏を堪えられなくて、自分から悪党の仲間に入ったとあってはご先祖様にあわせる顔がない。あの男たちが言っていた朝廷の帰順勧告などでたらめだ。今やどの町へ行っても人相書き

(注3) 現薊県、天津の北。
(注4) 現在の南京。
(注5) 宋代の地方の獄吏を節級という。楊雄の官職。
(注6) 戴宗のこと、梁山泊順位二十位、一日八百里を走る能力をもつ。
(注7) 錦豹子楊林、梁山泊順位五十一位。

のついた御触書が出ているが、山東の及時雨宋江(注8)を捕らえた者には云々と書いてあることは百も承知のこと。どうしてその朝廷が彼らの帰順を許して官職を与えたりするものか。ちょっとした愚かな考えで罠にはまりこみ、将来首をはねられたり腹を割かれたりといった苦しみをなめるのはまだしも、強盗という悪名を頂戴するのはありがたくない。ああ、ああ、この石秀様も貧すれば鈍す、金につられてその気になるとは、みっともない話よ。よし、こんな惜しくない。とりあえず肉屋をはじめて蓄えがたまったら故郷に戻って名をあげる算段をしよう。こうして石秀は錠銀をすとんと床の隅に放り投げた。

　落ちついてくるに従って、考えはこんどは楊雄のことに集中してきた。すると正直で純粋な石秀の思いは、楊雄の印象を追いかけてなぞりはじめた。黄色い顔、細くて長い眉毛、両腕に一杯青龍の柄を入れ墨した楊雄の姿は、楊雄と知り合う前からとっくに熟知しているものだった。石秀が思い起こしたのは、昼間の楊雄の口の訊きようや自分に対する物腰である。「やはり剛毅で堂々とした英雄だ」と、いろいろ思いめぐらしたあげく、英雄これ英雄を惜しむの感情で石秀はそう結論づけたのである。しかしふとまたひらめきがあって、若い石秀の眼前に艶っぽい女の姿が浮かび上がった。楊雄の妻潘巧雲である。楊雄に玄関に呼び出されて出てきたそのしなやかな姿態を石秀はどういうわけかはっきりと脳裏に記憶しているのだった。イスラムの文字や卍字を細くデザインした黄色の絹の袷に「如意」と刺繍のしてある絹の帯を軽く結んで、襟は斜めに肩からゆるやかに垂れ下がり、ほのかに胸の白い肌がうかがえた。それは面と向かっている楊雄の幅広く大きな黒い直綴（じきとつ＝僧衣）に照りはえて、いよいよ滴るような肌の白さを際だたせていた。それより前、潘巧雲が暖簾をあげて出てくるとき、石秀は永遠に忘れられない艶かしい声で「あなた、どちらのお友達?」というのを聞いていた。石秀がこの声はどうしてこんなに柔らかでまたたゆたうようなのかと訝っているうちに、女はもう華やかな模様の靴をこつこつと踏みながら出てきていた。石秀は大慌てで近づいていったが、相手の目を直視することもできず、なんどもおじぎをしていると、女の尖った五本の指のついた手が目の前でゆらゆらして、雲雀のような媚態をおびた声が、「わたくしは年も若く、そのようなご挨拶をなされては立場がござりませぬ」と言うのだった。石秀はあのとき自分がどうしようもなくあわてていたのをはっきり覚えている。今までこんな別嬪と面と向かって言葉を交わしたことがなく、もし楊雄が言葉をつないで急場を救ってくれなかったら、どんな醜態をさらしたかわからなかった。その情景を思い出すと、暗い蚊帳のなかとはいえ、顔が火照って、心臓も中に子鹿でもいるように脈打ってくるのが自分でわかるのだった。考えてみれば自分は年も若いし、身体も鍛えてある。顔もそんなに不細工じゃない。しかし着の身着のまま親類縁者もないこの薊州城内に流れてきて、薪売りというちまちました商売で暮らしているが、生活苦で明日もままならない状態で、恋愛などと言う妄想の類は彼には許されることではなかった。しかし楊雄はどうだ。確かに颯爽とした英雄肌の男だが、それほど特別の取り柄があるわけでもない。しかしそれでもこの薊州城内では一番目二番目の大物なのだ。納得がいかないのは、楊雄のようなデブで不細工な男が西施にも負けぬ美人を家に侍らせて抱いているということで、これは天下一の不釣り合いというものだ。石秀はそんなことを考えると気が塞い

(注8) 宋江、宋公明、梁山泊順位一位。水滸伝の主人公。

できて、思わず大きな溜息をつくのだった。

すると石秀の目の前が急に暗くなったので、びっくりして手で頭を支え、自分がよこしまなことを考えたために目が見えなくなったのかと疑った。しかし実際には病気どころか健康そのもので意識もはっきりしていたので、寝返りをうって御簾の外を見渡すと、思わず笑みをもらしたのである。実は灯火の芯が短くなって火が弱くなったのだった。石秀は御簾をまくりあげて身体を外に出し灯芯を削りにかかった。すると家の外でさらさらと誰かが動いている微かな音がした。石秀は思わず灯芯を削る手を止め、寝台のそばの卓に手をついて聞き耳をたてた。しかしそれ以上音は聞こえてこなかった。石秀は楊雄夫妻がまだ寝ていないで外に何かを取りに出てまた部屋に入ったのだろうと思った。さても若くて多感な石秀には、まるで透視の術に長けた魔術師のように、閂のかかった戸を通して部屋の外にいる鳳の脚の形の燭台をもった夜着の潘巧雲が、紫色のつっかけをはいて身を翻し部屋に入っていく姿が見えたし、戸をまたいだ時つっかけを落としたので振り返ってつっかけを履いてない脚でつっかけを引っかけようとしている独特の艶かしい動作も彼には見えたのだった。そうだ、このように清らかで、丸みを帯びた、肉付きよくしかも太ってはいない、後ろに向かって伸びた美しい足、それから前を向いて左手に燭台をもち右手をまっすぐ伸ばして身体の平衡を保つという人をはらはらさせる姿勢は、最近柴を担いでどこかの横町を通りかかったとき、貧しい家のきれいな女が石秀を驚かしたあの光景である。しかし石秀にはその姿態と美しい足が今初めて見たものであって、しかもそれが義兄弟楊雄の妻、あの美しい潘巧雲のものであるように思われたのであった。

石秀にとってそれは不思議な出来事であった。しかし石秀はこの奇妙な出来事が起こったわけを明らかにしようという欲求をもつことはなかった。それどころか、自分が美しい女性を見た瞬間に彼女が果たして足をあらわに出していたのかどうかも覚えてはいなかったのである。どんなに記憶をたどってもどうしたわけか彼女がどんな靴と靴下を穿いていたのか思い出せなかった。それればかりか、この若い石秀を苦悶の重圧に陥れたのは、さらにその美しい婦人の着物や帯の色さえ記憶から失われていたことであった。彼が想起できたのは、痛いほどに目を刺す美しい生きた潘巧雲の肉体である。それは熱い力と欲望に満ちあふれた可愛い妖精であったが、明らかに毒を含んでいると分かっていても、その色合いと馥郁たる香りに魅せられてしまう一杯の鴆羽《ちんう》(注9)を浸した毒酒であった。それればかりではない。時間と空間の隔たりは今の石秀にとって何のこともなかった。だから板壁に揺らめいていた大きな影は楊雄の黒い直裰だったのであり、その黒い影の前で輝きを発していたのが、幻の記憶の中から召しだされた美女潘巧雲にほかならなかった。

　灯芯を削るのもそこそこに石秀のふるえる手は御簾の中に引っ込められ、御簾は閉じられた。石秀は寝床の上に座って目を閉じると、深い痛恨に苛まれ始めた。どうしてこんな楊雄に対して義理の立たないことを考えてしまったのか？　俺は今まで一人の女とも関係をもったことがないし、そんな欲求をもったこともなかった。そうなのだ。今までこのような恋心を意識したことはなかった。それが義兄弟になった最初の日に兄貴分の嫁さんを見て、どうしてこんなよしない妄念をいだいたりするのか？　それは卑しいことではないか。自分を責める気持ち

（注9）　鴆は羽に毒をもつという伝説の鳥

が先にたって、それが卑しいことかどうか問いただそうとすべきだったのではないか？

目をさましてから、また悔恨の念にとらわれた石秀は、あれこれと思いわずらっていた。そのようにして自ら反省するうちにとうとうこのような疑問が生まれたのである。美しい婦人を見て、思いを寄せることが卑しいことなのだろうか。卑しいことであるはずはない。しかし義兄弟の嫁の美女を見て、そういう気を起こしたら、卑しいことになる。それはその婦人が義兄のものであるからだ。義兄のものを義弟が自分のものにするなんて望んでよいことではない。だとすれば、最初から楊雄と知り合ったりしなければ、偶然この美女を見かけたときには、なんとかして渡りをつけたりすることも構わないではないか。このとき石秀は戴宗、楊林の二人とさっさと梁山に登らなかったことを後悔し始めていた。とはいえ、梁山に登ってしまえば、このような美しい婦人に会うこともなかったのだ。ということは、ことはすでに定めだったのだ。そのことについて石秀がどうこうするなどという余地はなかった。しかしこうして楊雄がこんな美しい妻をもっていることを知ってしまったからには、よけいな願望を抱きはせずとも、虹を思い起こすように放埓な妄想を抱くことくらいは、許されることだろうし、卑しいとまでいうほどの大それたことでもあるまい。

そのように自分を慰めることで、石秀は新たな苦悶との闘いをしばし片づけた。だがそうしつつ石秀はそれで失うものの大きさを感じていた。自分が潘巧雲への妄想にうつつを抜かすのを許しながら、その熱い思いがほとばしるのを抑えつけようとすることは、石秀自身も気づかないわけではないのだが、危険なことであった。だが、もとより小心と礼儀と謹厳実直をもちあわせた自分としては、最大の自制心で決断を実行しないではいられなかったのだった。

二

翌日、石秀が目覚めると、窓の外はもう鳥の鳴き声が騒々しく、日も昇ろうとしていた。いささか疲れがないでもなかったが、よそ様の家とて、気をつかって勝手気ままもできず、急いで身を起こし、衣服を整えて、戸をあけた。外にはとうに下女が侍っており、石秀が起きたのを見て、部屋に入ってくると、机のろうそく立てを片づけた。石秀は話題も見つからず、下女の動きを目で追っていた。下女は最初だまって頭を低くして入ってきたが、ろうそく立てを手にしたときから、なにやらにやにやしている。石秀はそれに目が留まって、腑に落ちなかったので訊ねた。

「おい、笑っておるのは、何かおかしなものでも見たのか。」

下女は頭を上げて、石秀をちらりと見た。石秀は思わずどきりとした。楊節級兄貴はなんと幸せもんだ。美女の妻がいるだけではない。こんなきれいな下女まで養っているとは。ほらほら、うすくあかみがさした美しい顔だ。左の唇のわきには大きからず、小さからず、濃からず、薄からざる一点のつやぼくろ、鬢髪《びんぱつ》はざんばらだが、乱れているとは見えない。目はまっすぐこっちを見ている。そのうすい唇からは、甘い言葉がでるか、あくどい言葉がでたら似合いそうだ。そのどこをとってもただの下女には見えない。眩惑された石秀がそんなことを思っていると、突然女が言い出した。

「だんな様、夕べは恐ろしいことでも？　火をつけっぱなしでお休みになりましたね。」

気もそぞろの石秀は適当に返事をした。

「うむ、恐ろしいことはないが、早く寝入ってしまったので、吹き消すのを忘れたのだ。」

下女がろうそく立てをもって出て行ってから、しばらくするまで、石秀は衣桁（着物かけ）のそばにつっ立っていた。さきほどは気もそぞろと形容しはしたのだが、石秀は結局何を思っていたのか？　美しい下女の姿を見て、情熱の誘惑を自分で押さえきれなくなっていたのであろうか？　この下女によって、昨夜の潘巧雲に対する不義の思いを呼び起こされたのか？……そうではない。どちらでもない。石秀の意識ははっきりしていた。潘巧雲への態度は、じっくり考えて既に決まっていた。だから当然潘巧雲の下女にも妄念など抱くわけにはいかない。やはり楊雄に対する義理を欠くことになるからだ。しかし、このときの石秀がどんな感情から気もそぞろになったのか、と問えば、それは簡単に説明できる。実は石秀がこの美しい下女と対面した刹那の感情は、眩惑というよりも、恐怖と言ったほうが適当だったのである。潘巧雲は潘巧雲、下女は下女で別人であり、容姿も身分も明らかな違いがあることは、はっきりわかっていたのであるが、石秀にはこの下女が実は潘巧雲自身であったのではないか、とほのかに感じられたのだ。潘巧雲がこの下女であり、この下女が潘巧雲なのだ。そしてこの女が実は下女であれ、潘巧雲であれ、石秀の異常をきたした視覚にはいれば、それは猛毒であり、恐怖の因子と断定されるのであった。「女の心は最大の猛毒」などということわざを言うのは、女にひどいめにあわされてがっくりとなっている男で、石秀は女の人と交際もしたことがないし、婦人を猛毒だなどとみなす可能性はないはずなのだ。それなのにそういう言い方をするのは、石秀から見た潘巧雲や下女の容姿が悪辣、凶悪であったからなのか。それも違う。石秀から見た潘巧雲も下女も、まさに我々が見たとおり、薊州城内でもなかなかお目にかかれない、十一歳年の差のある美女二人に相違なかった。それにもかかわらず、石秀が感じたのが恐怖であったとすれば、それはどう解釈すればいいのであろうか。それは石秀の見た二人の美貌のなかに答えを求めなければならない。実は石秀は一瞬の間にこう感じたのだった。あらゆる美しいものは恐ろしくもキラリと光る鋼の刀のようなもので、冷たい光で眼をいるところも美しく、それが人を殺して血しぶきを飛ばすのも美しく、しかし同時に恐ろしいものでもあるといわざるを得ない。闇夜に宮殿や森を焦がす炎は美しいが、同時にそれは恐ろしいものでもある。鴆羽の毒酒はあでやかな赤い色をしているが、それを飲むと、酔眼朦朧として、人は歌い舞い楽器を奏でる。それも美しいといわねばならないが、結果は恐ろしいものだ。そのような観念を抱いていた石秀は、最初潘巧雲や下女に魅惑されたが、それと同時にまだ味わったことのない恐怖をうすうす予感していたのだ。「このような家に長居をしたら、何か悪いことでもあるだろう」という思いがあった。

気もそぞろに衣桁のそばにつっ立っていた石秀が、動き出そうとしたとき、外で楊雄の声がした。

「おまえ、石秀殿がもう起きられるだろうから、着替えの用意をして差し上げなくてはな。それからな、石秀殿の宿に誰か遣わして、石秀殿の荷物を持ってこさせるのだ。くれぐれも忘れるな。」

つづいて中庭で足音がひとしきり。石秀は楊雄が役所に出勤したのだと知った。しばらく石秀は部屋で暇をもてあましていた。毎日毎日こんな風にして楊雄の家にいては何もすることがない。楊雄は毎日承応官府に出かけていくから、うっとうしいことはなくとも暇でしかたがない。ここはひとつ何か方法を考えなくては、と思いをめぐらしながら、しらずしらず家の外に足を踏み出していた。中庭まできたとき、ちょうど楊雄の妻潘巧雲が後ろに着替えの服を両手でもった下女を従えて、母屋から出てくるところだった。女は目ざとく石秀をみつけ、愛想笑いを浮かべて近づいてきた。

「石秀様、お早いお目覚めですこと。夕べはお休みが晩うございましたのに、もう少しお休みになられては。先ほど主人が着替えをと命じますので、ちょうどお持ちしようとしておりましたのよ。」

石秀が見ると、女はまた服を着替えていた。竹枝の柄が全体にはいった薄紅の袷の着物に、明るい青の絹の打ち紐をしめ、腰のあたりに、ひとそろいの古玉をつけていた。それが歩くたびにカタカタとなって、一万個もの宝石がきらめくようである。鬢のところに斜めに鳳を擬した真珠の簪をさしていた。服は昨日よりも体にぴったりしたものだったので、胸の前に浮き上がる曲線が格別にくっきりと縁取られている。かくも見事なお色気に、はや心は決まっていたとはいえ、石秀は思わず顔を少しばかり赤らめ、しばらく何と答えたらいいのかわからない体たらく。

一方、潘巧雲はとうに石秀がどうしてよいかわからずにいると見て取って、相手の返事も待たず、半分下女の方を振り返るようにして言った。

「迎児、着替えを石秀様のお部屋にお運びして。」

石秀が辞退しようとするまもなく、迎児は着物を捧げもって石秀の部屋に向かって行ってしまい、後には石秀と潘巧雲が軒下に向かい合ったまま取り残された。石秀はああでもない、こうでもないと思いをめぐらしたが、結局潘巧雲と交わすべき適当な話題を思いつかず、潘巧雲が早く奥に戻ってくれたら、自分は自由の身になれるのに、と思うばかりだった。ところがこの美しい女は相手の心を見透かすように、石秀を放免しようとせず、石秀がうぶな様子でいるのを見ると、ますます色気をふりまくのだ。石秀の眼に、潘巧雲の眉がつりあがって、視線が移ってくるのが見えると、その桜色の唇から、玉のような声が響いた。

「石秀様ずいぶん気が沈んでいらっしゃいませんこと？　ここにいらっしゃる間は、ご自分のお宅と同じようにしていただいて、どうぞご遠慮なさいませんようにね。気が晴れないようでしたら、どうぞ裏庭へ。道具がおいてありますから、ご自由に武芸の稽古をなさってくださいまし。用事がございましたら迎児にお申し付けくださいい。主人は毎日出かけることが多く、家にいることが少のうございますから、石秀様に家の用心をお願いせねばなりません。どうぞご遠慮なさらずに。不自由をおかけしてそれが主人に知れますと、お世話に心がこもっていないと言って叱られますから。」

二列の貝殻のような歯を露わにして美しく笑い、よい香のする絹の手巾《ハンカチ》ですぼめた口をぬぐっている潘巧雲の様子を見ていると、石秀は酒に酔ったようにめまいを覚えながら言った。

「あねさん、とんでもねぇことでござんす。この石秀、楊雄兄いのご好意でここに留めてもらってるんで、気が沈んだりなんぞしやしません。この石秀めは、暴れ者で、礼儀を弁えませんで。何か至らぬことがあったら、どうぞご勘弁を。この石秀で役に立つことがありましたら、何なりと申しつけを…。」

石秀の言葉が終わらぬうちに、潘巧雲の右手の細い人差し指が伸びてきて、石秀を指差すのが眼に入った。今にも石秀の頬に触れんばかりに近づけると、斜めから視線を送って快活に笑って言った。

「ほら、また。お口では遠慮はせぬといいながら、ここまで遠慮なさるとは。これからはもうおよしになって、でないと怒りますからね。」

そう言われると石秀は進退窮まって、とっさに返す言葉もない。そこへ迎児が戻ってきて潘巧雲のそばに立ちどまった。潘巧雲が迎児に石秀の着替えをどういう風に置いてきたのか尋ねている間に、石秀は気をとりなおし、おどおどした態度をとりつくろう余裕ができた。女主人が丁寧だったので、石秀は内心大いに満足していた。石秀の印象では、潘巧雲は単に美女であるにとどまらず、交際上手で、さっぱりした性格で、小さなことであるが自分に好意をもってくれる女であった。女と交際したことのない石秀だが、女の談笑に進退窮まるところまで行くことはあるまいと思っていた。とすれば、目の前の潘巧雲にうぶな困惑を見せてしまったのは、どういうことなのだ。石秀自身、その理由はよくわかっていた。ある秘密からくる恥ずかしさだったのだ。それは昨夜たいへんな自制心を費やして決断したときに生まれたのだ。軒下で潘巧雲とまじかに向かい合って立っていると、時間にして数分のできごとなのに、石秀には数時間にも感じられるほど、ずっと自分の卑しさを感じ続けていたのであった。しかし自分が卑しいと感じればそれだけ、潘巧雲の美しさと快活さがはっきりとしてくるのである。そうなのだ。それは石秀自身にも不思議なことといぶかられたことなのだが、潘巧雲の姿がどうしてこんなにはっきりと感覚に刻み込まれているのだろう。石秀の感覚が異常に敏感になっていたのであろうか。それとも潘巧雲の声や姿は、妖婦のそれのように真実の姿を越えてしまっているのか。それは誰にも説明できない。

どうしようもなく喜びにとらわれた石秀は、自分の卑しさを感じ、それを恥ずかしく思いつつも、ここまでくるとすぐには潘巧雲のそばを離れたくない気持ちだった。それどころか、すでに意識下ではこの女ともっと近づきたいという欲念を抱くまでになっていた。石秀はわざと咳払いをして、喉の調子を整え、母屋の方に眼を向けた。

「石秀様、母屋のほうへどうぞ。あとで父が起きましたら、石秀様と屠殺屋を開く件でお話があると申しておりました。」

潘巧雲は身をひるがえし、微笑しながら言った。

石秀が母屋に入っていくと、潘巧雲と迎児はその後から入ってきた。互いに譲り合いながら、それぞれ席につくと、迎児はそのまま潘巧雲の後ろに侍って立っていた。石秀は窓側の角椅子にすわったが、内心は気をもんでいた。潘巧雲といろいろ言葉を交わしたいと思いながら、いかんせん一つも話題が見つからないのだ。たとえあったとしても口にすることは憚られただろう。潘巧雲と世間話をすることくらい大したことではないとわかっているのだが、なぜか自分にとって快感をもたらすことは同時に罪悪でもある、という気がするのだ。石秀が中庭のセンノウ花を見つめていた視線をおずおずと潘巧雲に向けると、ずっと石秀を見つめていた潘巧雲の視線とぶつかった。石秀はドキリとして顔を伏せ、小さく一つ咳をした。

「あねさん、お忙しいでしょうからどうぞ。あっしは、ここで父上をお待ちしていますんで。」

「わたくしが忙しいなんて。一日中ひまで仕方ありませんのよ。近所をぶらぶらするのも気が引けますすし、お父様は毎日酒場通い。石秀様がこられるまでは、家の中はひっそりとしていましたもの。」

そういいつつ潘巧雲は軽やかに立ち上がった。

「あら、いけない、私としたことが。石秀様は朝御飯がまだでしたのね。迎児、そこの路地にいって、蒸かし餅を何枚かこしらえてもらって、ニンニク入りのタレもつけてね。」

迎児は返事をしつつ出て行った。部屋には再び石秀と潘巧雲が取り残され二人きりになった。石秀はもともと辞退するつもりであったが、いかんせん迎児の出て行くのがはやく、呼び戻すには遅すぎた。実際いささか腹も減ってきていたので、言われるままに従ったのである。

そこへ潘巧雲がにっこり笑いながら近寄ってきた。

「石秀様、年はおいくつになられましたの。」

「あっしは、ことし二十八で。」

「わたくし、二十六ですの。わたくしより二歳年上。この薊州にいらしてどれくらいに。」

「ええっと、おおかた七年になりやす。」

「でしたら二十一で出てこられたのですね。お郷ではもう奥様をおもらいになりまして?」

とっぴょうしもなく大胆な質問攻めを受けて、石秀は耳の根元が熱くなるのを覚えた。聡明多感な少年の恥ずかしげなまなざしを潘巧雲に向けつつ、小さな声で言うのだった。

「いいえ。」

石秀の予想外だったのだが、そう返事をすると、この美しい婦人はそこから話題をつないでいかなかった。うつむいていた石秀が顔をあげると、女の美しい顔に、淫猥でなれなれしげな笑みが浮かんでいるのが、はっきりと見て取れた。女の目には、石秀がこれまで接したことのない女性的な優しさが顕れていたが、そのかげにははっきりと、何かを手に入れて満足したいという渇望が隠されている。同時に女の容姿には、もっともつややかで、もっとも美しい、もっとも幻想的な色香がみなぎっていた。そしてこの美しさがむき出しになった一瞬、この女の美しさのすべてが焦点を、舌先でしきりに上唇を打つこの細やかな表情へと結んだ。石秀にはその表情が永遠に忘れがたいものとなったのである。

それはいわば神秘の暴露、幻想の虹の現実化ともいえた。最初の瞬間には、石秀は気が動転し、呆然とするのだった。しかし情熱に理知を失うようなことのなかった石秀には、かえって次の瞬間にはおもく悲しい失望が訪れた。石秀はおののきながら、視線を極力女からそらし、ぼんやりと庭で秋風に揺れているセンノウ花を見つめていた。

「あねさん、お茶をいっぱいいただけませんか、あっしはのどがからからで。」

とそのとき、厚底の靴をはき、どたどたと階段を降りてきたのは、目を覚ましたばかりの潘の親父であった。

三

屠殺屋の店を開いてからおよそ一ヶ月あまりたったさわやかな午後、小屋の軒下にすわって、ぼんやりと塀の角あたりで十数頭もの肥えた豚が蠢いている豚小屋を見つめながら、石秀は快感だと自分では思える幻想に耽りつつあった。

毎日夜明け方になると起きあがり、潘の親父を手伝って豚を屠殺し、注文に応じて脂身や筋肉を切り分ける作業をし、昼近くになってようやく一休みがとれる。その疲れから、石秀は潘巧雲の記憶も薄らいでいた。ときには近所の人から噂を耳にすることもありはしたが。

その日は商売が早めに片付き、また潘巧雲についての新しい話題を耳にしたこともあって、一人で昼食をすませてしまうと、楊雄も家に戻っておらず、潘の親父はいつものように厚底靴をスタスタさせながら、茶や酒の飲み友達の連中とどこかにしけこんでしまったので、石秀は悠然と久しく忘れていた潘巧雲への憧れを整理しなおすこととなった。先ほど半斤（250グラム）のばら肉を買いに来た路地口のワンタン屋の妻の話では、潘巧雲が楊雄に嫁いだのは再婚で、それより前に本庁の王《ワン》という役人に嫁いでいたのだが、病気を患って死んでしまったので、楊雄と再婚したようだ。迎児はそのワンの家から連れてきたのだとも言っていた。

新たにそういう話をきき、かつて偶然誰かが潘巧雲は遊廓の出だと言っていたのを思い出すと、石秀は潘巧雲がいったい何者なのかわからなくなっていた。本当にあの女の家は遊郭をやっていて、それから役人のワンに嫁いだのだろうか。楊雄兄貴はそれを知っているのだろうか。知っていたら、そんな女を娶ったりしないだろう。

耳にした話がすべて嘘ではないとしたら…、そのようなことを考えていた石秀は、思わず楊雄の家に来た翌日の朝の潘巧雲の顔つきを思い出していた。あのときばかりではない、その後も、肉屋を始めた最初の何日か、潘巧雲も時折親しげに手伝いにやってきては、肉切台の奥で一切を取り仕切っていたが、そのたびにわざわざ色目をつかって石秀をどぎまぎさせたのだった。その異常に鮮明な印象がふと目の前に浮かんでくる。それは自分の完全な美しい姿態を石秀の目の前に繰り広げているようなものだった。その幻を見ながら、石秀は「たとえ遊廓の出ではなくても、こんな態度では他所さんに何と言われても仕方ないな」というような嘆きの言葉をもらすのだった。

だが石秀はこの女を軽蔑していたのだろうか。そうではないのだ。石秀は勇敢でまっすぐな性格だが、やはり熱しやすい若者であったから、このときの石秀の気持ちは二つに分裂していた。しかしその二つに分かれたどちらの心境も、軽蔑とは程遠いものだった。楊雄の義理の弟として、客観的な立場から潘巧雲を見ると、やや真面目でないところがあると思わざるを得ないが、過去の経歴について確かと思われる知識があれば、それもしかるべし、許されないことではないという気がするのだ。ようするに潘巧雲がどんな女であったとしても、いまは楊雄の妻であることに変わりがなく、それだけで石秀にはこの女を重く見る十分な理由となるのだ。だが同時に一方で、熱い血の通う石秀としては、潘巧雲が遊廓の女であったことを知って嬉しかったのだ。それは石秀の意識の深いところで、自分への潘巧雲の度重なる好意の表現を思って、よくありがちだと思われる身勝手な欲望が生まれるのを禁じえなかったからである。実際に遊廓の女であったなら、その親しげな表情はわざとそうしているのであり、こちらとしては、楊雄兄貴に何もすまないと思うことがないと思いさえすれば、かえって女の好意に背いてはいけないのだ。女のかぼそさと美貌は、楊雄兄貴のでっぷり太った大男とは、人情から言って全く似つかわしくない。この石秀が妻を娶らぬと決めたのならまだしも、妻を娶りたいと思っていて、この世にこんなにきれいな女がいると知ってしまったからには、このような女を妻にしないでなるものか。

そんな思いをめぐらせていた石秀の胸のなかでは、潘巧雲に対するひそやかな情熱がうごめきはじめていた。それは初めて潘巧雲を見たときよりもずっと強烈であった。石秀の意識下では、「楊雄は兄貴分だが、それほど大した関係でもないのだから、奥さんのことを好きになったって、何と言うことはない」という思いが生じていた。

石秀は以前謹厳実直にも単純に潘巧雲のお色気を拒絶したことが、おろかなことに思われて後悔し始めていた。潘巧雲はもう何日も店には来ていないし、迎児でさえお茶や食べ物を運んでくる際に話をしたり笑ったりしていたものを、どうしたわけか、近頃はめっきりそういった応対をしてくれなくなった。俺がひっかからないので、気分を害したのだろうか。もう二度と親しげにするなと、女が迎児に言いつけたのだろうか。石秀の後悔は、憶測が重なるにつれて、自ら恥じ入って恐縮する気持ちに変わった。そうなのだ。潘巧雲の厚情に背いて申し訳ない、という気持ちなのであった。

眼前に美女潘巧雲のなまめかしい姿態が浮かび、胸に灼熱の炎が燃え上がった、元気盛んな年代の男の餓えた欲望にかられて、石秀はいつのまにか屠殺場と豚小屋を離れて、楊雄夫妻の住んでいる母屋に向かっていた。このとき石秀の気分はいささか揺れ動いていた。このまま母屋に足を踏み入れて、女の姿が目に入ったとしたら、それがまさに恋焦がれる美しい女だったとしたら、どのように振舞えばよいのか。石秀は自分のことがよくわかっていたので、気持ちがぐらついて、どうしたらいいか自分で決められないようなことがあると、それを正直に口に出して言ったし、二度と愚か者にはなるまい、と心に決めてもいた。しかし現実にはどちらかを選ばねばならない。愚か者にはなりたくはないし、潘巧雲の艶っぽい誘いにも情がほだされるというもの。このまま部屋に足を踏み入れたら、どういう結果になるかは言うまでもない。ところが、石秀はまさにそういう結果になるということにだけは結局ふんぎりがつかなった。だから「女の姿が目に入ったとしたら、どのように振舞えばよいのか」というような道理にあわない躊躇があったのである。

しかし石秀はそんな風に揺れる気持ちを抱いたまま、結局は潘巧雲が腰掛けて、迎児に足を叩かせている側室に踏み込んだのだった。石秀が突然入ってきたのをみて、潘巧雲は不意をつかれたような驚いた表情をしたが、それはほんの一瞬のことで、両足をのせていた台から足を動かしもせず、たちまち諷刺の笑顔をつくろって言った。

「あら、石秀様のお出ましとは、どういう風の吹き回しですの。いつぞやは、お仕事が忙しいとおっしゃってばかりで、一つ家に住んでいるものの石秀様が会いにきてくださるなんて、夢にも考えられませんでしたわ。」

そんな冗談口をたたきながら、潘巧雲は石秀の方をちらりと見たが、すぐさま、下でひざをまげて傍にかがみこみ、両手でこぶしを握って潘巧雲のふくらはぎを叩いていた迎児に視線をうつし、左腿を迎児に向かってそびやかすようにして言うのだった。

「何をしているの。どうして叩くのをやめてしまうの。石秀様は他人さまとは違うのよ。何も恥ずかしいことなんかありやしない。」

迎児は口をとがらせたが、また両手の拳で潘巧雲の赤いズボンに包まれた太ももを叩きだした。

石秀は足元がふらふらして、進むことも退くこともできず、どうにも落ち着かなかった。内心は悪いことでも仕出かしてしまったかのように不安であった。放埓で淫乱な様子を呈している美人に対して、石部金吉でいることは、かえってみっともないことである。目の前で純粋に淫猥かつ下劣な饗宴が行われているのであれば、陶酔したようにその享楽に耽る主役となることこそ、当を得た美しい行為にほかならない。石秀は遊廓に行ったことはなかったが、周りの人々の話をきき、また空想することで、遊廓の女たちがどのような姿態をとるのかを思うことはよくあった。細い足を朱漆の台にのせ、床に垂れた着物を斜めに引きずりながら、誘惑するように膝あてやズボン、あるいは解けそうな細いズボンのヒモを露わに示すのだ。やせた細い手の指は、バラの花をつまむように一つの杯をもって、故意に斜めの姿勢から視線を送り、つかず離れずこちらをうかがいつつ、眠りにおちる前の秘密のこころを打ち明ける。そういった情景が、期せずして石秀の目の前に湧き起こり、たちまちにして益荒男の生真面目さによって打ち消されるのだった。

最初考えがぐらついていた石秀ではあったが、わざと太腿をたたく様子を見せつけようとする潘巧雲を見て、石秀はあたかも自分が遊廓に足を踏み入れたかのような錯覚にとらわれた。潘巧雲は娼婦なのだ、という考えが石秀のなかであらためて頭をもたげた。ここが遊廓ではなく、楊雄の家なのだということを、どこで判断できるというのだ。もうよい。一切準備は整ったのだ。あとは石秀の一言、石秀の行動があるのみであった。それさえあれば、すべては解決なのだ。

石秀は、潘巧雲の紅いズボンに包まれた太ももをためらいがちに見つめていた。口にはねばねばした唾がたまっていた。石秀は、その唾を何度も呑み下そうとしたが、結局できなかった。吐き出そうともしたのだが、それもできなかった。このとき、正視することははばかられたが、石秀は勘で、潘巧雲の鋭い視線が自分をとらえているのを感じ取っていた。しかも石秀は、相手のそのまなざしが、自分の一言や行動如何で突然変わってしまうことも予感できるのだった。

「今日はおおかた暇でしたんで、あねさんに会いにまいりやしたのに、あねさんには、お怒りのご様子で。」石秀は結局口ごもりながら言った。

潘巧雲は肩をそびやかし、冷静に笑いながら、三分くらいは嬉しさをこめて言った。

「まあ、皮肉のお上手なこと。怒るなんてとんでもない。石秀様に心をかけていただいて、わたくしをお忘れにならなかっただけで、ありがたいことですわ。」

石秀の全身を寒気が貫いた。

それから熱っぽい淫猥な感覚にとらわれた。

「あねさん、今日のご衣裳はなんともきれいで…」

というような軽薄な言葉でからかってやろうとして、視線を向けると、ちょうど美女の背後の、イスラム文様を浮き彫りにした茶卓の上に、冷静に置かれた楊雄の黒頭巾が、刺すように石秀の目に入った。

「迎児、石秀様に茉莉花《ジャスミン》茶を注文してきて。」あでやかな淫婦が迎児に目配せをする。

しかし女は背後にある楊雄のぼろ頭巾が、自分では満足のいった勝利を奪い取っていくほどの力をもっているとは気づいていなかった。石秀の心のうちで、愛欲の苦悶と炎が織り成す魔の網がことごとく破れていた。全身から淫猥なオーラを放っているこのあでやかな美女をぼんやりと見つめ、石秀は下唇を硬くかみ締めながら、突然悲哀に襲われた。

「迎児さん、それはどうかごめんなすって。あっしはこれから出かけやすんで、また戻ってからお邪魔いたしやす。」

そそくさとそのようなことを言ってから、石秀は潘巧雲に軽蔑の視線を投げ、かすかにお辞儀をして、意を決して振り返り、おおまたで部屋を出てきたのである。窓の外で、石秀ははっきりと、潘巧雲の謎めいた、銀の鈴のような朗笑をきいて、恥ずかしさと後悔の念にとらわれたのであった。

翌朝、四時頃起きだすと、石秀は、商売を潘の親爺ひとりに任せて、城外に豚を買いに出かけた。

四

豚を買いに行って戻った三日目、石秀は商売を終えて自分の部屋に戻り、一人ぼんやりと座っていた。

おとといの晩、目にし、耳に聞いたいろいろなことを考えると、あの日自分が帳簿の勘定をきちんと報告せずに田舎へ行ってしまったことが深く悔やまれた。あの日、豚を買って戻ってくると、店の戸は閉ざされていた。潘親爺は法事があって、店を看るものがいないと言っていたとはいえ、あの不純なところのある女が、自分に反感をもってわざとそういう意思表示をしたのではないと言えるだろうか？　石秀は自分では女の気持ちがわかっていると思っていた。女が男を好きになったら、その男のためならどんな犠牲でも惜しまない。しかし男を憎むようになると、何でも惜しくなるのだ。思えば、潘巧雲はきっとそういう心理だったのだ。あの日結局女の艶っぽい白日夢を実現してやらなかったから、女に恨まれ、自分は楊雄の家に身を置く場を失ったのだ。

しかしたったそれだけの理由にせよ、楊雄の家に長居できなくなったことは、石秀にとっては望ましいことであった。というのはこれ以上いつづけたら、ほんとうに楊雄に対して申し訳のたたない不埒なことを仕出かさないとも限らなかったからだ。そうなってからでは後悔しても遅いのだ。

だが石秀は憤激していた。結局見るべきでなかったと自分が恨まれるおとといの晩の情景をどうにもおさえつけることができなかったのである。考えてみれば、いつかはこのような驚くべき光景を見ることになると、早くからわかっていたならば、むしろその前にここから離れて行くべきだった。今となっては、はっきり目撃してしまい、なんの因果で自分がそれを目撃する破目になったのかと思うばかり。これが復讐ということなのか。それともよりいっそう強い誘惑なのか？　こうして、石秀の心は憤激にかられ、出て行こうにも、このままでは出て行けない気持ちになっていた。

それに楊雄に対して幾分か悲哀と憐憫を感じてもいた。あの美しい女が報恩寺の海闍黎裴如海和尚と懇ろにしている様子を目に浮かべ、楊雄の益荒男振りを思い浮かべると、石秀は女の心のはかりがたさを慨嘆せずにはいられなかった。命の危険を冒して、武勇にすぐれた夫に背き、ろくでなしのくそ坊主とよしみを通じるとは、どういうわけなのだ。ああ、女は確かに美しい。しかし楊雄兄貴はその美しさに惑わされて、その名を貶めようとしているのだ。

そう思いながら、石秀の意識の下では相変わらず利己的な喜びを抱き続けていた。何はともあれ、楊雄がこの美しい女に好かれていないことは否定できない。だが、自分はどうなのだ。もし楊雄との関係がなければ、とっくに女とできていただろう。もしそうだったら、裴如海のようなくそ坊主が潘巧雲の気に入るはずはなかったのだ。だとすれば、潘巧雲が浮気をしようとしたのは避けられないことであったのだから、女が裴如海と関係をもつようにさせるよりは、自分と関係をもつほうが、どちらかといえば許されるべきことだったのではないだろうか。

石秀は腰掛板から立ち上がり、腰紐を締めた。そのようなふざけた考えが自分の頭に入り込んだことを全く不思議なことだと訝りながら。石秀は失笑した。それに、今になって潘巧雲のところへ、いかにももっともらしい足取りで出かけていって、あの日の喜劇に結末をつけようとしたら、潘巧雲はいったいどのような態度をとるだろう。そうは言っても、今日は潘のおやじは、娘のお供で報恩寺に願解きに行ってしまい、朝からその日の商売を全部石秀に任せていたのだから、潘巧雲もとうに報恩寺に行ってしまったことは言うに及ばない。彼らの報恩寺での様子を知るすべはないにしても、大局から見て最後の勝負は例の坊主に有利であるようだ。

嫉妬が正義の仮面をつけて、石秀の望みをたたれた熱情の中で、力を発揮し始めた。そのために石秀は異常な心の乱れを覚えていた。どうして早くここを出て行かなかったのかという激しい後悔の念が生じていた。が同時に潘巧雲の美しくも淫猥な姿態が、いままで以上にはっきりと目の前に現れた。もはや石秀は自分が女に未練のあることを認めないわけには行かなかった。しかし今は失恋も同然の悲哀。願わくば、おとといの晩の潘巧雲の海闍黎に対する態度が、この石秀を誘うためにわざとして見せたことであってほしい。石秀は内心そういった誤った期待をいだいていたのである。

楊雄に対する哀れみと申し訳なさ、自分の思いに対する偽りの呵責、無意識の嫉妬、灼熱の愛欲が次々に石秀の浮ついた心に襲いかかった。そうしているうちに、日が西に傾く午後になった。石秀は一人前庭までやってきた。見ると母屋の戸にも側室の戸にも鍵がかかっており、静まり返って、誰もいるようすがない。どうやら皆まだ寺に行ったまま戻っていないと思うと、全身を寂しさが走った。この寂しさは漂泊の孤独な青年が抱く特有の寂しさであった。

石秀は反対側から門のかんぬきを下ろし、そのまま街へ出て行った。大通りや横丁をあてもなくぶらついて、すこしばかり疲れを覚えたが、まだすぐには帰りたくなかった。潘のおやじたちは、きっとまだ家に戻っていないだろうから、自分がもどったとしても晩飯にさえありつけるとは限らない。どうせ夕暮れの小部屋でぼんやり座っているだけなら、退屈でしかたがない。そう思って石秀は足が少し疲れてはいたが、そのまま街の賑わいを眺めながらぶらぶら歩きつづけたのである。

しばらくして行き着いたところは、門の外に金文字の看板がかかっていて、緋色の刺繍の飾りつけがしてあり、八つ連なった宮灯篭があかあかと輝いていた。じっくりみると、それは実はこの地でも有名な勾欄(注10)であった。中では鳴り物が賑やかに響いている。石秀は思った。このようなところは今まで入ったことがなかったが、今日は退屈しているから、ひとつ入ってみようか。石秀はさっそくゆっくりとした足取りで入って行き、緋色の垂れ幕をめくりあげると、既に山のような人がいっぱいにひしめいていた。真ん中の舞台で、化粧をした男が話本か何かを歌い語りしており、満座の客はとめどなく喝采を送っていた。石秀は前の方の数列目に空席をみつけて座った。

たてつづけに芝居や舞いを見、話本を数段聞いた後、管弦の音が鳴り響いて、舞台上にゆっくりと軽やかな足取りで一人の娘が歩み出てきた。何もしゃべり出さないうちから、四方の座席の客たちが声をかけると満堂の喝采が湧き起こった。石秀が舞台袖に高く掲げられた四つのガラス燈の明かりをたよりに目を凝らして見ると、その娘はどこかで見覚えのあるもののように思えたが、どこだったかははっきり思い出せなかった。石秀の両目は娘の唇の動きを追いかけていたが、模糊としたまま女が何を歌っているのかわからなかった。

石秀はしまいにはこの娘の美しさ、たおやかさ、そしてその声に魅了されてしまった。楊雄の家に移り住む以前、石秀は女の愛くるしさというものに目が行ったことがなかった。しかし潘巧雲を見てからは、いろいろな場所で女というものはそれぞれ魅力的な部分をもっているものだ、と感じるようになった。ただどの女も潘巧雲ほどに洗練された美しさを一身にあつめてはいないだけなのだ。この舞台上の娘を、石秀の記憶では、以前どこかで見たことがあるように思ったのも、女の美しさ、たおやかさが、石秀には潘巧雲と似たところがあると認められたからなのであった。こうして、童貞の石秀の愛欲は、強く刺激されたのである。

二更（午後九時ないし十時頃）ともなると、石秀はすでにこの妓女の部屋でうとうとしていた。さきほどのもろもろの出来事——女がお盆をかかえて褒美をもらいにきて、自分がこまごまとした馬蹄銀を五、六両ほうり投げてやったこと、女が微笑しながら礼を述べたこと、自分が妓楼の牛太郎を呼んで、今夜の泊まりにこの娼婦を指名したこと、そしてこの女がどうやって他の客を送り出し、自分を部屋にとどめたか、そういったことの一切は、石秀がぼんやりしている間に過ぎ去ってしまった。今では、そういったことがまるで夢のように思われるだけでなく、今わが身を娼婦の部屋においているという厳然たる事実でさえも、夢の中のことのようで、まったく自分自身さえ信じられない気持ちであった。

石秀は紗を張った窓の下の腰掛にすわって、ガラス灯のあかりをたよりに、寝床の前の机で壽の香を燃やしている娼婦をじっと見つめながら、この女が、以前柴を担いで路地を通りかかったとき、その美しさに驚いたことのあった、あの貧しい家の小娘であることを思い出した。……本当にあの娘なのだろうか。ずっと娼婦をしていたのか、それとも最近この稼業に足を踏み入れたのか。娘の格別の身のこなしによって、石秀が今でも忘れていなかった美しい踝《くるぶし》が、突然初めて見たときのように石秀の目の前に浮かび上がった。と同時に石秀はぼんやりと、楊雄の家に泊まった最初の晩の幻を思い出していた。潘巧雲の脚、路地の小娘の脚、そしてこの娼婦の脚がありありと石秀の前に並んでいた。女が銀の小箱の香料の粉を燃やし、軽やかな身のこなしで近づいてきたとき、ぼんやりと見とれていた石秀は、本当に発狂せんばかりに迎えに進み出て、女のふくらはぎを抱いて、その丸みを帯びた美しい踝に唇をつけたのである。

二十歳にもならないこの娼婦は、あたかも古株の娼婦のように、放埓な姿態をつくりながら

(注10) 妓楼を兼ねた娯楽施設、演芸場。

石秀に寄り添った。石秀の内心はぶるぶる震えていた。耳にはミツバチの羽音がずっと鳴り止まなかった。しかしその感覚は初めて勾欄に足を踏み入れた若い男の臆病で恥ずかしい感覚ではなく、突然襲ってきた一種の謎に満ちた報復の快感なのであった。

そこには西域の胡人がつかう魔法の薬のような魅力があって、この美しい娼婦の体から伝わってくる熱気と香りによって、石秀は朦朧として、官能を超えるほどの衝撃を受けた。しかしその衝撃は潘巧雲に対する報復の気持ちで充分満足したときをすごしていたからなのであった。そうなのだ。石秀はそのとき、潘巧雲が部屋に闖入してきて、一目でこの美しい娼婦が自分の懐に抱かれている姿を見てくれるよう願っていた。そうすれば、潘巧雲はきっと怒りと失望と羞恥が入り混じり、捨てられた悲哀を深く感じて、顔を覆って逃げ出し大声で泣き出すだろう。もしそこまでが実現するのなら、潘巧雲がおととい報恩寺の和尚に対して色目をつかった態度が本心であろうが、何か魔がさしたのであろうが、それを目にした憤怒は発散されるのではないか。

こころもち頭をあげて、石秀が見ると、腕に抱いていた娼婦は、傍らの茶卓の漆塗りの盆から梨を取り出し、同じ盆に用意してあった小刀で梨を剥いていた。経験豊かな淫売女でありながら、顔立ちにはどこかあどけないところが残っていた。安心して梨の皮をむく様子を見ているると、まるで石秀の懐の中にいることに慰めと安らぎを感じているかのようで、それはちょうどやさしい妻が信頼する夫の懐にいるのと同じであった。石秀の女性に対する純粋で清らかな恋心が、知らず知らずのうちに、はじめて大きく動かされていた。

石秀は軽いため息をついた。

娼婦は向き直って、優しいまなざしを向けて尋ねた。

「だんなはん、どうしはったん？　おもしろうおへんのどすか？」

石秀は呆けたようにしばらくじっと女を見つめていた。突然強い欲望がわきあがってきて、両手に力を入れて、横から女をぴったりと抱き寄せた。その瞬間石秀が驚いて手を離したのは、女が突然鋭い悲鳴をあげて、石秀から離れていったからである。手に持っていた小刀と剥きかけの梨がごとんと床に落ちた。女は急いで床前の卓上の明かりの傍まで行って、うつむいて何かしている。

石秀はその後から、女が何をしているのか見に行った。それでわかったのだが、石秀が腕に力を入れたときに、気をつけなかったので、女が小刀で指を切ってしまったのだった。白く細いなめらかな肌に、このように鮮やかかつ美しく、赤い血が一筋流れていた。傷口は左手の人差し指にあって、真っ赤な血が指にそってゆっくりと滴り落ち、半寸あまりの紅い線となって指の甲を越えていた。それは一粒の透明な紅玉のようであり、また飛んでは消えていく夏の流星のように、あまり明るくない灯火の中を煌めくように通り過ぎてまっすぐに落ちて行き、卓の影が覆っている床板の上に滴っていた。

女の血がこんなにも美しいものかと怪しみ、女が眉をしかめている苦痛の表情を見つめながら、石秀は女性に対する愛欲が、とりわけ胸のなかで高潮に達するのを感じていた。かつて見たことのない艶っぽい場面ではないか。いかなる男の体にもおそらくこのように美しい血は流れてはいないだろうし、それによって愛恋と満足を与えてくれる美しい姿を見せてくれることもあるまい。過度に熱い思いが沸き立ってしまった若い武人石秀は、猛然と女が傷口を拭っている右手の指を押し開いた。血の赤い糸がひきつづき小さな傷口から吐き出されるように。

五

石秀が勾欄で一晩をすごしてから、瞬く間に一月あまりが過ぎていた。石秀は潘巧雲の態度がますます冷淡になってくるのを感じていた。顔を合わすたびに、いつもいい顔をしないのだ。侍女の迎児でさえ、お茶や食事を届けにくるたびに、面倒くさそうな表情をする。潘巧雲の父親は、もともと娘に頭があがらない。いま娘が石秀にこのように冷淡にするのを見ると、やはり石秀と仲良くするだけの度胸がない。それにこの爺さんは、午後になればたいてい茶寮や酒屋に出かけて行くので、店で一緒に商売をする午前中の一、二時間を除けば、石秀は潘親爺の影すら見つけられないのだ。そのような状態に石秀が耐えられるわけもなく、それでいつもふさぎこんでいた。

まさか俺が勾欄ででたらめなことをしたことが発覚して、それで軽蔑されたのだろうか。それとも勾欄の女と俺が仲良くなったので、あの淫乱女が嫉妬しているのか。石秀はそのような疑念を抱いて、潘巧雲の言動から何らかの手がかりを得たいと思っていた。だが潘巧雲は数日の間ずっと口を開かず、ずっと部屋に閉じこもって、一階に降りて来もしない。石秀はしかし策を弄したりはしなかったのだ。実のところ、石秀は潘巧雲に対しては、情を忘れることのできない臆病な片思い男なのであった。だから、こういう瀬戸際にあっても、心の半分は恥ずかしさ、半分は喜びを抱いていた。夢の中では、石秀は潘巧雲に対して「楊雄兄貴がいるのでなけりゃ、俺はとっくにあんたを嫁にしているよ」などといった口がきけるのだ。しかし昼になり、午後の仕事がかたづくと、確信を憚る深い憂い、あるいは恥辱と言うべきか、が期せずして心に覆いかぶさってくるのである。それは、石秀の幻想のなかで、潘巧雲を思い起こすと、必ず同時に報恩寺の和尚裴如海の卑猥な身のこなしが目に浮かぶような気がするからであった。まさか女が好きになるのはこんな男だというのか。もしそうだとしたら、自分や楊雄がこの女の目にかなわぬのも当然のことだ。自分は何も関係のない人間だからよいが、楊雄兄貴はむざむざと女にしてやられたことになる。ああ、一人の武人、益荒男が一人の女にとっては、坊主にも及ばないとは、恥ずかしいことではないだろうか。俺のこの推量が正確でないことを祈るのみだ。

こうして幻想と憂慮に耽っていた石秀は、毎晩寝返りを打つばかりで、よく眠れないでいた。ある日の五更（夜中の三、四時）頃、石秀はまた突然夢からさめて跳び起きた。窓の外を見ると、残月がなお明るく、寒々とした感じをあたえた。突然、路地の外から行脚僧が木魚をたたきながら、まっすぐ路地に入ってきて、大声で言うのが聞こえた。

「普く衆生を度し、苦難から救いたてまつれ。仏様、菩薩様。」

石秀はひそかに思った。「この路地は袋小路なのに、どうしてこの坊主は連日ここに入ってきて木魚をたたき、仏を唱えるのだ。怪しい。」疑念が生じると、考えれば考えるほど怪しく思われてくる。石秀は寝床から跳び起き、寒さも顧みず戸の隙間からうかがっていると、一つの頭巾をかぶった黒い影が出てきて、行脚僧と一緒に立ち去り、その後迎児がやってきて門を閉めるのが見えた。

そのような行動を見届けて石秀は呆然とした。この石秀様の目の前で、このようなことを仕出かすとは。しばらくの間、あの淫婦潘巧雲に対する軽蔑と姦夫裴如海に対する憎しみと楊雄に対する悲哀と、それから自分自身のどうやら失恋しまた侮辱された恥ずかしさとがっかりした気持ちとが、入り乱れて石秀の心の中でせめぎあっていた。最初は楊雄兄貴の名誉を慮って女に手を出すことはできなかったが、とうとう自分から楊雄兄貴の名誉を傷つけるとは、許すわけには行かない。あの坊主にしてもはっきり楊雄の妻と知って、あえてこのようなことを仕出かしたのだのだから、許すことはできない。石秀は思わずため息をついて、独り言をいうのだった。「兄貴はあれほどの英雄であるのに、このような淫婦を嫁にもらったのが仇となった。嫁にいっぱい食わされて、こんなことまで仕出かされちまって、どうしたらよかろう。」

夜明けを待って、ブタを選りすぐって朝市で売った。食事を終え、付け払いの集金をして、正午前後に薊州の役所に楊雄を訪ねた。内心、楊雄に会ったらどう言ったらよいのか、まだ決めかねていた。ちょうど橋のところにやってきたところへ、向こうから楊雄がやってきて声をかけた。「兄弟、どちらへ？」

石秀が言った。「付けの払いの件で、兄貴を訪ねてきたところで。」

楊雄が言った。「私はお役目があって忙しく、兄弟とゆっくり酒を飲むこともできなかった。まずはこちらに入ろうではないか。」

楊雄は石秀を橋のたもとの酒楼に引き入れ、仕切りで仕切った小部屋の静かなのを選んだ。二人は腰掛けて、手代に良い酒を瓶で持ってくるように言い、料理は海鮮とつまみを注文した。二人は三杯酒を酌み交わしたが、楊雄は石秀が何もしゃべらず、うつむいて何か大事なことでも考えているばかりであるのに気がついた。楊雄はせっかちな男なので、すぐにたずねた。

「兄弟、何やら心中楽しまぬ様子だが、もしかして家の者が何かあんたを傷つけるようなことを言いでもしたのか？」

石秀は楊雄がかくも誠実で率直であったので、思わず悲しくなった。

「家の人は何も言ってやしませんです。兄貴があっしを肉親のように思ってくれるんで、誰も何も言えやしませんや。」

楊雄が言った。「兄弟、今日は水臭いぞ。話があるなら遠慮せずに言えばよいのだ。」

石秀は楊雄をしばらくずっと見つめていたが、ややためらってから切り出した。

「兄貴は毎日出かけてきてお役所の仕事をしてなさるんで、後のことはご存知ないんだ。あねさんはよくねぇ人です。あっしは何度も見ましたんで。ただ口にはできなかったんです。今日は仔細がわかりましたんで、我慢できずたずねて参りやした。悪く思わんでください。」

その言葉を聴くと、楊雄の黄色い顔は見ている間に赤みを帯びてきた。しばらく考えてから、決まり悪げに言った。

「もちろん俺の背中には目があるわけじゃない。誰のことを言っているのだ。」

石秀は酒を一杯飲み干した。

「先日法事があって、くそ坊主の海闍黎を呼びました。あねさんがそいつと目配せしているのをあっしは見ました。三日目には寺の方に行って血盆懺(注11)とかの願解きをしました。近頃は、行脚僧が路地に入ってきて、木魚をたたき、仏を唱えるんですが、それがあやしいんでさぁ。

今朝早く起こされて見ていると、あのくそ坊主が頭巾をかぶって家から出て行ったんです。それでやむにやまれず報告に来ましたんで。」

出来事を言ってしまったので、石秀は心が軽やかになったように感じた。すべての悩みが発散されたかのように。だが楊雄の方は黄色いなかに赤みをたたえた顔が、怒りのあまり真っ青になっていた。楊雄は大声を出した。

「あのやろう、よくもこんなことを仕出かしおって。」

石秀が言った。「兄貴、どうか怒りをおさえなすって。今晩このことを口になすってはいけません。明日は泊まりだということにして、夜中過ぎに帰ってきて戸をたたくんです。奴はきっと裏門からずらかろうとするんで、あっしがひっ捕まえますから、あとは兄貴が存分になさってください。」

楊雄はしばらく考えてから言った。「兄弟の考えはもっともだ。」

石秀はさらに念をおした。「兄貴、今夜はくれぐれもこのことをお話ししませんように。」

楊雄は頷いて言った。「明日兄弟との約束どおりにすればよいのだな。」

二人は更に数杯の酒を飲み、酒代を払って一緒に酒楼を出た。酒屋の建物を出るや否や四、五人の迎えの小役人と出くわして、楊雄は連れて行かれてしまった。そこで石秀は家に戻って店の片づけをすませ、作業場の方に行って休憩をとった。

夜、寝床に入って昼間の出来事を考えると、内心満足この上なかった。くそ坊主の命はもはや自分の手中に入ったも同然。誰に豹の心臓、ワニの肝を食わされたのか。色事にかけて天にものぼる大胆さで楊雄の妻に夜這いをかけるとは。今日はあんたのすごさを堪能させてもらったぜ。ためらいがちだった石秀は、突然気が変わった。もしあの日自分が一時の迷いから美しい淫婦潘巧雲となさぬ仲になってしまっていたら、今日はどんな局面になっていたであろうか。楊雄兄貴に知れていなかったらどうだったであろう。あるいは知れてしまったらどうなったであろう。それはあれこれ考えるまでもないことだ。もし自分がそんな間違いを仕出かしたとしたら、毒を食らわば皿まで、きっと楊雄兄貴を暗殺して不都合を取り除いたであろう。そう考えると石秀は思わず身震いするのだった。

明晩あの生臭坊主を捕まえ、楊雄兄貴が一突きで殺してしまったら、後はどうすればいいのだ。潘巧雲をどう処置すべきなのだ。そんなことは楊雄兄貴に決めてもらえばいいことなのだが、兄貴はきっとあんな綺麗な妻を殺してしまうような腹はあるまい。坊主を殺してしまえば、女だって二度と放埓なことはできないだろう。それに今度の放縦にしたって、おれが女の寵愛を受け入れなかったから、あんなバカ坊主とよしみを通じたのだ。石秀もこのごろは女の気持ちがわかるようになった。一人の女が外に男を作りたいという欲望をもったとき、最初の目標が手からすり抜けていったら、必ず第二の目標を求めることによってそれを補完しようとするのだ。つまり潘巧雲が急に楊雄に対して不貞を働いたのは間接的にはこの石秀自身のせいだということになる。石秀は昼間酒楼で楊雄に対して潘巧雲の悪口を言いすぎたと、いささか

（注11）　高達奈緒美「東シナ海周辺の女性祭祀と女神信仰」によれば、血盆経に、「女性が女性特有の出血のために、死後、血盆池（血の池）地獄に堕ちる」と説かれているため、この地獄から逃れる方法として、「血盆斎を営んで僧を請じ血盆経を転読すれば、罪人が救われる」とされているという。血盆懺はその祈願法のひとつであろう。

後ろめたい気持ちで後悔していた。実際、まずこの石秀自身が兄貴に女を殺せというに忍びなかった。自分自身結局女に恋焦がれていたからだ。それに楊雄兄貴の為を思うならば、こんな美しい妻を殺してしまうのはもったいない。とりあえず坊主を殺して、女に二度とこのようなみっともないことをできないのだ、と確認させるだけで充分ではないか。

潘巧雲を赦す気持ちを抱いた石秀は翌朝ブタを屠殺してから、とりあえず店に行って、朝市に出かけ、それから楊雄兄貴のところへ言って話をしようという思いで一杯であった。ところが店に行くと、まな板も櫃もひっくり返されており、屠殺刀は片付けられて一本も見当たらない。石秀は最初何が何だかわからなかったが、はっと気がついて思わず冷ややかに笑った。「そうか。兄貴はきっと酔っ払って失言し、話を漏らしたのだ。あの淫婦はそれを悟って、逆に俺が無礼なことをしたといって丸め込み、夫に肉屋を店じまいさせたに違いない。俺がもし弁解しようものなら、兄貴が恥をかくことになる。ここは一歩ひきさがって別に計画を練ることとしよう。」石秀はさっそく作業場へ行って服と荷物を片付け、暇も告げずに楊雄の家を出て行った。

石秀は近くの旅館に一部屋借りて泊まりこんだが、内心はずっとふさぎこんでいた。あの女は全く無礼な奴だ。悪辣な計略を弄して俺と楊雄兄貴を感情的に引き裂こうとするとは。ひょっとするとくそ坊主をそそのかして、兄貴の命を狙わないとも限らない。そうなってはやっかいだ。今兄貴は女の言葉を信じて、俺に冷たくしているのだから、どんなに弁解しても仕方あるまい。あのくそ坊主を片付けて見せるしか手はあるまい。こうして裴如海殺害の意志が石秀の心のなかで活発に動き始めたのである。

三日目の夕方、石秀が楊雄宅の入り口を巡回すると、若い看守が楊雄の蒲団を取って出て行くところだった。石秀はきっと今夜は兄貴は宿直で家にいないから、例のくそ坊主はきっと密会にやってくるに違いない、と思った。即刻そっと旅館に戻って、部屋の中で護身用の小刀を拭き、早々に眠りについた。夜中の二時ごろ石秀はひそかに起きだし、旅館の門を開いて、周りに気を配りつつ、まっすぐに楊雄家の裏門のある路地へと入って行った。体を伏せて暗闇の中で見張っていると、ちょうど四時ごろ、西天にまだ残んの三日月が露出していたが、例の行脚僧が木魚を抱えて、路地口で様子を窺っているのが目に入った。石秀は稲妻のように行脚僧の背後に寄り、片手で相手を捕まえ、もう一方の手で、小刀をその喉元に突きつけ、低い声で一喝した。

「逆らうな。大声を出したら殺す。正直に答えろ。海和尚はなぜお前を呼んだのだ。」

行脚僧はどうしようもなく捉まえられて、喉元に冷たい鋭利な刃物と思われるものを突きつけられ、怯えてガクガクふるえながら言った。

「赦してくれ。そうしたら話す。」

石秀は言った。

「早く言うんだ。そうしたら生かしておいてやる。」

そこで行脚僧が言った。

「海闍黎と潘親父の娘ができちまって、毎晩行き来さ。裏門の前に香卓があったら、それは目印で、寺に戻ってヤツを呼び出し屋敷に引きいれろ、四時になったら木魚をたたいて朝を知らせ屋敷から脱出させる、というわけなんで。」

石秀はそれを聞いて鼻をフフンと鳴らし、次の質問をした。

「ヤツはいまどこにいる。」

僧が言う。

「ヤツはまだ潘の娘の床で寝ている。今から拙僧が木魚を敲いたら、すぐ出てくるよ。」

石秀はおどした。

「しばらく服と木魚を貸せ。」

片手だけで僧を地面に倒し、服を剥ぎ取り、木魚を奪った。行脚僧が逃げ出そうと起き上がりかけたとき、石秀はさっと近づいて首に切りつけた。どさっと音を立てて僧は地面に倒れ、すでに息絶えていた。石秀はしばらく呆然としていた。初めての人殺しがかくも簡単でしかも爽快であるとは、思ってもみなかった。手に持った刀を月明かりに照らしてみると、刃先には血糊がしずくになって、生臭いにおいが鼻を衝いた。石秀の心は何かの刺激を受けたように大胆になっていった。

石秀は僧衣をまとい、膝あてをつけ、刀を脇に差して、木魚を敲きながら路地に入っていった。ほどなく楊雄家の裏門が半開きになり、海闍黎和尚が頭巾をかぶって、さっと出てきた。石秀が相変わらず木魚を打ち鳴らしていると、海和尚が一喝した。

「いつまで敲いているのだ。」

石秀はそれには応えず、路地口まで行かせると、すばやく駆け寄って、木魚を投げ捨て、片手で和尚を向き直らせ、押さえつけながら言った。

「大声を出すな。出したら殺すぞ。服を脱いでもらうだけだ。」

海闍黎は石秀の声だと悟って、眼を閉じ、声もたてられずにいた。石秀はすばやく服と頭巾を脱がし、素っ裸にした。残月の光が、短めの塀をかすめ、斜めに裸の和尚の肉体を照らし、頑強な筋肉を露わにすると、石秀は突然欲望を覚えた。こいつはほんの少し前は、あの美しい潘巧雲と一緒にいた肉体なのだ。石秀にはそれが自分の肉体のように思え、膝を曲げて差していた刀で切りつけるのが忍びなかった。しかしすぐさま潘巧雲の悪辣さ、自分と楊雄の感情にひびをいれ、楊雄に自分を追い出すようにさせたこと、そして自分に対して冷たい態度をとったことを思いかえした。くそっ、この禿げ坊主め、なにもかも貴様がいたせいではないか。それにまたこの海闍黎は自分の恋敵のようなもので、こいつがいなければ、自分と潘巧雲との恋は実ったかも知れないのだ。潘巧雲も自分に対して好意を持ち続けてくれたかもしれなかった。しかしこのくそ坊主が潘巧雲を誘惑してから、すべてがだめになった。このことだけでも、赦すわけにはいかない。うう、どうせ一人もう殺しているんだ。……石秀は歯をくいしばって、膝元から先ほど修行僧を殺した刀をさぐり出し、海闍黎の喉をめがけてまっすぐに突き入れた。和尚はフーっと声をたてて、すでに倒れこんでいた。石秀は更に三、四度突き刺し、動かなくなったのを見て、立ち上がり、熱い息を吐いた。石秀の予想では、殺人は力のいる仕事であるように思われたが、どうしたわけか、こうして二人も続けて殺したにもかかわらず、こんなにも簡単なのであった。石秀は頭がくらくらしていたが、寒風の中鼻をつく血なまぐさい臭いをかぎ、手に握った黒光りする刀を見ていると、「天下のあらゆる物事のなかで、殺人ほど愉快きわまりないことはない」という気がした。このときもし誰かがこの路地を通りかかったら、石秀は間違いなくその人を殺して大満足したに違いない。しかもその刹那、石秀には、潘巧雲も殺してしまうのが唯一のよい方法だと思われた。というのは、事ここに到っても、いまだに石秀は自分がこの美しい女潘巧雲に恋着していることを認めたからである。ただ、以前は「愛するが故に、この女と寝たい」と思っていたのが、今の石秀には、「愛するがゆえにこの女を殺したい」という奇妙な考えが湧き起こっていたのだ。石秀には最も愉快なことが殺人だと感じられていたのだから、女と寝ることは女を殺すことほど楽しいことではなくなっていたのだ。石秀はあの日演芸場の娼婦と寝てから、大したことはないと感じられていたが、修行僧を一人、和尚を一人殺して、とてつもなくさっぱりした気分になった、ということの事実から見て取れよう。石秀は振り返って楊雄家の裏門を見た。それは既にひっそりと閉ざされていて、この死んでいる和尚はあたかもこの門から出てきたのではないかの様子であった。石秀は失望したように、刀の血糊を和尚の死体の上で拭い取った。このとき遠くの森ではすでにスズメの鳴く声がしていた。石秀は身震いをして、ようやく我に返った。手に持っていた刀を修行僧の身辺にほうり投げ、脱がせた二組の衣服をくくって包みにすると、急いで旅館に戻った。幸い客たちはまだ起きていなかったので、そっと戸をあけて入り、こっそりと戸を閉めると自分の部屋に戻って、眠りについた。

立て続けに五、六日も石秀は外出しなかった。半分はこのような殺人を犯してしまったからで、手際よくやって誰にも破綻が見つからないようにしているとはいえ、出来るだけ面倒は避けなければならない。半分は、毎日この事件の後をどうするべきなのか考えていたのである。楊雄のためを思えば、石秀が今なすべき最善のことは、この薊州城を離れ、楊雄にはこれまで通りに毎日を送ってもらうことだった。過去のことは煙のように跡形もなく忘れて。しかし自分のためを考えると、人を殺してしまったからには、徹底的に決着をつけなければならない。でなければ楊雄を軽んずることになってしまう。それにどうしても楊雄には話をして、楊雄の心に何もわだかまりが残らないようにしたい。それから、例の潘巧雲を殺したいという気持ちが、旅館に蟄居していた数日の間、時ならずあの日勾欄の妓女の指から鮮血が流れ出るのを見たことを思い出し、ますます試してみたいと渇望するようになっていた。もしこの刀を裸の潘巧雲の肉体に刺し込んだら、その細やかで白い肌から鮮やかに紅い血が流れ出し、そのなまめかしい顔が苦痛にうつむき、黒い髪の毛が乱れて、乳首のあたりに垂れるだろう。きれいにならんだ歯が赤い舌の先か下唇を噛み、手足はかすかに、しかし等間隔に震えている。そんな情景を想像するに、類まれなる美しさではないか。しかも、それを実行するとき、同時にもう一人迎児を殺してもよいのだ。それもそのまま驚くべき奇跡であるに違いない。

ついにこのような好奇と利己心が石秀を打ち負かした。この日、石秀は身なりを整え、街に出て行った。長い間お天道様を見ていなかったかのように眼がまばゆかった。一人ぼんやりと州橋のたもとまでやってきたとき、目の前が明るくなって、楊雄が橋の上から降りてくるのが見えた、そこで石秀は高らかに声をかけた。

「兄貴、どちらへ?」

楊雄が声のしたほうを見ると、石秀であったので驚いたが、こう言った。

「兄弟、どこを探したらいいかわからなかったところだ。」

石秀が言った。

「兄貴、ちょっとあっしのところにおいでください。お話がありやす。」

こうして石秀は楊雄をつれて、旅館に戻った。もどる途中、石秀は楊雄にどう話したらよいか考えていた。楊雄の口ぶりでは、この俺を探していたらしい、まさか自分のやったことを後悔して、もう一度戻って舅を助けて肉屋をやってくれというのだろうか。ふん、意気地のないやつのすることだ。だがもし俺と一緒に兄貴の奥さんを殺そうというのだったら……。だめだ。俺には手は下せない。これは実の夫でなければならない。しかし俺は、兄貴にあの女を殺すように勧めるべきなのか、やめるように勧めるべきなのか。やめることはない。断じてやめることはない。あの女は殺さなければならないのだ。兄貴がもしあの女を殺さなければ、女のほうがいつか兄貴を謀殺するに違いない。

旅館の小さな部屋に戻ると、石秀はすぐに切り出した。

「兄貴、兄弟は嘘をつきやせんね。」

楊雄が顔を赤くしていった。

「兄弟、悪く思わんでくれ。おれがバカだったから仕出かした間違いだ。酒を飲んで口がすべってしまい、逆にあの女にたばかられたのだ。兄弟を恨んで騒ぐような真似はすべきではなかった。今わざわざ賢弟をたずねてきたのは、荊を背負って許しを請うためだ。」

石秀はひそかに思った。「実は許しを請いにやってきたのだ。それなら話は簡単だ。あんたって人は、やはりろくでなしではなかった。」

けしかけたら、どう出るか、ものはためしだ、とすぐさまこう言ったのである。

「兄貴、この弟分は何もとりえのない小物ですが、一本立ちの男一匹でござんす。どうしてそんな大それたことができやしょう。兄貴が計略にかかってはいけないと思って、たずねていったのは、証拠をお見せしようと思ったからで。」

そういいながら、石秀は穴から和尚と修行僧の服をとりだし、相手の顔色に注意をはらいながら、その面前に置いた。果たして楊雄はかっと眼を見開いて、怒りがこみ上げ、大声で言うのだった。

「兄弟、悪く思わんでくれ。今晩あの女を八つ裂きにでもしてやらないと、気が晴れない。」

石秀は心から可笑しかった。世の中にこんな粗忽ものがいるとは。もっとけしかけてやれ。そこでちょっと考えて、考えをまとめると、ようやく言葉を発した。

「兄貴、弟分の言うとおりにしてくれたら、兄貴を男にして進ぜやしょう。」

楊雄はその言葉を信じて言った。

「兄弟、どうやって俺を男にしてくれると。」

石秀が言った。

「ここから東の方の門外にちょっとばかし辺鄙な翠屏山というのがありやす。明日になったらこう言ってくだされ。俺は長いこと線香をあげておらん。今日はお前と一緒にいきたい、と。こう奥さんをだまして、迎児をつれて山まで連れ出す。兄弟は先に行って待ち構えておりやすから、面と向かって白黒をつけやしょう。兄貴はそのときに三行半を書いて、つきつけるんでやす。良い考えでしょう。」

楊雄はそれをきくと、しばらく考え込んで、応えることができなかった。石秀はすぐさま和尚と修行僧の服を丸めると、再び穴の中にしまった。すると楊雄が、

「兄弟、言うまでもないことだが、あんたの身の潔白はわかった。すべてあの女の嘘だった

のだ。」

石秀が言った。

「されど、海闍黎とのやりとりの真実は知っておいていただきたく……」

楊雄が言った。

「兄弟がそこまで言うなら、間違いはあるまい。俺はあした必ずあの不届き者と一緒に翠屏山に登ろう。ただあんたも決して遅れないようにな。」

石秀が冷ややかに笑って言った。

「あっしがもし明日行かなかったら、言ったことはすべて嘘になっていまいやす。」

楊雄はすぐさま別れを告げて去った。石秀は喜びでいっぱいになった。目の前には、潘巧雲と迎児の露わな裸体が、荒れ果てた翠屏山の上の草むらに横たわっているようすが浮かんでいる。黒い髪、白い肌、真っ赤な血、そういった強烈な色彩の対比は、それを見てしまったら、精神的にも肉体的にも、いかばかり軽やかな感じであろうか。石秀は渇きが極まったかのように目を見開いたまま、翌日まで時をすごし、朝になって身を起こすと、楊雄がまた約束の確認にやってきた。真昼頃、そそくさと昼飯を食べた後、旅館の支払いをすませて、包みと腰刀と棍棒を担いで、一人東門を出て行った。翠屏山の頂上につくと、古墳のあたりで待ち構えていた。

ほどなく、楊雄が潘巧雲と迎児を連れて坂を登ってくるのが見えた。石秀は包みと腰刀と棍棒を樹の前に降ろし、さっと三人の目の前に躍り出て、潘巧雲に向かって言った。

「あねさん、ごきげんよろしゅう。」

女は驚いてあわてて返事をする。

「石秀さま、どうしてこのようなところに？」

石秀が言った。

「長いことお待ちしておりやした。」

このとき楊雄が顔色を曇らせて言った。

「おまえ、先日俺にこう言ったな。石秀が何度も戯れを言い、おまえの胸にさわって、子ができてやしないか、と言ったと。今日はほかに誰もいないから、二人して白黒をつけるがいい。」

潘巧雲は笑って言った。

「あら、昔のことをもちだして、なんとおっしゃるやら。」

石秀は思わずかっとなって、目を見開いて言った。

「あねさん、どういうことなんで。笑い事ではございませんぜ。兄貴の目の前で白黒はっきりさせておくんなさい。」

女は風向きが悪いと見て、石秀に媚のまなざしを送っていった。

「石秀さま、何でもないことに、お髯《ひげ》をつりあげて何をなさるおつもり？」

石秀は潘巧雲が自分に目で合図を送るのは、寛容にしてくれるよう哀訴しているのだと分かっていたが、楊雄もその場におり、事実上丸くおさめるのは不可能であったし、それに女が流し目を送れば、ますます石秀の常軌を逸した欲望をかきたてることになった。石秀は言った。

「あねさん、じたばたするのはおよしなせぇ。証拠をお見せしやすぜ。」

そういってから包みのところへ行き、海闍黎と修行僧の服を取り出して、地面に放り投げた。

「あねさん、見覚えはございますかな。」

潘巧雲は服を見ると、真っ赤な顔になって、答える言葉もない。石秀は女の恐怖につかれた美しい顔を見ていると、殺意にかられるのだった。この赤くつやつやした顔の皮膚に鋭い刀を突き刺したら、さぞかし爽快な気分だろう、と。さっそく腰刀を取り出して、楊雄の方を向いて言った。

「事実は、迎児の口から吐かせましょう。」

楊雄はそこで侍女を捕まえて跪かせ、どなった。

「おまえってやつは、正直に言うのだ。どうやって坊主の部屋で浮気をし、香炉机を目印にして密会し、修行中の坊主に木魚をたたかせたか。正直に言えば命は助けてやる。嘘を言ったら、お前を切り刻んで肉の糊にしてしまうぞ。」

迎児はすでに恐怖で小さくなっていたが、楊雄の言葉をきくと、潘巧雲と海和尚の浮気の一部始終を洗いざらいしゃべった。ただ潘巧雲に石秀がちょっかいを出したということについては、自分で見たわけではないから何もいえないと言うのだった。

迎児が白状するのを聞いて、石秀は思った。なんと口のうまい侍女だ、どうせ死ぬなら俺まで陥れてやろうというのだな。今日という今日は、このことをはっきりさせないではおくものか。そこで、楊雄に向かって言った。

「兄貴わかりましたか。これはあっしが言わせたのじゃありませんぜ。あねさんに、細かい経緯をもう一度お尋ねくだせぇ。」

楊雄は妻をつかまえて怒鳴っていった。

「このやろう、迎児はすっかり吐いちまったぞ。お前もじたばたせず、本当のことをしゃべったら、命だけは助けてやる。」

そのとき美しい潘巧雲はもはや恐ろしさで身もすくむ思いであったが、楊雄の言葉をきくと、悲痛の表情を露わにして、許しを乞う涙を浮かべながら、言った。

「私が悪うございました。あなた、夫婦であったことに免じて私をお許しください。」

こうして許しを乞う言葉をきくと、楊雄の手は、思わず重くなり、顔色も変わった。まるで石秀の意見を求めるかのように、楊雄は振り返り、石秀の方を見た。石秀はその姿が目に入ると、きっと兄貴は気弱になったに違いないと思った。楊雄兄貴がここまでやめにするとしても、この石秀様はこれで終わりにしたくないのだ。そこで、石秀はまた言った。

「兄貴、あいまいにしちゃ、いけませんぜ。きちんとわけを説明してもらわないと。」

楊雄はどなった。

「この不埒者、早く言うのだ。」

潘巧雲はしかたなく、和尚との浮気を、法事の夜から逐一話した。石秀が言った。

「どうしてあっしがあんたにちょっかいをだしたなんて言ったのだ。」

潘巧雲は詰問されて、しかたなく答えた。

「先日は、あの人が酔って私のことをいろいろ悪く言うので、どうも変だ、きっと石秀さまにほころびを見つけられて、あの人に話したのだ、と察したのです。明け方近くに、またその話を出してきて、石秀どのに聞くがどうだ、というので、あの話を持ち出してごまかしたのですよ。実際には石秀さまは何も…」

石秀はそれでひそかに言うのだった。「それでよい、あねさん、そのようにはっきり言ってくれれば、俺はあんたを憎みはしない。さて、見ていろ、俺は兄貴の目の前で、本当にあんたにちょっかいを出してやる。」石秀が振り返ると、楊雄は自分の方を見てぼんやりたっているので、思わずひそやかに笑った。

「これですべてあきらかになりやした。あとは兄貴の思う存分にご処置なさいやし。」石秀は故意にそのような言い方をした。

楊雄はしばらく沈黙していたが、とうとう歯噛みをして言った。

「兄弟、こいつの簪を抜き、服を脱がせろ。俺が自分で始末する。」

石秀はその言葉を待っていたところだったので、すぐに進み出て、まず潘巧雲の髪から簪や髪飾りをとりはずし、服を下着も含めて全部剥ぎ取った。しかし決して凶暴な手つきではなく、あの日遊廓であの娼婦の服を脱がせたときの手つきで。石秀は何度もわざと潘巧雲の肌に触れた。女の悲痛な毒気の漏れてくる眼差しを見ていると、異様に気分がよくなってくる。潘巧雲の服と装身具を剥ぎ取ると、縛るようにと、すぐに楊雄に引渡したのであった。振り返ると迎児の姿が目に入った。おお、なかなかいい女だ。そこで一歩進み出て、迎児の装身具や服を引き裂いた。その細い女の体を見ていると、石秀は思わず、修行僧と海和尚を殺した後のように煩わしい気分と狂気がこみ上げてきて、片手で楊雄に刀を渡しながら言った。

「兄貴、この不埒者の侍女も生かしておくことはありますまい。一網打尽にいたしやしょう。」

楊雄はそれを聞き、頷いて言った。

「もちろんだとも。兄弟刀をくれ。俺がじきじきにやる。」

迎児が叫ぼうとしたとき、楊雄は本職だから身に染み付いている首切り役人のやり方で、スパッと一刀の下に迎児を切り殺した。石秀が予想したとおり、真っ白な肌の上に、真紅の血が滴っていたが、手足はまだうごめいている。石秀はいささかビクリとしたが、すぐに今度は異様な安逸と平和が訪れた。あらゆる混乱、煩悩、暴虐が迎児の首からしたたる血とともに流れ去った。

樹に縛り付けられていた潘巧雲が、悲しみの嬌声を発した。

「石秀様、おとりなしを。」

石秀は目を凝らして女を見ていた。ああ、全くその名に恥じぬ美女だ。しかし、その肌の裂け目から鮮血がほとばしったら、どんなに美しいか分からない。あんたは俺がちょっかいを出したというが、実はちょっかいにとどまらない、俺は海和尚以上にあんたに恋焦がれているのだ。これほどあんたを思っている男に、命を惜しむことはあるまい。あんたの最も美しいところを俺に見せてくれないか。

石秀は恋情にひたりつつ潘巧雲を見つめていた。楊雄は一歩進み出ると、刀を振り回し、まず舌を抉り出した。鮮血が二枚の薄い唇からまっすぐに流れ出てくる。楊雄はののしりながら、女の心臓のあたりから、下腹部まで一気に切り下ろし、手を中に入れて、心臓肝臓など内臓を取り出した。石秀は逐一それを目に納めながら、一刀毎に爽快な気分になった。ただ楊雄が潘巧雲の腹を割いたのを見ては、嫌悪感を催さずにはいられなかった。うつけものめ、やはり首切り役人の出だな。こんなことをしでかすとは。しかし続けて楊雄が潘巧雲の四肢と二つの乳房を切り取ったとき、その桃色の肉体を見ていると、石秀はまた愉快な満足を覚えるのであった。まことに類まれなる光景ではないか。ばらばらにしても、その手足の一つ一つはきわめて美しかった。それらを再びあわせ、もう一度生きた女にすることができるのならば、俺は楊雄も顧みないで、その女を抱きしめることだろう。

このような惨劇を目撃し、あるいは石秀にはそれは喜劇に思えたかも知れないが、石秀は何か疲れる仕事をした後のように、手足が異常にだるくなった。振り返ると、楊雄は手に持った刀を草むらに投げ捨て、バラバラになった妻の遺体の前でぼんやり突っ立っていた。石秀は、楊雄を騙して計略にかけたような気分で、申し訳ない気持ちになっていた。それから長い間、荒れ果てた山上で、石秀は呆然として楊雄と向かいあっていた。がそのとき同時に、見ると、あちらの古木にはすでにたくさんの飢えたカラスが潘巧雲の心臓をついばんでいた。心中思わず考えたことは、こうだ。

「きっと美味いにちがいない。」

大理王（注1）の妻

一

ある日の黄昏時、絢爛たる彩霞が山々の乳房のような山頂から東にある善闡(注2)大城の勇姿を照らし、高く険しい城壁を黄金色にきらめかせている。城壁の上の兵士は銅のラッパをかまえて、夕陽が最も低い山の裏に沈んでいくのを待ち、それから城門を閉じる合図の信号を吹く。昼はもう尽き果てたと言ってよく、すべては静かである。風もなく、最も高い喬木はどれも斜陽を突き上げるようにしんしんと静かに立っている。要するにこの空間には、暗い谷間に濃霧と毒性の瘴気が漂っているのを除けば、ほかには何一つ動くものがないのである。城壁の上の数名の兵士までが、意識を失ったようにじっと立ち尽くし、まるで姫垣に彫られた装飾のようなのだ。

しかしやがて岡のいちばん低いところから、一人の騎士が天の神のように突如上ってきた。エッセン(注3)の駿馬にまたがり、犀の革をまとい、銀の盾をひき、剣を帯び、弓を背負い、手には長矛をかまえている。その後から次々と騎士は登場してくるが、気力といい、服装といい、勇

(注1) 大理王段功、雲南大理の人、白族。大理国建国の祖段思平の子孫。大理国は元によって滅ぼされたが、段一族は世襲の大理総管に封じられた。
(注2) 善闡(ぜんせん)現雲南省昆明市。
(注3) 越睒(睒)雲南の小国または民族の名称。『新元史　巻四九』に「藤衝府，蠻名越睒。僰、驃、峨昌三種蠻居之。唐置羈縻州。蒙氏取越睒，置軟化府，又改騰衝府」とある。

ましさでは誰も最初の騎士には及ばない。彼らは静かに岡の上で馬をとめ、小さな岡はそれら騎士たちでひしめいた。落日が彼らの影を恐ろしげに投げかけると、遠く善闡城から見渡していた兵士は驚きの余り敵軍来襲の警報を発するところだった。

　最初の騎士はたづなをひき、足元からまっすぐに城の前まで展びた平原に目をむけ、ふりかえって夕陽の沈もうとしている遥か遠くの空を眺め、周囲の霞たなびく険しい山々を見まわし、最後に目の前にそびえたつ善闡の大城を、まるで恋い焦がれたもののようにみつめた。しばらくすると、その重々しく長い嘆声が聞こえた。

　この騎士こそ後理国(注4)天定賢王(注5)の血をひく第九代大理総管段功である。彼が関瀾江、回磴関と二度にわたって紅巾を打ち破ってからは、誰しも天定賢王の精霊が点蒼山の麓に生きていて、五城八府三十七郡の真ん中に新たな主人公が生まれ、国を滅ぼした仇敵モンゴル人に報復する日がはや近づいているものと思ったものであった。しかしそのような希望と楽しみは、南詔古城の民草の間では長くは続かなかった。不運な後理国王の血をひく段功は、精鋭部隊を率いて明玉珍(注6)を破った後、梁王バツァラワルミの要請に応じて善闡城に進駐し、密かに梁王の娘アーラン公主(注7)をめとり、さらに元朝に封ぜられて雲南平章の職についたのである。その知らせが伝わると人々は完全に段功に失望したのだった。段功は善闡城の美女と歌や舞いに未練のあまり、日夜亡国の悲しみに沈む西洱河のほとりの古都のことなど最早眼中にないのだということが人々にはわかったのである。

　そして三年が過ぎ、総管をなくした古都(注8)の人々は騒ぎだした。新たな総管をたてて自分達の主にしようと言うのである。革命の空気は故国に置きざりにされた段功の妻高氏を動揺させた。国のため、天定賢王の血筋のため、そして同時に自らのためにも、高氏は寓意をこめた楽府をつくり、信頼できる使者を遣わして善闡城に潜入させた。段総管の部下に教えて、折々に歌わせるようにしたのである。

ある夜月が明るいので、段功はふと目が覚めた。愛馬にまたがって一人訓練場へ行き、速足の練習をしようと思ったが、部下の兵営を通りかかったとき、自分が女に溺れて長い間閲兵していないのを遺憾に思った。そこでたづなをひいて馬の向きを変え、兵営へと入って行ったのである。

段功は馬を番兵にわたすと、一人でこっそりと兵舎に入って行った。兵隊達はまだ起きていて、博打をしたり、武器の手入れをしたり、痛みをこらえて仲間に黥《いれずみ》をいれてもらいながら鼻

(注4) 後理国　五代十国時代の後晋の通海節度史であった白族の段思平が、九三七年に建国したのが、大理(前理)であり、一〇九五年にその宰相高升泰が帝位を簒奪するも、翌年高の死後、段正淳に政権が返還され、それより後理と称した。

(注5) 段興智のこと。後理国滅亡の際の王で、現に滅ぼされてのち、初代大理総管に任ぜられた。

(注6) 明玉珍(一三二九～一三六六)元末の反乱軍リーダー。徐寿輝率いる西系天完紅巾軍に参加して元帥を勤めたが、徐寿輝が陳友諒に殺害されたため、隴蜀王を自称し、今の重慶を都として大夏国を建国、病死の後子が後を継いだが、朱元璋に滅ぼされる。

(注7) 『新元史』では、阿襤、阿艦など文字が不統一で、郭沫若は戯曲『孔雀胆』で、阿蓋とコロモへンを取って記述しているが、施蟄存は『新元史』のもう一つの文字表記阿艦を採用しているので、本訳書でも施蟄存の表記に従い、アーランと訳す。

(注8) 現在の大理。

歌を歌ったりしている。ある兵舎の前で故郷の楽器を弾きながら聞き慣れぬ歌をうたうものがあるので、段功は足をとめた。それは頭目の一人の声で、何やら歌っているのだが、段功には歌詞がはっきり聞き取れないのである。すると楽器の音が止んで、その頭目が笑って言った。「うむ、なかなかうまくできんわい。これは歌いにくいぞ。」続いて別の声がして、「私が試しに一度うたって見ましょう、さあ。」聞いていると、その男は楽器を受け取り、しばらく鳴らしては狂った弦の調子を合わせ、先程の新しい歌を最初からうたいはじめた。

風は残雲を巻き、九宵冉冉として相争逐す。
龍池に偶（つれあい）なし、水雲一片の緑。
寂莫として屏幃に倚れば、春雨紛紛と促す。
蜀錦半床の間、鴛鴦独り自ら宿る。
好く我が将軍に語れ、
楽極まり悲しみ生じ冤鬼の哭するを只恐る、と

曲の最初から最後まで耳にした段総管は驚いた。誰がこんな曲を作ったのだ。まさか兵営にそのような人材などいるはずがない。そうか、ひょっとすると、従官員外郎の楊淵海がつくって、この者どもに歌わせているのかも知れぬ。あの男はいつも俺に帰るよう勧めるではないか。そんなことを考えながら、彼は兵営に足を踏みいれた。歌をうたっていた二人の兵士は、驚きの余り楽器をおく暇もなく立ち上がった。

「何の歌をうたっていたのだ?」段総管が聞いた。

「何とはなしに覚えたもので、名前は知りません。」

「どこで覚えたのか?」

「先ごろ大理からまいった友人が、この歌をうたっておりました。夫人が作って一人でよくうたっていたのだと申しております。耳当たりがよいので、すぐに覚えてしまいました。昨今は大理のどこへ行ってもこの歌が流行っているとか。」やや背の低い方の兵士がそう言った。

久しく忘れていた高夫人の美しい姿態が段総管の目の前に甦った。彼にはその遥か遠い大理の城に捨て去られたままの妻が、今も必ずや橦花桃竹の叢で瓢笙(注9)を吹きながら、このせつなく恋情をあらわす歌をうたっているに違いないと思われるのであった。妻が水晶のような涙をいっぱいにつけあごをあげて、同時に善闡城をも照らしている名月を仰ぎ見ながら、名月の光のさす中にたまさか夫の顔が見えはせぬかと思っている、そんな光景が見えたような気がしたのである。すると憐れみの気持ちが強烈に沸き上がってきて、段総管の郷愁が目覚め、頂上が雲に隠れるほど高くそびえる点蒼山、矢のような激流の流れる西洱河そして大理城内の砂金や貝殻、藁葺や石造りの家といったすべてが格別な魅惑をあらわにして、ふるさとを離れて久しい段総管の追憶を呼びおこすのであった。

呆然と立ち尽くしていた段総管は、しばらく考えてから、目の前に立っている二人の兵士に言った。

(注9) 雲南の楽器、フールース(葫蘆絲)

「ならばお前たちはこの歌の意味がわかるのか?」
「多少はわかります。これは夫人が将軍に帰ってほしいという意味です。聞けば故郷の人々はみんな将軍の帰りを待ちわびているとか。私たちでさえ、もう出てきてからずいぶんになりますし、戦いもありませんから、我々が故郷へ様子を見に帰ることを将軍がお許しくださらぬかと思っている次第で。……」

この簡単で力強い一人の従順な兵士の答えによって、民族の自覚と英雄の決断力が、段総管の魂に突然戻ってきた。後には自分でも信じられないことであったが、意外にもその夜自分の部下を率いて、アーラン公主のもとへは戻らず、夜の狩という名目で城門を出、まっすぐに大理城へ戻った。

急激な郷愁の衝動にかりたてられて、段総管は一気呵成に故郷に舞い戻ったのである。しかし人々の彼に対する歓迎の熱が冷めるころ、帰国してから過ごさねばならないのが、三四年前に国を出る以前のつましい暮らしであることを思い知らされ、どこからみても自分の正妻である高夫人が結局はアーラン公主に及ばないとわかると、粗暴で単純な段総管は帰国した自分の行為を深く悔いるのだった。

国を挙げて報復を誓わぬ時のない亡国の仇がなければ、段総管はとうの昔にアーラン公主と善闡大城で過ごした豪奢な暮らしゆえに、独りこっそりと善闡城に舞い戻っていた。或いは初めから大理に戻る決意などすることもなかったのだ、といった思いが心にあった。段総管の胸につかえて消えないのがこの「亡国の仇」というしろものなのである。帰国した当初は高夫人ゆえにアーラン公主を忘れられるだろうと思っていたが、今ではそれがまちがいだと実証されているのだ。彼は高夫人を見るたびにアーラン公主を思い出すのであった。しかもそのような幻のアーランはとりわけ格別に美しく見えるのである。一方、部下の官佐は毎日のようにやってきては、断固たる方法で善闡を襲撃し梁王を殺して後理国を再建しなければならないとまくしたてた。すると段総管ははげしく苛立つのだ。色恋と亡国の仇をどうすれば一つにまとめられよう。色恋の為に再度善闡に行くのか。それは彼がすでに完全に亡国の仇をなおざりにしていることばかりか、彼がすべての民衆に捨てられるかも知れぬことを表している。それでは亡国の仇を討つために大軍を率いて善闡を襲撃し、岳父バツァラワルミを殺害するのか。そうすれば彼は永遠にアーラン公主を失ってしまうであろう。何日もの間段総管はこの解決しがたい問題に沈み込んでいた。

あまりにも色恋に迷ったがゆえに段総管の心のなかでは、復讐も大事ではあったが、女への思いはよりまさった。そこで結局善闡へ戻ろうという熱い気持ちが燃え上がり、二度目の出陣に堅く固執したのである。しかし高夫人と国中の臣民が上も下も正義の名のもとに責め立てたので、彼はやむをえず精鋭の兵士を一隊率いて行き善闡城中で機をうかがって謀反をしかけ、梁王を亡きものにし、モンゴル人の勢力を完全に旧大理国の国境から追い払ってしまって、それで仇をとったことにしようと、約束したのである。彼が功績をたてれば、彼が敵の娘であるアーラン公主を連れて戻ることが許されるというのが、見返りの条件であった。

段総管の雲南平章職就任のための二度目の善闡侵攻は、本国でこのような条件で妥協した後でようやく出発がかなったのである。途中段総管は事実上困難なあらゆる問題をしばらく放棄し、もっぱらアーラン公主と再会する喜びにひたっていた。恋の思いにとりつかれると、彼はまったく平凡な俗人と化してしまう。国の人々に承諾したことは止めにしてもよいし、彼について善闡城までやってきて、稀に見る功績を立てようと考えている兵士どもは、欺けばよい、再びアーラン公主の馨しい肉体を抱き、あの贅沢な逸楽の時を過ごすことが出来さえするなら、全てを失ってもかまわない、とすら考えるのであった。

しかしダイダイ色の夕映えの中で、あの小高い丘にのぼって、祖先の敵が居座っている雄大な善闡の城を遥かに見渡したとき、そういった頽廃的な考えは、かつて彼の心に力強くみなぎっていたにもかかわらず、忽然と消えてしまった。武勇に秀でた段功だが、足下の緑一面の平原を見下ろしながら、幻にそのかみモンゴル軍がここで自分の祖先を惨殺した光景を見ると、思わず身体が震えるのだった。振返って西の空にいっぱいに広がった夕焼けの色を見れば、その下には自分のふるさとの街があり、モンゴル人の馬蹄の下で身を縮めて恥ずべき奴隷の顔をしているのだ。そう考えると、数十年にわたって数十万の人々の蒙った恥辱が、すべて彼の眼前に積み上げられたかのようで、息苦しさと激しい怒りと落ち着きの悪さを感じずにはいられなかった。

それゆえに再び振り返って見た善闡城は、もはや来る途中数日前に想像したほど愛すべきものとは思えなかったのである。そこにはモンゴル人の驕りがあり、段氏の祖先の血と恥辱が沈殿して、凶悪な殺戮が用意されつつあった。その殺戮こそ、段功が口火を切るのを待っていたものなのだ。要するに、この巨大な城はもはや危険な挑戦の合図となっていたのである。その時もし彼が周囲の風景を見渡し、かつてアーラン公主と大規模な狩猟を行なった記憶を呼び起こさなければ、彼は恐らく本当に長矛を高らかに掲げ、連れてきた猛者どもを率いて、鬨の声をあげながら善闡城へと突撃したであろう。

かくて如何ともしがたい心境の段功は嘆息するばかりであった。そこでのろのろと配下の兵をひきつれ、かつて狩から戻るときそうであったように従容として善闡城に向かった。

しかし表情には当然のことながら殺気が露れていたのである。

二

善闡城中で、段平章が再びやってきたと聞いて、大いに不愉快になった第一の人物は、梁王バツァラワルミの右大臣リールであった。

梁王統治下のモンゴル人のなかで、リールは武勇と才知を兼備していると誉の高い人物である。その武勇ゆえに梁王は軍の統帥を総て彼に任せ、その才知ゆえに梁王は彼に左大臣のダジフェンザンモと力をあわせて知恵を出すようにと右大臣にしたのであった。故にこの梁州の最高統治者は事実上リールであって、梁王ではなかったのである。梁王バツァラワルミは宗室の関係上世襲で雲南の鎮守を行う立場にあるのみで、全く優柔不断である以外には何も能のない人物であった。

リールは密かにずっと梁王の一人娘アーラン公主を思ってきたのだが、不幸にして彼の恋仇となったのが、同じ地位にあって才知の誉の高い左大臣ダジなのであった。ゆえにあらゆる手段を尽くしても、アーラン公主の歓心を買うことができないばかりか、御しやすい梁王にさえ自分の考えに同意を表明させることができなかったのである。左大臣ダジは美貌の知略に長けた青年であった。リールは武勇ではダジに勝っていたが、醜い容貌はどうしてもダジにはかなわなかった。

美しいアーラン公主は左右の大臣につきまとわれて、困り果てていた。アーランは、リールの武勇にダジの知略と美貌を兼ね具えた夫を望んでいたが、不幸にもそれらの長所は二人の人物に別々に具っていたのである。ダジに対しては余りにも武勇に欠けるのが口惜しくてならなかった。リールに対しては、そのロバのような容貌だけで、ほかの優れた点と引き換えにしても女性の愛情を妨げるに充分であるとアーランには思えた。ゆえにアーラン公主は二人のどちらに対しても全くその気がなく、ダジはいつもこのような口調でリールを嘲るのであった。

「さても兄貴よ、どうしてご両親にもっと男前に生んでもらわなかったのかね。」

するとそれを聞いたリールの方も冷やかに笑って答えるのだ。

「そういうあんたも駄目な男だ。あんたが公主を娶っても、俺は矢を一本射ただけで奪いかえせるのだからな。」

二人のアーラン公主をめぐる確執がまさに熱を帯びているときに、明玉珍の部隊が城下に迫ってきた。たとえリールの武勇をもってしてもかなう相手ではなかった。遂に梁王は皆をひきつれて金馬山を越え威楚(注10)へ逃亡した。幸い大理総管段功が救援の兵を出し明玉珍を打ち破ったので、彼等は再び善闡に戻ることが出来たのであった。かくして梁王の宮殿で父王が段総管を歓待したとき、アーラン公主は屏風のかげからのぞきみて理想の夫ときめ、このモンゴルの娘の愛情は後理国天定賢王の末裔段功に注がれることとなったのである。左大臣ダジはリールを政治の面でも恋の面でも牽制するのに利用できる人物が見つかったので、さっそく梁王が段総管の兵力に頼ろうとしている機に乗じて、段功にアーラン公主を娶らせるという妙計を献上した。リールがその知らせを受けた時には、大理総管段功はすでに雲南平章に就任し、アーラン公主の錦帳のなかで甘い眠りについていたのである。

右大臣リールが段功に憎しみを抱いたのはこのような理由からであった。しかし段功が善闡に駐在している間は、リールも表立った敵対行為は見せなかった。明玉珍のような強敵でも段功にあえば軍は全滅してしまったのだ。やすやすと挑発できる相手ではなかった。しかもアーラン公主はすでに彼の手中にあり、どうすることもできなかったのである。しかし心のうちでは段功に対して歯がみをするほど憎まない時はなかった。

段功が突然部下を率いて大理にかけもどる事件が起こると、右大臣リールには怒りをあらわし、ダジと梁王に厳しい批難をあびせる理由ができた。彼は何度も梁王に面と向かって、自分の公主を犠牲にして最後には裏切るかも知れない敵をなびかせようとした、となじった。彼はしかもその過失をすべて左大臣のせいにした。アーラン公主の不幸な運命はダジがしくんだものので、王族にこのような恥をかかせたのもやはりダジのなせることだ、というのである。定見のない梁王バツァラワルミは、悩めるときにそのようなことを聞かされて思わずいきり立ち、ダジを厳しく処罰しようとした。幸いアーラン公主が段功に対し「あの人はきっと帰ってくる」と堅く信じていたので、梁王にもようようそれを思いとどまらせたのであった。

そこで段平章が本当に善闡に戻ったとの知らせがリールに伝えられたときのその激怒の表情

（注10） 今の雲南省楚雄市

は、形容するに余りあるものであった。彼は一刻の猶予もならじとばかり私邸から宮中に駆けつけると、梁王に拝謁を求め、臣下にあるまじき態度で意見を奏した。梁王が正殿脇の偏殿からリールに接見すると、彼は荒々しく言った。

「例の大理総管がまた参りましたぞ。」

梁王は笑いながら頷いて言った。

「うむ、知っておる。姫の言ったことに間違いはなかった。」

公主のことを言われたので、卑劣なリールの胸中には抑えがたい怒りがこみあげていた。彼は陰険な微笑みを梁王に向けて、冷やかに且つしっかりと問うて言った。

「梁王陛下、今何と?」

その態度はリールのすぐ目の前にいた梁王を驚かせた。明らかに王は驕りたかぶる家臣に対する憎悪を無理矢理抑えつけ、数秒相手を凝視した後で聞いたのである。

「どういう訳だ。わしが何と言ったか聞いておるのか?」

「さようで。」

「わしは姫の考えは正しかったと言ったのだ、段平章は結局戻ってきたからな。」

「ふん。」

狡猾なリールは梁王に向かって冷やかに笑い、それから気でも狂ったかと思うほど、大胆にわっはっはと大笑いをした。

「ということは、段平章が再び殿下のもとへやってきたのですから、殿下におかれてはさぞかし御満足でございましょう。」

「もちろんだとも。そちも知っての通り、ここではそちでさえ明玉珍にはかなわないのだ。段平章が去ってからというもの、わしも民衆も明玉珍の軍が再びやってくるのではないかと心配していたのを、そちも気がつかなかった訳ではあるまい。」

梁王のこの言葉ははっきりとリールの弱味を突いていた。リールはそれまで並ぶもののなき武勇を自負してきた。しかし明玉珍軍に敗退し、段平章がその明玉珍を打ち破ったときから、リールは憤りと憎しみを抱き続けてきた。自分のメンツを傷つけられたと思ったのだ。彼が段功を妬んできたのには、アーラン公主のことを除いても、そのような大きな理由があったのである。そこで梁王の言葉を聞くなり顔を真っ赤にして言った。

「陛下、段平章はこの後も、殿下のために善闡を守り紅巾を防ぐことができましょうか。」

「どういう意味だ?」

単純な梁王はリールの言葉が余りにも奇妙に思われてきたので、思わず首をかしげて訊き質した。すると狡猾なリールが、勝負のなかなかつかない決闘で優勢を占めたかのように、微笑を浮かべながら、親指を曲げて言った。

「どういう意味か、ですと? 簡単なことでございます。わたくしは段平章が今度参ったのは、陛下に助勢するためとは限りますまいと、申上げただけのことでございます。」

「わしに助勢するためとは限らぬとな。ばかばかしい。あの男がわしの娘婿だということを、そちは忘れたのではあるまい。わしに助勢せず、わしに逆らうとでも言うのか。笑止な。娘婿が岳父に刃向かうとは、そんなことは在り得ぬわい。」梁王はそう言って、リールの顔に表れた得意げなしかし厳かでもある表情を顧みもしないで、大声で笑いだした。

だが梁王は笑い止むと、突然なにか特別な思いにとりつかれたかのように、リールを見ながら真顔で訊ねた。

「だが、そちは何故そのようなことを申すのだ。段平章は今度は何をしに来たと言うのか。そちの話はちと変だぞ。」

「何もおかしくはございません。わたくしは段平章の今度の来訪が陛下にとって大いに不利になると承知いたしております。わが密偵がさきほど報告したところによれば、段平章は今回の出陣に大理で最も勇敢な兵隊を率いてきたと申します。財宝や領土を併呑しようというのですぞ。まさか陛下は奴が陛下の家臣になったからといって、奴の家系が代々抱いてきた我が王朝に対する恨みを捨ててしまったとお考えなのではございますまい。」

梁王は怪しくなってきた。もともと意志の弱い男なので、相手が自信をもって意見を述べれば、たとえ自分の意見が良いと思っていても、それを捨てて相手の意見に従うこともあるのだ。今もリールが真剣に段平章には謀反の意思があると説かれると、たちまち段平章には確かに謀反の可能性があるように思えたのである。梁王は顎をさすりながら、しばらく考え込み、いろいろ考えをめぐらせるのだが、何も良い考えが思い付かず、がっくりした様子で訊ねるのだった。

「それなら、どうすればよいのだ。」

梁王の気持ちが動いたのを見て、リールは答えた。

「どうすればよいか。もちろん出陣して戦うには及びませぬ。奴が城内におりますれば、片付けるのはいっそう簡単というもの。」

「何を申す。片付ける？　わしにあの男を殺せというのか。」

「当然でございます。陛下の命を狙ってくるのをお待ちになるお心算《つもり》か。」

「そちはまことにあの男がわしを殺すと思うのか。」

「亡国の恨みを晴らすつもりなら、陛下を殺さぬ理由がございません。」

梁王バツァラワルミは急に寒気がして、視線を落とし、小さな声で言葉を続けた。

「続けて申してみよ。どうすればよい。」

「どのようにでも致しましょう。」

しかしリールにはまだ段平章に対処する方法が思いつかなかった。胸の中は憎しみと妬みで一杯だったのだ。この憎しみと妬みは、段平章が善闡に戻ったことによって、昇華されて残忍な殺意と変ったのである。リールはただ単に段功を殺さないではおかないと思っただけだった。いま梁王に段平章をどう処置するかと訊ねられたとき、胸中に突然不可解な欲望が浮上してくるのだった。段功はアーラン公主の下で死なねばならぬ。それも最も悲惨な死にかたで。その光景が浮かぶとリールにはそれが世にも美しい場面のように思われた。そこで彼は話を続けた。

「それにしても、最もよい方法は姫君にお願いすることでございます。陛下から姫君に奴が今回戻ってきた理由をさぐるようにお命じになるのです。もし謀反の意思が真であれば、姫に毒を一服もっていただけば、それで片がつきます。部下の兵隊は全部わたくしにお任せくだされば。」

「いかん、いかん。アーランが夫を毒殺などするわけがない。」梁王が首を振った。

「奴が謀反するというなら、もはや姫君の夫の資格はございますまい。姫君には我々モンゴル人の血が流れております。異民族の男に味方して自分の父親を殺させたりなどなさいましょうや。」

梁王は黙ったままであった。しかししばらくするとまた迷い始めたのである。

「あるいは謀反など考えておらぬかも。あらぬ疑いをかけてはいかん。」

興奮の極地に達していたリールは、またしても急に望みの失せるのを感じた。日頃から決断力のないことで知られているこのフビライの末裔を見つめながら、リールは密かに心の中で罵るのであった。「愚かな男だ。モンゴル人がことごとくあんたのような男だったら、あと三百年を費やしても中国全土を手に入れることなど出来はしなかったろう。」しかし立場上しばらく沈黙を保つしかなかったのである。何度か宮廷内を行ったり来たりした後、周到かつ慎重の態度を装いながら言った。

「ですが、事は急を要しますぞ。先んずれば事を制すと申します。今日段平章がやってくれば、ほどなく陛下に面会に参りましょう。陛下は酒宴をもうけて奴を歓待なさいませ。そのとき奴の顔色や言葉に気をつけるのです。もし奴に反逆の気持ちがあれば、陛下に対してもはや以前のように親しみを表しはしないでしょう。そのときアーラン姫もお召しになって、段平章に二心ありと判れば、すぐにも姫様に毒薬を賜り、奴を連れ帰らせてその晩にも始末するようお命じください。」

梁王は黙ったままであった。リールの醜い顔を見つめながら、どうにも決めかねている表情なのである。かなりの時間ためらった後、ようやく王は言った。

「ならばすべてそちの思うようにするがよい。」

三

薄暮の靄《もや》が善闡城にたちこめていた。再びやってきた段平章は部隊の配置を終えていた。梁王バツァラワルミの招待を受け、最も信頼のおける配下の楊淵海と数名の護衛を引き連れて宮廷へとやってきたのである。

別殿に通されると、左大臣ダジと右大臣リールがすでに来ていた。そこは完全にモンゴル式の建築と装飾を模した広い御殿であった。席には様々な獣皮が敷かれ、梁王の玉座にはフビライ・カーンが雲南征服に際し自ら射たという獅子皮が被せてあった。四面の壁の上方にはバツァラワルミの歴代祖先の武器甲冑が掛かっており、下方には多くの戦利品が並べられている。御殿の角にはガラス戸棚の中に蜀錦で包まれた印章の類があった。要するにこの別殿の中ではモンゴル人特有の自民族に対する誇りが感じられるのだ。

段平章がちょうどそれを感じて不愉快に思っていた時、ずっと見下してきたリールが近づいてきて、狡猾そうな表情をあらわにしながら、尋ねて言った。

「将軍がまたこちらへお帰りとは、思いもよらぬことでございました。以前伺いましたところでは、将軍は大理にお帰りになったまま、もはや我等をお助け下さるつもりは毛頭ないとのことでしたが、それはまことでございましょうか。」

「おう、それは故郷に帰って様子を見たかったからで、帰ればまた引き止められてな。あちらにもやらねばならぬことが山積みなのだ。しかし俺はこちらを助けたくないなどと思ったことはない。だが今のところ明玉珍どもの乱もおさまり、何も俺の援助は必要あるまい。」段平章はそのように答えつつ、明玉珍の名前が出ると、思わず微かな笑みを浮かべるのだった。

「さすれば、今回将軍は何用でこられたので？」

「アーラン姫の為に俺はやってきた。」

「ですが、姫様は将軍がもう二度と戻らぬものとお考えで。」

「ハハハ。貴様たちモンゴル人は皆そうだ。だが姫はそんなことは考えはしない。俺は大理にいるときもずっと姫が俺に帰って来いと呼んでいるように感じていたのだ。」

段平章はそう言いながら、自分自身はまだ大理にいて幻想の中で恋するアーラン公主を見ているかのように、うれしそうに両目であらぬ空間を見つめていた。それからすっくと立ち上がると、リールの肩をたたいて言った。

「そうだろう、大臣、姫は可愛らしくはないか。俺が姫を妻にしなければ、別の男に嫁いだかも知れない。ひょっとしたら、大臣、あんたが明玉珍を撃ち負かしていたなら、梁王陛下はきっと姫をあんたに嫁がせていたかも知れないなあ。ハハ。あんたも昔姫に恋をしたそうだが、それは本当なのか。」

嘲りを受けたリールは、長い顔が真っ赤になるのを感じた。怒りがこみ上げてくる。くそっ。この若僧め。今に目にもの見せてやる。しかし狡猾な男である。表情は変えずに微笑しながら言った。

「そうだとすれば、私は将軍の敵でございます。」

段平章は一時の得意さに我を忘れて、アーラン公主の幻想に耽けりつつ、何年か前に聞いた話を口にしたのだった。しかし直ぐ様あまりに相手を嘲りすぎたと感じた。口に出してしまったからには、それを消してしまうことは出来ない、と思うと顔が赤らんで後悔の念にとらわれる。しかし、リールの挑戦めいた口振りを耳にすれば、過失は自分の失言にあるとは言え、どうしても我慢がならなかった。そこで段平章の方もリールを注視しながら微笑んで言った。

「その通り。もし今でも大臣がその思いを断ち切っていなければ、俺もきっと大臣の敵になるだろう。」

右大臣リールは今でも内心アーラン公主を恋していたが、段平章の鋭く勇猛な眼差には適わなかった。媚びるような笑いを顔に浮かべてこう言ったのである。

「将軍、安心あれ。私はまだ将軍と敵になりたくはございませぬ。」

そう言いながら、リールは起ち上がり、壁際に向かって歩いて行き、そこに掛けられた武器をいじっていた。彼の手はひとふりの宝剣のところで止まり、それをなでると、振返って段平章に向かって言うのだった。

「将軍、ここにある我等の勇敢な先達の遺品を喜んでお見せ致しましょう。これは我等が慈悲深き勇者フビライ・カーンの宝剣でございます。カーンはかつてこの武器たった一つでこの地に永久の平和をもたらしました。将軍もきっとこのような神器をご覧になりたいのではと存じましてな。」

「おう、これがあの残虐なフビライの武器だと申すのだな。カーンはかつてこいつを使って、五華楼の下で一人の忠節の武士を刺したのだ。それには上天もお怒りになり、真昼の正午に急に雷鳴がとどろきはじめた。大臣もこの話は聞き及んでいるだろう。この武器を見せられると、この俺はあの男の残酷さが思いだされて…」

「そうおっしゃいますが、我々のところでは、この剣はフビライ様の慈悲深さと勇敢さの印にほかなりません。この宮殿を建てられた時、この宝剣をここに掛けて、言葉を遺されたのです。後世の子孫はこの剣のなした通りをなすように、この剣のなさざりしことは何事もしてはならぬ、と。」

「我々の言い伝えでは、残念ながらこの剣は残虐なことばかり行ってきたのだ。」段平章は激怒して言った。

リールは御殿の角に歩み寄ると、今度は一揃いの甲冑をなでながら、段平章に向かって言った。

「将軍、この鎧兜に見覚えがございましょう。」

段平章が近づいて行き、注意深く調べると、護心銅鏡の上に段一族の紋章がはっきりと彫られていた。直立する勇猛な虎の図柄。どの代の祖先の遺品かは判らないが、いずれにせよ、段一族の甲冑であることは疑いもない事実であった。

「おう、知っておる。」段平章は嗄れた声で言った。

するとリールは薄笑いを浮かべながら、この甲冑の持ち主の物語を始めたのである。

「昔フビライ・カーンの軍隊がこの地に進軍されたとき、最強の敵として一人の国王が現れた。この国王は慈悲深く、智恵があり、勇猛でもあったので、民衆に支持された。我等がカーンはその大きな城を包囲し、五か月が過ぎると、城内は武器も食料も尽き果てた。国王は民百姓を守るために投降を考えた。しかし民衆は反対して、たとえ共に城内に飢死するとも、自分たちの王がカーンに降るのを見たくないと。そこで我等がカーンは大いに怒り、城攻め用の最大の杵で城ごとたたき潰そうとした。そこでこの賢明なる王は家臣を伴い、民衆が用意していない夜に、城を出て、カーンに投降した。我等がカーンの慈悲と寛大によって、王は死罪を免れたばかりでなく、摩訶羅嵯（注11）に封ぜられまでした。ここに保存されているのは、その敬うべき国王の甲冑であり、それは我等がカーン自身によって王の身から脱がされたものなのでございます。」

「ああ、それは我等が天定賢王のことだ。年寄りたちからその話は聞いたことがある。だから代々の敵が、俺の目の前で王の甲冑を弄ぶのを黙って許すわけにはいかぬ。ああ、俺はあんたたちが何故俺をこのようなところへ連れて参ったのか理解できない。愛情ゆえにほとんど忘れてしまっていたあんたたちに対する恨みを呼び戻したいと言うのか。天定賢王の末裔たるものが、たとえ一時の私心から民族の敵を忘れてしまっていたとしても、それが目覚めたときには、何の躊躇もなく再び忠孝の武士に戻ることが出来るに違いない。」

段平章はそう口走りながら、侵しがたい威勢をそなえた物腰で、腰に帯びていた長剣を抜き取った。リールが一歩下がらなければ、その剣が鞘を離れる一瞬の間に、剣先がまっすぐその顔面につきつけられていたであろう。しかしそのときずっと錦の敷物に座って傍観していた左

（注11）一二五一年、フビライの雲南攻略により、大理王段興智は捕えられたが、領地を安堵され、管領に当たる摩訶羅嵯に封じられた。

大臣のダジが、仲裁する必要があると感じて、やってくると、今にも決闘を始めようとしている二人の間に割って入った。ダジはまず段平章に言った。

「将軍、とりあえず剣をお収め下さい。陛下の定められた御殿内での決まりに違反致しますす。リール大臣が将軍に申上げた言葉には、もとより我慢のならぬところもございましょうが、将軍がもはや我々の陛下の御一族でなければ、リールもそのようなことは申上げますまいし、陛下とて将軍をこのような御殿へ招いたりは致しますまい。」

しかしダジ大臣の言葉は段平章の怒りを和らげなかったばかりか、かえって相手を二倍も荒れ狂わせることになった。段平章は怒りにとらわれた雄獅子のように、剣先をダジに突きつけて怒鳴った。

「何だと。俺が貴様たちの主人と一族だと？」

成算のあったダジは、微笑みながら、段平章に向かって腰を曲げ答えた。

「その通りでございます。私はそう申しました。将軍は姫を娶られたので、我等が主君と同族となったのでございます。我が主君も将軍を世代にわたる敵とは看做しておりませぬゆえ、将軍にも昔のことは水に流されるようにとの思し召しで。」

「ほう。俺が姫君を娶ったから、俺にモンゴル人になれと、俺に祖先の屈辱を忘れ、自分の一族に反逆せよというのか。いやお前たちが俺の一族を辱める手助けをしろというのだろう。そうなのだな。こいつはいい。まったく俺にはどうしてあの時姫を妻になどしたのかわからぬ。おお、姫よ。天定賢王の末裔が最後にお前の色香に滅ぼされることなどあろうか。」

段平章がこのような露骨な言葉を口にするのを聞いて、ダジは思わず冷笑するのだった。

「将軍、そのような軽々しいことを、陛下に聞かれてはことですぞ。まさか本気で謀反を起こそうと言うのではありますまい。それともまさか噂に聞いたことが、全く根も葉もないことではなかったとでも？」

「謀反だと？謀反とは何だ。」段平章は憤慨して言った。「ここに戻ってきたときのことを思いかえせば、謀反の気持ちなどなかったのだ。しかし今になってみれば、自分の歴代祖先の名誉の為、我が民人の永遠の平和の為、俺は美しい姫を捨ててでも、すぐに大理国に戻るだろう。」

そのような怨み言を言っている間に、錦の幔幕があがって、梁王バツァラワルミが厳かに姿を見せた。もはや空は暗くなり、誰かが松明をもって入ってきた。ゆらゆらと燃える炎に、びっしりと立ち並んだ武器の黒い影が揺らめいている。一同皆何やらおそろしい不吉な予兆を見てしまったかのように沈黙を続けた。

しばらくの後梁王は冷やかに言った。

「段平章、何か弁解することはあるか？」

「弁解ですと？　そのようなものは必要ござりませぬ。陛下が先程の私の言葉をお聞きになったからには、リール将軍やダジ左大臣の言葉もお聞きになったはず。二人があのように私を辱めることなくば、私とてあのような腹立ち紛れのことを申したりは致しませぬ。たとえ陛下でも他人が自分の目の前で自分の祖先の屈辱の物語を聞かされては、耐えがたいことと存じます。」

「そうだとすれば、これはそちたちの咎じゃ。」梁王は左右の大臣を振返りながら言った。

「そちたちは、段平章がわしの駙馬（ふば、王の娘婿が務める官職）であることを知らぬわけではあるまい。よし、わしが調停役になるから、そちたちは和解せよ。そちたちが来たばかりの段平章を追い返したら、それは余りに失礼と言うものであろう。しかも、ははは、リール将軍、もう一度言うが、そちは段平章にここで明玉珍の奴めの紅巾賊に対する防備にあたって欲しくないと申すのではあるまいな。」

王は話しながら、すでにしつらえられた宴席につき、盃を掲げて、二人の大臣に向かって合図を送った。

「さあ、いっぱい飲め。段平章に謝るのじゃ。」

四

宴がおひらきになり、私邸にもどった段平章とアーラン公主は、それぞれひそやかに奥の部屋にすわっていた。段平章は幾分酔いがまわって、先程の宮中での出来事は全て忘れ去っていた。彼は彩色絵画を施した琉璃を通して射す目映い灯りの下で、雲母で縁取りした錦の腰掛に静かに座っている久しぶりに再会したアーラン公主の比類無き美しさにひたっていた。公主は以前より目に見えて痩せていたが、それだからこそ余計に美しくなったと段平章には感じられた。何度も近づいて行って抱きしめようと思うのだが、どうしたわけか、いまだ嘗てなかった厳粛な思いに沈んだ姿には、犯しがたいものがあった。

アーラン公主が沈んでいた思いとは何であろうか。それは単純な問題であった。つまり自分のとるべき態度を決めかねていたのである。夫を敬愛していたが、父親の命令にも背くわけには行かなかった。しかも今日父親が威厳を以て直々に孔雀胆（緑青の毒）を賜わり、夫を毒殺せよとの残酷な命令を下したのだ。それゆえアーラン公主は困り果てていた。父の意志に従うなら、夫には謀反の心があるというからには、夫を毒殺しないわけには行かない。それに、もし父の命令を実行しなければ、夫が今度善闡に戻ってきたのは、本当に亡国の仇を討つためであるかも知れないのだ。それは父親の命に関わることであり、フビライ・カーンの末裔であるがために、大きな危険にさらされるかも知れないのである。しかも自分たちの民族と権勢では、全滅の可能性すらあるのだ。けれども、父に従って夫を毒殺したら……、ああ、それは出来ない。自分の愛する夫を自ら毒殺するものなどいようか。一人の女にそれだけの大きな犠牲の精神がもてるだろうか。しかもその犠牲は必ず報われるとは決まっていないというのに。

……

だが事実上、アーラン公主は考えを進めてどうしても結論を出さねばならなかった。もし自分が父の側に立たねばならないのであれば、それはつまり自分が意識的にモンゴル人として振る舞うことであり、自分の民族のために、この危険な敵を滅ぼさねばならない。とすれば、彼女の問題は自分の手でこの男を死に追いやるのかどうかということだけになる。そうではなくて、もし愛ゆえに夫の側に立つならば、今最も差し迫った問題はどうやって夫を危険から脱出させるかということになる。

二つの道を前にして、アーラン公主は勇敢なる決断を下した。たとえ自分の民族と雲南における権勢を保ったとしても、それは自分には何の意味もない。自分の民族に忠実な女と誉めてくれるものはいるかもしれないが、夫を毒殺するという義にもとる行為をしたと蔑むものもいるに違いない。そのことに気がつくと、段平章に対する熱い思いが頭をもたげてくるのであった。公主は半ば酔いつぶれた大男の勇者にこっそりと視線を向けると、思わず哀しみがこみ上げてきた。「ああ、この人の妻になってしまったこの身はすでにこの人のもの。モンゴルなどわたしには関係ない。父上の権勢などわたしには関係ない。関係ない人の為に自分の愛と幸福を犠牲になど出来るものか。」

気の沈んでいた段平章はもはや我慢が出来なくなっていた。公主の目の前までやってきて立っていた。公主は顔をあげもせず、うつむいたまま床に敷いてあるヒヒの血で赤く染めた蜀の絨毯を見つめていた。段平章はなすすべもなく、公主のそばに座り、気を使いながら、公主の耳元にささやいた。

「長い別れの間に、俺を憎むようになってしまったのか。」

公主の返事はなかった。段平章は焦燥にかられたように立ち上がり、部屋のなかを行きつ戻りつしたあとで、再び公主のそばに腰掛け、その肩に手を置きながら、片手を公主のあごの下に伸ばして、無理矢理その頭をしゃくりあげた。灯りが公主の美しい顔を照し、モンゴル人らしい睫の端にキラキラ光る涙が見えた。

「どうしたのだ。泣くようなことがあったのか。」

公主は気を取り直して、涙を拭くと、段平章を見つめながら、聞いた。

「将軍、父上があなたに疑いをお持ちとお気付きではござりませぬか。」

「父上？　おまえの父君が俺を疑っていると？　俺の何を疑っている？」

「あなたが今度おいでになったのは謀反の用意の為と。」

「おお、それはおまえの父君ではない。リール将軍だ。あいつなら俺を疑いもしよう。しかし俺は謀反をする気などないぞ。」

「リール将軍だけではござりませぬ。我が父でさえも、そのように将軍を疑っております。」

「それはリール将軍がそそのかしたのだ。父君はお分りになっておる。俺に頼って明玉珍にそなえるおつもりだ。もし俺が謀反を起こすなら、紅巾を打ち破ったそのついでに、とっくにおまえたちモンゴル人を征服していただろうよ。今になって、主君で且つ岳父である人に謀反するという汚名を着せられるにも及ぶまい。俺は全部わかっている。ここで俺に妬みをもっているのはリール将軍一人だけだ。あの男は俺がここで俺の為に自分の名誉を傷つけられたから、父君の前で俺の悪口を言うのだ。今日宮殿であの様にしてわざと俺を激怒させたのも、どうやら前々から計画していたことに違いない。」

「それでは、将軍は本当に謀反の準備の為にこられたのではないのですね。」

ちょうど夕方の宮殿での一幕を思いだしていた段平章は、公主に正面きって追究されると返事をする勇気をなくしてしまった。本当に謀反の準備の為に来たのではないのだろうか。大理を出てくるとき妻の高夫人や文武の官員たちと交わした誓約を思いだし、またさきほど殿上でリール将軍の辱めに憤激して固めた決意を思いだし、更に自分が公主に対してかくも卑しいほどに大人しく気を許しているのを考えると、内心たくさんの矛盾を抱えていることに気付くのだ。公主の問いはまだ耳の中で響いていたが、いずれにせよ、それに答えるような良心は持ち合せてはいなかった。

「今将軍に謀反の心があろうとなかろうと、将軍はこの善闡城を離れなければなりません。ここにいては、将軍のお命が危ないのです。」アーラン公主が言った。

「俺が謀反しなくても危険があると言うのか。リール将軍に俺と決裂する勇気があると？この城の中でも俺は充分な兵を連れているのだぞ。もし奴が挑発してくるなら、命が危ないのは俺ではない。」

「でも相手は将軍に疑いを抱いて、計略で将軍を陥れようとするでしょう。」

段平章は高らかに笑って言った。

「計略とはな。モンゴル人でもそれほど卑劣になれるのか。」

アーラン公主は沈黙したまま、小さな銀の箱を取りだし、段平章に渡した。段平章が訝りながら受け取って蓋を開けると、中には鶏の卵大の緑色のものが盛ってある。さながら砂浜の石ころのようだったが、それほど硬いものでもなかった。

「これは何だ。」

「緑青でございます。」

「ほう、猛毒だな。それがどうしたのだ。」

「父から授かりました。あなたを殺すようにとの命令です。」

自分の耳でそのような言葉を聞くとは信じられない思いで、段平章はひどく驚いた。リール将軍に腹を立てたときのあの言葉を、梁王は完全には理解してくれなかったのか。王が調停してくれたのは全くのまやかしだったのか。昔から単純な人だったのだ、そんな巧妙なことをするはずがない。きっとリール将軍が入れ知恵をしたに違いない。あいつらは皆俺を恐れているのだ。だから女でも惜しまずに利用して俺を始末するつもりなのだ。

「わかった。しかしどうして先に俺に知らせたのだ。」

「私はあなたに毒を飲ませたりなどできません。これをお見せしなければ、あの人達がもうそれほどあなたを疑っているとは、あなたはお信じにならなかったでしょう。もはやあなたとともに大理国へ参る覚悟は出来ています。私はあなたのものです。」「何？　俺について大理へ行きたいだと。だめだ。それは不可能だ。俺が雲南を併呑し、仇を討たないかぎり、おまえは大理へは行けぬ。おまえが最早父君の命令に服従しないというのなら、俺には何も恐れるものはない。ここに住んでいて悪いこともなかろう。俺が謀反さえしなければ、あのリールの野郎を俺が始末したとて、父君も俺を責めはすまいよ。今日のことは父君がリールの讒言をお信じになられたからで、何日かすればきっと後悔なさることだろう。要するにリールの馬鹿野郎には一度痛い目にあってもらわなければなるまい。」

段平章は自信に満ちた言葉をはくと、緑青の毒を錦の腰掛の上におき、誇り高く笑った。彼はうつむいてアーラン公主を抱き上げ、自分よりも高く抱え上げて、部屋の中をぐるりとまわり、次に寝台の上に下ろすと、子供に対するように軽く叩きながら、言った。

「モンゴルの女がみんなそんなに心配ばかりするわけではあるまい。俺たちの部族の女にはそんな心配事ばかりにうつつを抜かすものはいないぞ。」

アーラン公主はやはり厳粛に言った。

「用心するのを恐がっているとおっしゃるなら、どうぞお好きに私をお笑い下さい。しかし施宗と施秀のことをお忘れではないでしょう。」

「どういうことだ。俺をあんな役立たずどもと比べようと言うのか。」

段平章は公主を見つめていた。微笑は浮んでいたが、明らかに女の言葉で不機嫌になっていた。段功は頑固で誇り高い男だった。内心では解決しがたい問題にとらわれていても、その悩みを誰にも決して見せたくなかった。ましてそのとき気持ちの上では大部分まだ公主に恋着して善闡城中で安逸をむさぼろうとしていたのだから、梁王とその左右の大臣の猜疑心など恐れるに足りぬものであった。そこで公主がどんなに愁えていようと、段平章は少しの間躊躇っただけで、結局は彼女を抱き上げ、久しく空けたままだった寝床へと歩んで行くのであった。

五

翌朝、アーラン公主がまだ目覚めぬうちに、段平章が起きると、外から梁王の詔勅が伝えられた。その日東大寺でインド王をまつる大典が行われるので、段平章にも必ず参加するようにというのである。そのような詔勅を受け取って段平章が考えこんでいると、リール将軍が誘いにやってきた。リールの顔を見ると段平章には昨日の怒りが再びこみ上げてきて、すぐに目の前の愚か者を片付けてしまったらどんなに愉快だろうと思った。段平章に殺意がうまれたのは、東大寺の裏手に大きな薮があり、その中には数百年も誰も近づいたことのない沼があるのを思いだしたからで、もしチャンスを見つけてリール将軍を沼につき落としたら、手間が省けるというものであった。そんなことを考えたものだから、段平章は微笑しながら、すぐに馬の用意をさせ、ほどなくして、数名の侍従を従えただけで、リール将軍と馬を並べて東大寺へと出発したのであった。

途中のリール将軍はしてやったりという気持ちで一杯であった。政治でも恋でも自分の強敵であった同行の段平章が、数分後には待ち伏せている十数人の蕃人に橋のたもとで殺されることになると知っていたからである。そうなれば、善闡の城の中に誰一人憚るものはいなくなり、全ての政令を自分の意志に従って発することが出来るようになる。あの美しいアーラン公主でさえ、未亡人になれば、何とか従わせる方法もあるに違いない。そうすれば、俺は陛下の駙馬となり、陛下には男子がなく、俺もモンゴル一族であれば、将来陛下崩御の後は、雲南王の地位も間違いなく俺のものになるのだ。

同じ時に難事の迫っていることを知らない段平章は、名高いエッセンの駿馬の上で、久しく離れていた善闡の町並みを眺め回していた。この豊かで安らかな様子と比べれば、我が大理の民衆の生活は余りに貧しい。あの者たちをこちらに移り住まわせることができれば、どれだけよいか。大理の人民が自分の保護の下にこの大城を占領する混乱と喜びを想像すると、雄壮な志が湧いてきた。能力としては確かに出来得ることなのだ、祖国の為に映えある功績を立てぬ道理はあるまい。それに夕べの公主の話では、梁王もリールの奴も俺を恐れていることは明らかだ。公主のためを思って謀反などしないと言ったには言ったが、自分を天定賢王の不肖の子孫にしないで、自分の覇業をうちたてるには、この梁王こそ先ず最初に滅ぼさねばならない人物なのだ。岳父であることなど、何の関係がある。俺を毒殺しようと決めただけで、俺には尊敬の礼を払う必要などなくなったのだ。もはや公主を除けばあらゆるモンゴル人はすべて俺の敵だ。大沼で先ず憎むべきリールを溺れ死にさせたあと、すぐに兵隊に命じて、一時の間にすべてのモンゴル人を一掃してやる。今日の太陽が上るとき、城の上にモンゴルの旗を見たのだが、沈むときには数十年の屈辱を忍んできた天定賢王の波羅《パイナップル》の旗が再び金馬碧鶏の間にはためくのだ。

段平章はそのような空想にひたって、このうえなく心地好いものを感じていた。彼は嘲笑の眼差で馬を並べて行くリール将軍を見た。鋭い言葉を相手にかけようと思って、注意がおろそかになり、馬が突然よろめいたので、自分も危うく落馬しそうになった。リールがたづなを引いて振返ると笑いながら言った。

「どうなされた。将軍の駿馬でも滑ることがあるのですなあ。」

段平章は心惑った。このエッセンの駿馬は大理産の名馬なのだ。十余年乗り続け、幾十幾百の戦闘を経てきたが、一度も滑って転倒したことがない。今日突然このような意外が起きるとは、まったく奇妙だ。まさかこの馬が老いて役に立たなくなったのではあるまい。まさか今日よくないことでも？　そうだ、名馬には先を見通す力があるという。もし主人に危険が迫れば、必ずその前に変った動きをして、警告するのだ。だとすれば今日の戦いは手を焼くかも知れぬし、あるいはこの狡猾なリールを溺れ死なせることが出来ないのかも知れぬ。あるいは俺自身が奴等の手にかかって死ぬかも知れぬぞ。

死ぬことを考えると、段平章のような勇者でも寒気を感じないではいられなかった。だがそのとき彼とリールは善闡城の中で最も大きな通済橋にさしかかっていた。

段平章がたづなを引き締めて橋の段を上ろうとしたとき、リールの馬は進むのをやめて、橋の下の斜めの道に入っていった。段平章は軍刀か何かが馬の股に差込まれるのを感じ、エッセン馬は二度目によろめいた。その瞬間数十人の黒い覆面の蕃人がどこから出てきたのか、周囲を取り囲んでいた。いずれも手中に鋭い武器を持って、声も立てずに段平章に向かって突きかかってくる。別の蕃兵たちが彼の従者を防いでいた。かくて馬を下り腰の刀を抜く余裕もなく、激怒と苦痛のおたけびを上げる雄獅子のように、一代の英雄であり、大理総管、雲南平章であった段功将軍は、リール大臣の陰謀によって命を落としたのである。

段平章の訃報を受け取ったアーラン公主の哀しみは、想像に難くない。リール将軍が公主を心配して、慰めの者を派遣し、早まったことをしないようにしたことも、我々の予想通りである。アーラン公主は何度も自殺をはかったが、監視されていたのでいずれも失敗に終わった。段平章は謀反しようとして梁王に殺されたのだと人々は語りあった。あらゆるモンゴル人が段平章を憎み、その死は幸運な出来事なのだと考えた。段平章がかつて明玉珍の軍隊を撃退してくれたことにまだ感謝しているものもいるにはいたが。従ってアーラン公主が段平章の死をあまり哀しむので、人々は不満の意を表していた。

一人の年取った宮女が言った。

「姫様、考えてもごらんなさい。もし段平章の謀反が成功致しましたら、陛下も私たちも皆大理の野蛮な兵隊に捕われることになります。そうなったら姫様どんなにか哀しいことでございましょう。段平章はもう死を賜わったのです。姫様、陛下と私たちの朝廷のためにお喜び下さるのが道理でございます。夫婦の情もございましょうが、ご自身がモンゴル人であることをお忘れになったのでなければ、このように段平章のためにお哀しみになるのは宜しくないと思うのが当然でございます。」

リール将軍に唆されたもう一人の侍女が言った。

「段平章のことでそのようにお哀しみになってはなりませぬ。これも全て梁王陛下がお考えを間違われたからでございます。あの男の力に頼ろうとして、惜しげもなくモンゴルの娘を恩知らずの野蛮人に嫁がせたのですから。大理には妻をそのまま置いておりましたから、万一謀反が巧く行ったら、あの男のことです、姫様を殺そうとするか、捨てさったに違いありません。仇敵の娘に本気で恋などするものでしょうか。さあ、私たちの民族のことを、我等が偉大なるカーンの雲南における事業をお考え下さい。そうすればきっと姫様も哀しみが失せることでしょう。」

年増や若手の宮女たちが一日中アーラン公主について、あれこれ慰めの言葉を言い、段平章に謀反の意志があったとか、公主を捨てようとしたとかいう話をたくさん作りだしては話して聞かせ、彼女の哀しみと憤りを静めようとした。しかし一度決めたら決して変えることのないアーラン公主は堅く考えを決めていた。夫の部下はすでに捕われ、最も信頼していた楊淵海すらも自害してしまったが、この許すまじき深い仇は、討たないではいられない。今では自分は完全に段平章の妻なのだ。父親とその大臣が我も顧みずあのような卑劣な手段を弄して夫を殺したのだと思うと、怒りが白いふっくらした胸に満ちてくるのを感じるのだった。何が自分の民族か。何が父親か。何が大臣か。みんな仇敵ぞ。

六

夫を暗殺された恨みでアーラン公主は自分の民族に憎しみを抱くようになり、あらゆる訪問者を断って、たくさんの宮女の監視の中を一人孤独に暮していた。

一方左大臣ダジと右大臣リールの間の敵対的形勢が再びつくりだされた。リールにしてみれば、段平章亡きあとアーラン公主がもし再婚するとすれば、必ずや自分のもとにでなければならなかった。実際には「もし」などという仮定は存在せず、とりもなおさず公主が承知するよう強要できるのである。たとえ梁王がそれを知ったとてどうにも出来るものではない。モンゴルの風俗では、寡婦と私通してもそれは法に背くことではないのである。公主とて例外ということはあるまい。そう考えたのでリールはたびたび公主に媚びを売りにやってきた。しかし狡猾なダジ左大臣は、やはりアーラン公主を妻にするよい機会だと思い、別の手立てを考えていた。ダジは公主がまさに哀しみと寂しさの中にあるのだから、うまく慰めと同情の言葉をかけてやれば、きっと心を開くに違いないと見て取った。しかるにリールのように懇ろに出かけて行っては憎らしくも気遣うような言葉をかけたとしたら、公主の方ではほかのモンゴル人のように一切面会しないという態度をとるわけには行かないとしても、きっとよくは思わないに違いない。だから自分に取っての好機が熟するのを待って、こっそりとリールが愚かな愛から謁見に行くのを傍観しているしかなかった。熱くなっているリールが、これ以上公主の冷淡に我慢できなくなって、暴力に訴えようとする様子を見せるのを待ったのである。

そこである日誰にも気付かれぬように、丞相ダジは「機密の知らせを申上げる」という名目でアーラン公主に拝謁にやってきた。公主の美しい姿が、白装束に映えて、閃くように屏風の向こうから現れるのを見たとき、若い丞相の心には、粗野な恋敵リールに嘲られた憤りが張ってくるのだった。「よし、見ていろ。俺があんたをのせてやる。ここでは兵隊を持っているわけでもない人間が勝利をおさめるのだ。あんたが段平章を始末したからといって、あんたを始末する人間がもういなくなったと思っているのではあるまいな。」

そのように自分でも胸がすくような計略を胸に抱いたので、丞相ダジは微笑しながら、アーラン公主に奏上した。

「機密の知らせにございます。姫。申上げないわけにはいかず参りました。亡くなってから、段将軍に本当に謀反の意志がないと分ったときには、わたくしも残念でございました。それがいまようやく分りましたことですが、もう一人の将軍が、段将軍がこちらへ戻ってきて再び平章の職につくことを妬み、姫君にもよからぬ思いを抱いて、わざと段将軍を怒らせ、謀反の言葉を言うようにしむけ、陛下に段将軍謀殺を認めさせたのでございます。このような経緯を知り、段将軍の受けた無念を思って、公主に申上げに参りました。その残忍な将軍は、聞けばこの頃しばしばこちらに来られるとか。思いまするに、姫様今は亡きご亭主殿の仇を討つため、是非ともあの男を始末する方法を考えねばなりませんぞ。」

アーラン公主は醜いリールを煩わしく思っていたところなので、今又丞相ダジに強力に唆されると、ふとあらゆる恨みをリールの一身に集めることになった。リールの陰険な顔、恐ろしげな微笑を思い出し、優しく爽やかだった夫段平章を思い出すと、その違いに公主は歯をくいしばって、丞相ダジの前をも顧みず泣き出した。

それは自分の策が功を奏した印なので、丞相ダジは内心頷きながらひそかに立ち去ったのである。

ある夜、まさに秋冷の候であったが、アーラン公主は庭の亭で欄杆にもたれて座っていた。月明りの下で木々や草花や銀鱗のさざ波のたつ池の水を眺めていると、言うまでもなく、悠然と又亡き段将軍のことが思い出された。あの秋の夜二人はここで夜の宴をもった。同じ月明りの下で、段将軍はいろいろ優しく美しい言葉をかけてくれた。そして今度戻ってこられて、またいつかあの時と同じように心通わせて花の春月の秋を共に過ごせるのを望んできたのに、思いがけず永遠の別れとなってしまった。アーラン公主は思わず哀しくなって涙を流した。美しい景色と真摯な思いから、公主はゆっくりと歴史に名を知られる哀歌を綴ることになる。

我家住まいは雁門の深くに在り、
一片の閑雲滇海に到る。
心に名月懸かりて青天を照し、
青天語らずして今三載。
名月に従いて蒼山に到らんと欲すれど、
我が一生榻裏の彩を誤れり。（「新元史」：路裏の彩を）
吐嚕！　吐嚕！　段阿奴、
施宗施秀好歹を同にす。（「新元史」：奴歹を同にす）

雪片波潾に人見えず、
押せど蘆花顔色改めず。
肉屛に独座して細かに思ん量れば、
西山鉄立して霜瀟灑たり。

この哀歌を低く吟じてやや気が晴れてきたところへ、突然宮女が報告に来て言った。「右大臣様が、お目通りを願っております。」何と人の心の分らぬ男。人がお前をまさに恨んでいるというのに、大胆にもこんな夜ふけに私を訪ねてくるとは、どういうつもりなのかしら。アーラン公主は嫌悪の気持ちが起きると、顔色が格別に青白くなった。公主は宮女に冷やかに言った。

「帰って伝えるのです。私は今夜は誰にも会いませぬと。」

けれどもアーラン公主が驚いたことには、ほどなくして、垂れ下がる花の枝を払いながら、一人の人影がまっすぐ自分のすわっている亭に近づいてくるのが見えたのである。考える余裕も叱りつける暇も与えず、その人影は拙劣に挑みかかるような笑みを浮かべて公主の前に立っていた。それは丞相のリールであった。

「誰じゃ。お前は何者?」

驚いたアーラン公主は一歩下がって、咄嗟にそう尋ねた。とうにそれが誰かは判っていたのだが。

「それがしでございます。姫様。恐れることはございません。それがしが姫君に御挨拶にまかりこしました。」

しまりのない厚い唇を震わせ、とぼけたようにそのようなことを言いながら、リール大臣はすでに公主の身近に迫っていた。

アーラン公主がもう一歩退くと、憤りと恐怖が襲いかかってきた。左丞相ダジの言ったことばを思い出し、目の前の露骨な態度を目にしては、ますますリール将軍憎むべしの思いがつのった。公主は黙ったまま、亭に斜めに注ぎこむ月光の下で、詰問の表情を示しながら相手を見つめていた。だがリールは相も変らずの厚かましさで、わざとらしく周囲に視線を流し、しかつめらしい態度を装って言った。

「良い月でございますなぁ。姫様はきっとここで月をご覧になっていたのでございましょう？」

そのとき百歩ばかり行ったところの、切り口から新芽の出ている古い槐《えんじゅ》の上から、美しい翠色の羽根を輝かせた孔雀が飛んできて、静かな仙潭の辺の白石の欄杆にとまった。それはアーラン公主には明らかに一つの暗示であった。公主はふと父親から賜わった、夫を毒殺させるための緑青を思い出したのである。モンゴル女性の強さが公主の身体によみがえり、この記念すべき月光の下で自ら夫のために復讐を果たすという美しい情景の幻が公主をとりこにした。

「月見をしていたのじゃ。将軍いい時に来てくれた。さあここで一緒に一杯どうじゃ？」公主は嬉しそうに言った。

優しく招かれて望外の喜びにあったリール将軍は、しどろもどろに「姫君がお喜びとあらば、拙者御意に従わずばなりますまい」と言うだけで、それ以上何もできず手をこまねいていた。公主が侍女に酒肴の用意をするよう言ってくるからと言って去った後、亭に一人とり残されたリール将軍のそわそわと落ち着かない気持ちは、著者の筆で描写するに余りあるものがあった。

亭に酒肴が並べられ、公主とリール将軍は差し向かいにすわっていた。それほど酒は飲んではいなかったが、公主の態度が突然優しくなったので、将軍の言葉遣いや行動にはだんだん気を許す気配が見えてきた。

「段平章が死んでから、姫は寂しくはござらぬか?」

「ええ、少しは寂しいが、それも仕方のないこと。」

「それなら、楽しみを見つけなさることですな。」

「そうじゃとも。だからこうして将軍を招きお酒を飲んで、なかなか見られない名月を楽しんでいるのじゃ。」

二人はそういう類の言葉を交わしていた。そのあいだに公主はびくびくしながら何度もさきほど持出してきた懐の緑青に手を伸ばし、リール将軍の盃に投入れる機会をうかがっていた。しかし長い時間躊躇っていたので、表情に戸惑いの色が表れてしまった。最後に公主が将軍の盃にどれくらい酒が残っているか確かめるふりをして、隠しもっていた緑青の粉を入れ、丁寧に一杯差し出して、震えながら無理矢理男に飲干させようとしたとき、不幸にもずっと粗雑で名の通っているリール将軍は完全にそれを見破っていたのだった。

突然将軍は表情をくもらせて、威嚇するように笑みを浮かべながら、公主の差し出した酒を公主に差し戻して言ったのである。

「この一杯は、それがしから姫に奉ることにいたしましょう。」

公主も所詮は女、このような場面に立ちいたっては、あわてて為す術もない心の内を完全に表に出してしまった。公主は立ち上がるとリール将軍の手中の盃を辞退しながら、声はますます震えるのであった。

「いいえ、わらわはもう飲めぬのじゃ。」

急に大きな怒りがこみ上げてきた丞相リールは、ことここにいたっては最早公主の美しさに惑わされはしなかった。銅の盾をも振り上げるほどの腕で、小さな虫でも掠め取るように公主を懐に抱きかかえると、片手でその毒酒を公主の赤い唇の中に注ぎこんだ。それが終わると、公主を手放して、年老いたミミズクのようにケケケケと笑い狂ったのである。

公主は気が触れたように駆出して行った。長い白のスカートの裾を地面に引きずりながら、銀色の月の光を浴びて、あたかも幻の仙女が魔の島の密林の中を行くように。公主はあの冷えとした古潭の辺に駆けてきた。さきほど見かけた孔雀のように、白石の欄杆に突っ伏して、音も立てぬ潭の水がいつまでも公主の最後の姿を映していた。

李師師《りしし》の恋

太陽の光が綺麗に飾られた窓と錦の御簾越しに李師師〔注1〕の顔を照らし、それで彼女は目を覚ました。目を開けると最初に目に入ったのは、枕をともにした夜来の新客である。男の呆けたように熟睡し、雷のようないびきをかき、口元に好色な涎を滴らせているのを見ると、夕べの数万金にも値する心付けを惜しげもなくはたいて一夜の香気を楽しむこの男の姿を思いだし、金銭のにおいを身にまとっているようで、吐き気を催させるのだった。

そのとき豪商趙乙の唇がひくひくと動いて、ごくりと唾を呑み込み、身体がむくむくと動き出した。李師師は軽く寝返りを打って、寝床の奥の方を向き、目を閉じ息を調えて、熟睡して全然目を覚まさなかったかのように装った。師師は男が起きあがって御簾をからげて外を見、そそくさと服を着るのを感じた。寝台がギシギシと音を立てた。しばらくして男はどうやら師師の方を見ているらしく、鼻息が近づいてきて、頬のあたりで臭いをかいでいる様子だ。それから男は寝台を降りて、着物掛けから長衣と絹のうちひもをとると、きちんと身支度をして、そっと部屋の戸をあけ、出ていった。

これらの動作を、賢い李師師は耳だけで確実に聞き取ることができただけでなく、一種の幻

（注1）北宋の妓女、『大宋宣和遺事』『一百二十回水滸伝』などの話本や小説に登場する。徽宗皇帝が通い詰め、後に冊封して明妃にとりたてたが、徽宗が女真族の金に囚われたのち、節を全うし金の簪を呑んで自殺したという話が「李師師外伝」に見える。この小説は魯迅著『古小説鉤沈』収録の「周邦彦が李師師宅で徽宗皇帝とニアミスをした」エピソードにもとづいて創作されたと思われるが、周邦彦が流罪になったのを、李師師が皇帝にとりなして許される挿話は採られていない。徽宗が即位した一一〇一年に周邦彦は四十四歳になっている。

覚によって、豪商趙乙がそういった動作をするときの表情まで仔細に見て取ることができたのである。ここで著者は「幻覚」という言葉を用いたが、決してこの宋の名妓李師師が本当にこのような不思議な魔法を身につけていたというのではない。もし率直に言わせてもらうならば、李師師はそれまでの豊富な経験によって寸分違わず想像することができた、と言ってもよい。たとえどのような富豪であって、常に気をつけていたとしても、俗物は結局俗物にすぎない。李師師のもとにやってくる商人たちに対する彼女の見方はこんなものだった。だから趙乙が彼女に与えた印象も決して例外ではなかった。

聞き耳をたてて部屋のなかにほかに誰もいないと判ると、李師師はようやく逆向きに寝返りをうって、けだるげに身を起こし、寝台の手すりにもたれて掛け布団にくるまったまますわっていた。彼女は思わず自分の卑しい職業の不幸が嘆かれるのだった。どうして一人も客を拒否することができないのかしら。たとえ誰でも、金を出せさえすれば、ここで酒を飲み泊まる権利を持つのだ。醜くても美しくても、老人でも若者でも、上品でも下品でも、私の方からはまるで選ぶ権利がない。それに私が一番嫌いなのは、その愚かな俗物たちなのに、家に毎日毎日やってくる客の十人に九人は俗物なのだから、明らかに誰かが悪意をもって私をあざ笑うためにそうしむけているのね。

そんなことを考えながら、李師師は感情がたかぶってきた。思い起こせば、父が罪を得て投獄され、自分は帰るところもなく、流れ者となって李婆やに育てられた。ちゃんとした夫に嫁いで頼りにするものがいればいいと思っていたものを、李婆やは彼女の養育費を取り戻すために、芸事百般を教え、客を取り春を売る商売をさせた。嫌でもどうしようもなかった。一歩退いて、この汚れた花街で早く風流のわかる気に入った男の人に出会って彼女を身請けしてくれることが望めるなら、その後の人生は保障されるというもの。ところがこの稼業を六、七年も続けて、門前市をなし、艶名が都中に轟いているというのに、毎日やってくる客は、ずるがしこそうな若旦那でなければ、でっぷり肥えた富豪、そういった人たちが次々にやってくるというのに、気に入るような人がまるで姿をみせないとは、ほんとうに悲しいこと。

李師師はそんなふうに自分の運命を悲しみながら、身支度をととのえて寝台を降りた。外からとうに侍女が入ってきていて、彼女を浴室に促し、髪をとかして、今日の客のために艶っぽい品物を用意した。そこへ李婆やが杏仁菓子をもって入ってきて李師師の機嫌をうかがった。師師の様子が愉快そうでないので、

「ねえ、あの趙の旦那様はどうだったね」と言う。

師師は青銅の古鏡に向かって髪をといていたが、婆やがそんなことを聞くものだから、相手の顔も見ずに、不機嫌そうに言った。

「何がどうなのさ。どうせいつものすけべ爺じゃない。」

婆やは師師がまたいつもの癇癪を起こしていると見て、腹も立てられず、軽く手で師師の黒く光る髪を撫でながら、なだめるのだった。

「おまえねえ、人様はおみやげを一杯もってここにやってくるのだから、気が進まなくても、適当に取り繕って喜ばせてあげりゃ、変わった女だなんて言われやしないのに。……」

李師師は人に性格がどうのこうのと言われるのが一番嫌だったから、婆やにこんなことを言われると、怒りがこみ上げてきて、思わず手にもっていた犀の櫛を床に投げ捨てるのだった。

「こんな商売をしてもうとっくに人に蔑まれているわ。そのうえに会う人会う人みんな好きになって、骨なしの淫乱女になれっていうの。あの人たちは勝手に私のところにくるのよ、私が無理矢理引っ張ってきたわけじゃない。それに私誰にも失礼なことなんかしていないわ。一日中口を開けてへらへら笑っていれば、性格が変わっていないことになるのかしら。……」

そう言いながら彼女は肩まで垂らした髪を振り乱しながら、腹立たしさのあまり外部屋から出てきて、椅子にすわると首を垂れて泣き出した。師師が泣き出すと二、三時間はかかることを知っていたので、婆やと侍女たちは次々に部屋を出ていった。

李師師は部屋に一人になって、昨夜の客趙乙を俗物全体の代表として蔑んでいた。あの男の夜来の粗野な行動、気の利かない言葉遣い、卑しい物腰から言って、風流のわからない下種そのもの。人間は銅銭の臭いのなかに身を埋めているだけで、全く救いようがなくなってしまう。それで彼女は近頃よく彼女のところに出入りする開封府塩税官の周邦彦(注2)を思い出した。やはり学問のあるお役人様ね、近づいても、自然と人に嫌悪感を抱かせないような雰囲気がそなわっている。話も面白く、自分でちょっとした曲を作って歌うこともできる。本当に穏やかで柔軟な人。どうしたわけか、俗物たちが来ると部屋にも一種暗い障気がたちこめて、何もかもが重苦しくなってしまうのに、あの周というお役人がくると、建物全体がふわふわっとして、永遠に春風のなかにすわっているかのような気がしてくる。心穏やかに邪淫を思わず憎しみもなく、自分の魂でさえ、自分が娼妓の身の上であることも忘れて、安らかな家庭に身をおいているかのように感じる。

ああ、と李師師は思わず嘆息するのだった。彼女の思いつく上品で、お金があって、よく妓院に来てくれる人は、周邦彦だけである。客の中にはかつて気に入ったものがいなかったわけではない。しかし友人に一度連れて来られてその後二度と現れないか、才気と情はあっても金のない若者が無理矢理一晩分の金をかき集めて一度だけ心を通わせ、その後は影も形もなくなってしまうか、どちらかなのだ。多才の名妓李師師は、世の中かくも不平等なるを嘆きつつ、詞と曲で有名な塩税官周邦彦にますます思いを募らせるのだった。

午後、みるみるうちに日が暮れて、酒場や演芸場が次第ににぎやかになるころ、李師師は半分本気で物憂げな様子を装い、良質の香を焚いて窓に寄り掛かりながらすわっていた。突然李婆やがあわてて入ってきたが、顔には今までなかったような狼狽した表情が浮かんでいた。李師師を見るやいなや、まだ目の前まで来ないうちに息を切らしながら言った。

「大変じゃ、困ったことになった、おまえ……」

李師師は婆さんがあまり慌てているので、何があったのかは解らなかったが、やはり色を失っていた。しかしずっと平然とした態度を保ってきたこともあって、どうあっても慌てた様子を人に見られたくなかった。そこで当座は極力静かにして歯で唇を噛み、軽蔑したような表情で言った。

「そんなに慌てて、一体何があったっていうのさ。」

「大変なんじゃよ。」李婆やはしどろもどろ。

「一体どんな大変なことなのさ。」

（注2） 周邦彦（一〇五七～一一二一）、北宋の詞人、字は美成、宋代四詞人の一人。

「つまりその夕べ泊まった趙という旦那様、実は今の天子様だったたっていうのじゃよ。今街中その話でもちきりじゃ。わしらだけ知らぬがほとけじゃったわけで……」

李師師は思わず大笑いして言った。

「まあ、婆さまはこんなに賢く生きてきたというのに、惚けちまったのかい。あんなろくでなしたちの話まで信じるなんて。」

李婆やは師師がやはり落ちつき払っているのを見て、思わず焦ってきた。皺のよったこめかみに一つ一つ青筋をたてて、ほとんど呪うようにして言った。

「これ、おまえ、この話は間違いないよ。夕べ天子様の侍衛が路地口で一晩中立って守っていたのを、東の豆腐屋の王二が夜明けに早起きして朝市に出かけるときに見てるんじゃ。趙という客が路地を出て行ったら、遠くから後をつけてった。向かいの茶店の周秀だって、夕べわしらの家から赤い光が射していたので火事だと言っていたが、何も起った様子がなかったので安心して寝ちまった、と言ってたしな。」

李婆やからそんな風に言われると、李師師は内心ふるえが来た。まさかあの趙という人が今の天子様だなんて。これは冗談ではない。夜来あの男に冷たくした様子を思い起こせば、相手は本当に怒っているような気がする。聖旨が下されれば、即刻斬首されるということもきっとあるだろう。李師師はそんなことを考えながら、黙ってしばらく言葉も出なかった。

しかし李婆やはますます慌てて、懇願するような悲しい声で言った。

「なぁ、これも平素おまえが高慢にしすぎたから、今になってこんな大きな災いを招いたんじゃわい。……」

李師師は急に趙という客が朝彼女の頬のところで臭いをかいでいたのを思い出した。熟睡したふりをしていたけれども、彼は彼女を起こしはしなかった。ということは、彼は怒っていないかもしれない。しかももしも災いが起こるとしたら、もうそのときに起こっていなければならない。今まで何も動きがないのだから、思いもかけない結果にはならないだろう。皇帝様がどうして一人の妓女の始末をしなければならないのか。人を欺いてここにやってきて、また人を欺いて私たちを処罰するのだろうか。そう考えると李師師は大いに気が楽になって、微笑しながら李婆やに言った。

「お婆さま、恐れることなんかないわよ。あの人が皇帝様だったとしても、何の災いもありゃしない。私はあの方の機嫌をそこねてもいないし。それにあちら様もこそこそとやってい らしたのだから、大げさなこともできゃしないわよ。」

李婆やはそれを聞いて筋が通っているように思えた。それに自分の記憶しているところでも、今朝富豪趙乙を名乗っていた皇帝が去るとき、確かに顔には笑みが浮かんでいて、怒ってなどいなかった。そこで婆やはやや安心して、口のなかでお天道さまお助けください、というようなことを呟きながら出ていった。

李師師は相変わらず窓台に斜めにもたれて座りながら、軒先に掛かっている篭の中の金糸雀を見ているうちに、奇妙な空想がわいてきた。皇帝のそばに侍ったことがあるということは、すでに皇后かあるいは少なくとも貴妃になったということではないだろうか。このような職業にたずさわっていても、皇帝陛下のお気に召すところとなって、しかも正真正銘一夜の后妃をつとめるとは、得難い幸運ではあるまいか。なんと栄えあることであろうか。皇帝陛下さえここにお見えになったのだ。そうだ、陛下のお掛けになった椅子や陛下の触れた品物は、これからはとぐろを巻いた龍の刺繍の衝立でしっかりと隠さなくては。

でもあの人物は本当に皇帝陛下だったのかしら。どうして私は夕べ全然気がつかなかったのか。皇帝陛下ともあろう人がどうしてあのような凡俗な顔立ちをして、愚かな物の言いかたをするのか。どうみても、あれは銅銭の臭いが染み着いた俗物に違いない。……そうだ、ぼろが出て他の者に見破られないように、わざとそんなふりをしていたのね。ああ、聖天子様というのは何かにつけ賢くていらっしゃる。どんな人間にでもなりすませるとは。そうだ、今から思えばそれらしいところがあった。普通の人間があの人のように長くて大きな耳をもっているだろうか。耳長過鼻は易経・乾卦九五にある帝王の相だ、占いの本にはみんなそう書いてあるじゃない。……

ああ、皇帝の妃になれたらどんなに幸せか。どんなに楽しいか。皇帝様はきっと風流のわかるかたに違いない。昔の唐の玄宗皇帝と楊貴妃の物語ってとっても美しいじゃないか。春はボタンを愛で、秋は長生殿で牽牛・織女星を見る。ああ皇宮の暮らしとはどんなものなのかしら。李師師はそこまで考えて、思わず振り返り、青銅の鏡に自分の顔を映し、手を伸ばして鬢のところの鳳の飾りのついた簪を斜めにおさえつけた。師師は自分の容姿なら十分貴妃でも通ると思った。けれども、夕べあのように皇帝様に冷たくしたのだから、本当は怒っているかもしれない。ああ、でもそれは私のせいではない。あなたが皇帝だとわからないようにしむけたのは誰なのかしら。私のことを怒ってなくても、あなたはきっともう二度とおいでにはなりますまい。

たとえまた行幸があったとしても、それが何になるというのだろう。いつまでも俗物の外見を装って、人を憎むこともできず、好きになることもできなくするのだから。そんなことと堪えられないわ。宮殿の中の皇帝様にお仕えしたいのに、でも私のようなものを宮廷にお迎え下さるかしら。まさか、そんなことあり得るはずがない。つまらぬことを考えるのはやめにしよう。私は一介の妓女にすぎないのだから。

そんな李師師の想いを断ち切ったのは、客の来訪を告げる侍女の声であった。李師師は客と聞くと、きっと皇帝様に違いないという気がした。陛下の来訪を迎えようと慌てて立ち上がったのだが、そのときすでに部屋に入り込んで来ていたその客は、実は毎日のようにやってくる常連の開封府塩税官周邦彦であった。

周邦彦は笑いながら言った。

「師師どの、今日はまたお出迎えとはご丁寧なことでござるが、どうした風の吹き回しかな。」

ずっとすました態度をとってきた李師師としては、いつもとうってかわった態度を見られてしまって、身分を失墜してしまったかのような恥ずかしさを覚えた。彼女は返事もせずにすわり込み、「とっくにあんたとわかっていたら……」という言葉が口をついて出た。

周邦彦はわからぬげに尋ねる。

「はてさてお主を格別慇懃にさせるような男が出来たのか。そうか、そいつは大した者だ。お主が立ち上がって出迎えるようなそんな立派な人物は見たことがない。今まで一度もな。」

そう言いながら周は夕べの皇帝とされる趙という客が座っていた椅子に座ったのだが、その椅子はちょうど李師師と向かい合っていた。周邦彦は一種なれなれしい、しかし異常に穏やかなまなざしで彼女をみつめ微笑んでいる。それはやんごとなき人々のもつ厳粛さと色好みの二面性が表れた表情であった。

李師師は周をじっと見つめていたが、突然口を突いて出たのは、

「ああ、どうしてあなたは皇帝ではないの?」

という言葉だった。

ちょうど侍女が酒肴をもってきたので、周邦彦は片手で杯を受け取りながら、そんな突飛な話にあっけにとられ、杯を下において問いを発する。

「何? お主何と言ったのだ? 皇帝? 」

「そうよ。皇帝と言ったのよ。昨晩皇帝陛下がここにいらしてね。でもあなたのようにちゃんとしてはいなかった。あなたの方が皇帝様らしい。」

李師師の言葉に周邦彦はびっくり仰天して大笑いをした。

「わっはっは。首と胴体が離れちまうのも恐れないのは一体誰なんだ? 言葉巧みな客にたばかられたのだろう。そんなことがあるものか。皇帝だって? 皇帝陛下がこんなところにやってくるものか。さあさあ、こんどはお主が罰杯をうける番だ。」

周邦彦は盃を李師師にわたしながら、自分も一杯飲み干した。紫檀の台から吹き慣れた玉笛をはずすと、悠揚と新作の詞の旋律《ふし》を吹き始めたのである。李師師は赤い色をした酒を一杯また一杯と飲みながら、酔眼朦朧たる状態で周邦彦の向かいに座っているのだった。周のすがすがしい風采はあたかも色好みの玄宗皇帝に似て、それで自分はその宮中に侍る楊貴妃になった

かのごとく、この上ない幸福感に浸っていた。皇帝とは最も高貴で、最も裕福で、しかも最も色好みなのだ。

とそのとき侍女がかけ込んできた。李婆やもあとにつづいてよろめきながらかけ込んでくる。婆やはやたら両手をばたばたさせて、それから李師師の耳元に、誰にも聞こえないと自分では思っていたが、しっかり周邦彦に聞かれてしまった言葉をささやいた。

「陛下の輿がお着きだ。出迎えを早く！」

部屋のなかでどんなにちらかっているかもかまう間もなく、李師師はそそくさと銅の鏡で顔をうつし、表の部屋へ出ていった。言いようのない歓びで一杯であった。皇帝様がまたいらした。高貴で裕福で色好みなのだ。周邦彦大人のように風流を解し、もののあわれをこころえている。玄宗皇帝のようにきっと私を宮廷に迎え入れて下さるのだ。ここにお出ましになるからには、私を寵愛されてのことに違いあるまい。ほんの一瞬の間にそんな考えが彼女の脳裏にひらめいた。

けれども昨夜の富豪趙乙が同じように変装した大臣に伴われて入ってくる姿を眼にし、さらに床に突っ伏して「万歳」を叫んで輿を迎えたとき、李師師が感じたのは異常な恐怖心であった。すると突然李師師の脳裏に奇妙な考えが浮かんだ。目の前に立っているこの人は、皇帝ではあるが、あらゆる俗物の中の皇帝なのだ。権力をもち、憎むことさえおそれ多い人物なのだ。そして自分があこがれる皇帝様とは、さきほど奥の部屋で酒を飲んで笛を吹き、今はどこに隠れてしまったかもわからない自称開封府塩税官の周邦彦である、と。

黄心大師の奇跡

南昌の城外を遥か十里離れた官道の傍らに大きな楡の林があった。旅行く人々は物売りだろうが兵卒だろうが、豪商だろうが旅の大臣だろうが、そこで足を休めなければならなかった。この楡林の奥には小さなお寺があったが、山門には扁額がかかっておらず、何というお寺なのか分からなかった。山門は一日中しまっており、誰も入っていかず、誰も出てこなかった。付近の村に住む人々でさえ、通りがかりの旅人が偶々尋ねたりしなければ、その存在を思い出すことは殆んどなかった。

「これは何というお寺ですか?」と楡林の中で骨を休めていた旅人はちょうど林に枯れ枝を拾っていた木こりや通りがかりの農民に尋ねたに違いない。実際には、その壁に黄色い灰を塗っていなかったら、この旅人もそれが寺であることさえ、わからなかったかもしれない。しかしわかってみるとそれは寺でもなかった。

「それは寺じゃなく、庵ですよ。」

旅人はそんな答えをもらったであろう。

「何の庵かな?」休んでいた旅人は暇ついでに、きっと質問を続けたに違いない。

「何の庵か?」農民は質問を復唱しながら答える。「楡庵ですよ。」

要するにこの付近の人々もこの小さな庵の名前など知らないのである。それも無理はない。私の知る限り、この庵に住んで修行していた比丘尼でさえ、一人として自分たちの隠れ住んでいる所の「楡庵」以外の名前を知っているものがなかったのである。

庵は三つに仕切られた母屋があるばかりであった。真ん中の部屋に仏像が安置されていたが、それが観音像だったか如来佛だったか私は忘れてしまった。両端の二部屋は現在の師徒合わせて五人の住居となっていた。母屋の建物は低いとは言えなかったし、外には充分小さくない中庭があったが、細い窓枠のついた窓は一日中開かれることがなかったからであろうか、それとも終日線香の臭いがたちこめているからであろうか、それともやはりそれが尼僧の庵であったからであろうか、非常に暗い感じを否めないのであった。母屋に入るとすぐ裏側にはさらに三室ほど竹の枝と蘆の茎でつくった背の低い小部屋があったが、それは厨房や厠として使用するためのものである。

先ほど触れた「現在の師徒五人」のことを説明しなければなるまい。この「現在」(注1)というのは、実は既に十年余りも前のことである。民国十二、三（一九二三、四）年頃、私は南昌に旅行で行ってしばらく滞在した。ある秋の日、別のところに観光に行ったことから、途中で縁あってあまり人の注意をひかないこの小さな庵のところを通りかかった。私は旅行の道連れの某女史に感謝しなければならない。もし彼女がいなければ、私は決してあの清らかな庵の主に中に誘われたりはしなかったであろう。私たちもほかの旅行者と同じように楡の林のなかで休憩していたのだった。けれども私たちは他の旅行者より運がよく、ちょうど尼僧が林のなかの小道を帰ってきて、その庵の前で立ち止まって門を叩いたのである。あれは尼庵なのかしら？見にいきましょうよ。そこで某女史は私を見に行かないかと誘ったのである。その老いた尼僧は私たちを誤解して、罪深いことだが我々が夫婦だと思いこみ、おかげで我々は丁重なもてなしを受けたのだった。

私たちはその尼庵で予想外に長い時間をすごした。結局その日私たちは本来の目的地を見に行く時間がなくなってしまったのである。私の道連れはおしゃべりの上手なお嬢さんで、庵の五人の尼僧と飽くことなく言葉を交わした。尼僧たちは彼女に自分たちの身の上を話し、彼女は適度の同情と敬服の感情で受け答えした。しかしそのようなやりとりは私には続けられるものではなく、そこで佛堂を出て、広い中庭に出た。散歩しているかのような、また木や銘の残る礎石を見てまわっているようなふりをした。しかし実際には連れはきっと感じていただろう。明らかに私が出発を催促しているのだと。

彼女が尼さんたちと別れを告げ庭に出てくるころになって、ようやく私は東の塀の根方の水瓶のそばにある大きな鐘に注意を向けた。もっと早く見つけているのが道理であったが、瓶と並んでいたために、それも瓶かと思っていたのであった。おや、これは大きな釣り鐘ではないか。私は思わず大声をあげ、何はともあれ近づいていった。

じっくり調べてみると、それは大きな釣り鐘であるだけでなく、由緒のある釣り鐘なのであった。私は緑色の剥げ具合からそう判断した。鐘は地面に伏せられ、口は泥の中に、見たところ七、八寸あるいは一尺くらいは埋まっていた。しかし地上に露出した部分の体積だけでも、となりの水瓶より大きかった。私は石ころを拾って鐘の上面を叩いてみた。鐘はカーンカーンという金属的な音を出した。これほどのものなら、素人でも普通の古刹や荒れた庵に倒れている錆びた鉄の鐘とは違うということがわかる。

「この釣り鐘はすばらしい。」

あの年輩の尼僧が私の連れと近づいてきたとき、私は彼女に向かって言った。

(注1) この一人称の語り手が施蟄存自身であるとしたら、十八、九歳のころの体験ということになる。

「古い釣り鐘です。銅でできております」と彼女は微笑みながらそばまでやってきて、鐘を撫でながら言った。

銅でできている？　私はもう一度じっくりと見たが、確かに銅で出来ていた。「間違いない。銅製だ。しかしどうして釣り提げて使わないのですか？」私はそんな質問をしながら、鐘のはげ落ちた模様と隠された文字を撫でさすり、そこからこの鐘の由来を見つけだしたいと考えていた。しかし無駄だった。「比□尼黄心□願」という五つの文字がかすかに読みとれるのを除けば、何も手がかりは得られなかった。しかしこの五文字だけでも十分であるような気もした。この文字列の位置は、ちょうど鐘をつくるのに募金した人の長い名簿のしんがりにあって、「比」の次は「丘」という字に違いないし、「心」の次は「發」である。「願」の字からあとは土に埋まっていたので、竹のきれはしで地面を掘ってみたが、その部分は腐蝕してしまっていた。しかし思うにそれは「謹造」か「鋳造」あるいは「募鋳」でなければならない。とすれば、これは「黄心」という法名の比丘尼つまり尼僧が鋳造した鐘に相違ない。しかし「黄心大師」とはいつの時代の人なのであろう。鐘の大きさからいって、この庵もきっと大きなものだったにちがいない。私がそんなことを考えていると、老いた尼僧が言った。

「どこにもこの鐘をかけるところがないのでございます。小さな磬（けい）をかける場所すらなくなってしまいました。この鐘は「長髪賊」よりも以前のものでございます。そのころはこの庵も大きく栄えておりました。官道の向こうの池は、以前はこの庵のものが魚を飼っておりましたが、今は小さくなってガマガエルしか棲みません。……」

私は尼が嘆く言葉をさえぎった。

「役にたたないのでしたら、どうして売りに出されないのですか？　これだけの銅を雨風にさらして腐らせるのはもったいなくないですか。」

「あなたさまはご存知ありませんが、売ることは出来ないのです。わたくしどもの祖師が以前これを鋳造いたしましたとき、八度鋳造してもうまく行かず、九度目に祖師自身が銅を溶かした高炉に身を投げて漸くうまく出来ましたのでございます。この鐘には祖師の悲願がこもっておりますので、後世のものにはこの鐘を毀すことも売ることもできないのでございます。」

「それは不思議な話ですなぁ」と私は尼の話に興味をそそられ、「あなたのおっしゃった祖師様のお名前はなんとおっしゃいました？」

「それは存じません。」

「『黄心』とおっしゃったのでは？」

「さあ。」

「どうして八度も鐘の鋳造がうまくいかなかったのでしょうか。どうして祖師様が身を投げられたらうまく行ったのでしょう？」

「それは外道が強力だったためでございます。祖師様が直々に降伏させなければ、佛道は壊滅、この鐘は完成することがなかったでしょう。」

「あなたはその話をどうしてご存知なの？」と私の連れが割って入った。

「古老から伝え聞いておるのでございます。」

我々はそんな要領を得ない回答をもらってから、しばらくして辞去した。ほどなく私は南昌を去り、あっと言う間に十数年が過ぎた。当時「現存」していたものは、おそらくみな「昔のこと」となってしまった。この五人の尼僧の師弟はおろか、あの庵も鐘ももはやこの世に形をとどめてはいまい。

しかし私はあの鐘にまつわる物語をいつまでも忘れられなかった。たとえ荒唐無稽な伝説であったとしても、あの尼僧がでたらめを言って私を騙したのだったとしても、その話を聞いてしまったからには、それは心の中に真実として残っているのである。まして似たようなことは古書のなかにいくらでも書かれているではないか。例えば、刀鍛冶が自分の命を犠牲にして造った剣は鉄を泥のように切れたとか、鏡造りの名人が命を犠牲にしてつくった鏡は妖怪を映し出すとか。決して仏教におもねるわけではないが、外道が襲って来たときに徳の高い尼僧が自分の命を犠牲にして、仏道を守るというのは、儒家の身を殺して仁を成すの精神に通ずるものであり、情理にかなったものであると思う。

私はかつて南昌の歴史書に注意をはらったが、残念ながら、あの尼庵と鐘、あるいは「黄心」という名前の尼僧に関する記載は全く見つけることができないままでいた。ところが一昨年『瓊琯白玉蟾集』のなかに黄心大師の名前を見つけたのである。白玉蟾(注2)には黄心大師に贈った詩と詞が各一編あり、詞の題目には「豫章(注3)尼黄心大師に贈る」とあり、その下には「嘗て官妓たり」との注があった。かくて私の知っている鐘を鋳造した尼僧黄心が白玉蟾詩詞における黄心大師であるとすれば、彼女は南宋の時代の人であり、妓女から仏道に帰依したものであるということがわかるのである。名前も同じ、場所も符合する。おそらく別人ではあるまい。とすれば私の行った小さな庵はこの南宋の名妓が晩年に出家したところなのであろう。

名前がはっきりしたからには、黄心大師の身の上をもっと知りたくなる。彼女はどうして出家したのか。彼女はどのような修行をしたのか。とりわけ一身を犠牲にして鐘を鋳た物語とはいったい何を意味するのか。最初そういったことを知る史料は見あたらず、それを捜し出す方法もなかった。ところが彼女の事跡は世の人々にあまねく知られるべき運命であったかのようで、最近になって清代の著名な蔵書家の子孫の家で私が偶然見つけた古書の中に、著者不明の『比丘尼伝』(注4)十二巻明初書写本の残本と明人の小説『洪都雅致』(注5)二冊があり、その両方に黄心大師に関する詳しい記述が幸いにして残されていた。それ以外にも一言二言彼女について触れた本が何冊か見つかった。そこで私は便宜上各種の史料に基づいて事実関係をピックアップし、時間にそって前後を並べ替え、情況を考察し、少しばかり私自身の粉飾も加えて、ここに黄心大師の物語を発表することとした。読者諸氏に喜んでいただけることと思う。

黄心大師の俗姓は馬、名は瑙児《のうじ》といった。それは両親が彼女を可愛がって瑪瑙のように大事にしていたからであるが、成長してからは気質が暗く、いつも鬱々としていたので、よその人は彼女を悩児と呼び、その後遊郭に身を落としてからは悩娘というのが源氏名となった。それは後の話なのでここでは詳しく述べない。とりあえず幼少の話から始めよう。瑙児は南宋の孝

(注2) 白玉蟾(一一九四―一二二九)南宋の道士。別名葛長庚、字は如晦、白叟、紫清など、号は海瓊子、武夷山人、瓊州(現海南瓊山)の人。
(注3) 地名。南昌を含む一帯に豫章郡があったという。
(注4) 施蟄存の虚構。実在しない書物である。
(注5) 同じく施蟄存の虚構。実在しない小説である。

宗の淳熙十二（一一八五）年南昌の貧しい知識人の家に生まれた。父親の馬士才は老齢になるまで学問の研鑽を積みながら官に就くことのなかった読書人である。単《ぜん》氏を妻とした。妻は身分の低い家柄の出であったが、賢く貞淑で、夫に従い貧しい暮らしに安んじて恨み言は一度も言ったことがなかった。夫婦は城内の金倉巷に二間の部屋を借り、一間を寝室に、一間を書斎にした。馬士才は、二十数人幼童を集め家庭教師をしたその月謝と夫人の縫い物の収入などを合わせればなんとか生活はできた。ただ夫婦には結婚以来ずっと子供が出来ず、馬士才が五十の年に、夫人が突然女の子を生んだ、それが瑙児であった。一粒種であり晩年に生まれたこともあって、夫婦は瑙児を目の中に入れても痛くないほどに可愛がった。

瑙児の誕生には不思議な前兆があったらしい。母親が妊娠してから性格が一変したのである。もともと穏やかな優しい女性であったが、急に粗暴になり、ちょっと気に入らないことがあると怒りだして、お茶や食事の用意もせず、食器をひっくりかえしたり、壊したりするのである。夫の馬士才がどんなになだめすかしても、しばらくはおさまらなかった。癇癪を起したあと、自分でそれを恥じ、後悔することしばしばであったが、夫がわけをたずねると、彼女は自分でも何だかわからない、自分でもどうして腹が立つのか全くわからない、ただ怒りを爆発させなければすっきりしないという感じがある、というのである。かくて十月あまりすぎたある夕方、ちょうど同じ町内にすむ金持ちの趙某の家で宴会が催され、糸竹管絃の音と妓女の歌が風に乗って伝わってきた。平生なら馬夫人単氏はこういう音楽にあまり関心を向けないのだが、この夜は格別の興味を示した。彼女はその妙なる調べを聞きながら、知らず知らず魂が体を抜け出して、自分もその歌や舞の場に身をおいているような気がしたのである。すると腹のなかの赤子が拍子にあわせて体を動かしているように思え、その晩のうちに彼女は分娩したのだった。瑙児が生まれると、単氏は貞淑で穏やかな気性をとりもどし、音楽に興味を全く示さなくなったが、それが彼女には自分でも不思議に思われた。瑙児が生まれて丁度三月めの日に単氏の母親にあたる人が、老いた尼に瑙児の厄払いを頼んだところ、尼は赤ん坊を見るなり両手を合わせて、「南無阿弥陀仏、お嬢さんは前世からのいわくがおありの方でございます。厄払いには及びませぬが、惜しむらくは一念の差で、一度は花柳界に身を置くことになりましょう。」単氏は尼の言葉が理解できなかったが、ほかに男の子がいるわけでもなかったので、この娘を息子のように可愛がった。

さて馬士才は、四十年ものあいだ朝に夕に学問に勤しんで、天人にも及ぶ学識を身につけていたが、如何せん運命には逆らえなかった。国難の時期に生をうけ、朝廷は文人を必要としなかったばかりか、文人が朝政に口を出すのを深く憎んでさえいた。得難い忠義赤心の人物もすべて殺されたり流されたりした。科挙の試験をやっても、真に学問のあるものは大抵落第することが多かった。幸運にして及第し登用されたものも、富と権力をもとめて、権勢をほこる姦臣どもの門下にはいって使い走りとなるのだ。馬士才はその様子を見て、とうに仕官の考えを捨てていた。それればかりか、妻の単氏が身ごもったとき、もし男の子が生まれたら、長じても科挙をへて役人にさせるより、商人にでもなったほうが、身分は低いとはいえ、衣食に事欠かず、自分のような貧乏学者よりよっぽどましだ、と考えもした。それに身分などたいしたことではない、どうせ「お役人さま」と呼ばれる程度のことでしかない。そんな馬士才の考えも妻が瑙児を産んで全く無意味となった。馬士才は生まれたのが男の子でなかったのを気にするどころか、手をたたいて大喜びで言うのだった。「めでたい、めでたい。女の子であってくれるほうが、心配もいらぬ。将来どんなところへ嫁に行くのか、それはこの娘の運命次第じゃ。」かくて馬士才は全く跡継ぎのことを意に介せず、ひとえに瑙児を溺愛した。

瑙児は七、八才になると、頭角をあらわしはじめた。母親と同じく寡黙であったが、母親のようなやさしさは持ち合わせなかった。母親のそばに黙って坐っているので、母親は自分が針仕事などするのを見ているのだと思っていたら、思いがけず娘は不機嫌にしていることがあった。瑙児の不機嫌にでくわしたら、母親であろうが父親であろうが手がつけられなかった。何か言おうものなら、ますます不機嫌が長引くのである。不機嫌のわけは、本人にはわかっているらしいのを除けば、誰も理解するものがいなかった。ただ瑙児は不機嫌にしてはいたものの、泣いたり、悪態をついたりすることがなく、出来る限り繕って身近な者にも知られないようにしていたので、近所の人々は全く気付かず、母親の口から、言葉に出たとしても、容易に信じられないのだった。

馬士才は夜することがなかったので、灯りのもとで、瑙児に読み書きを教えた。瑙児は天分に恵まれ、異常なまでの聡明さであった。眼を通した文章は覚えてしまい、五、六年ほどで、四書五経を流暢にそらんじるまでになった。そこで馬士才は喜んで、問題を出し、作文をさせたのであるが、これも新しく優れた考えが述べられていることたびたびであった。そのため馬士才夫婦はますます瑙児を慈しんだ。やがて馬士才老人は、主君に仕えるのを軽蔑する考え方を改め、瑙児を指差しては慨嘆し、「この子が男児であったら、前途のなさを愁うることはなかろうに」と言うようになった。あの時代の前途ある読書人たちがどれもこれも役立たずであったことなど完全に忘れてしまっていたのである。

瑠児の女のたしなみは、母親から教え込まれたが、学問は父親が伝授した。音楽の才能はしかし天賦のものと言わざるを得ない。馬士才は音楽がいちばん嫌いで、普通の笛や琴や歌だけでなく、たゆたう音楽には親しめなかった。琴を奏で、笛を吹くことは、いにしえの聖人も禁じていなかったが、馬士才は、国家存亡のときに、上は士大夫から下は庶民に至るまで、そのような有閑の心を持つべきではない、と考えていた。妻の単氏とて、幼きころには、憂さを晴らすために、女のたしなみを習うついでに、琴をつま弾いたものだったが、嫁いでからというもの、そのような気晴らしは一切絶ってきたのだった。それは夫に禁止されたというよりも、感化されたのだと言ったほうがよい。

しかし瑠児はまったく違っていた。この娘は小さいときから音楽を好み、家に楽器がなかったにもかかわらず、水がめの縁や茶碗の類を打ち鳴らして、清らかな音階を発することができたのである。ときには竹の筒や笹の葉で笛の類を作り、ぴーひゃらりと辺境の胡笳の調べを奏でることができた。通りで誰かが流行の歌を歌っていたら、一度きいただけで覚えてしまった。父親が不在のときは、それを真似て歌うこともあったが、習ったように正確だった。その後、十歳前後の頃には、瑠児は、近所の女の子たちと外で遊ぶようになり、お寺の縁日や市の賑い、あるいは小さな友達の家などで、笙や簫や管や笛などが吹けるようになっていた。けれども両親には内緒にしていたので、両親はそれを知らなかったのである。

瑠児が十三歳の年、父親が死んだ。臨終に際して、馬士才は妻の単氏の手をとって、言い含めた。「まじめで頼りがいのある若者を選んで、さっさと瑠児を嫁がせるのじゃ。そなたにも頼れるものができよう。読書人なら一番よいが、見つからなければ、商売人の師弟でもよい。相手がまともな人物で、生活がなりたっていくならば、それで充分じゃ。財産などに拘っていたら、行き遅れてしまうぞ、よいな。」単氏は夫の遺言を聞いたあとも、彩色糸店で裁縫の仕事を続けた。哀れなことに、この頃単氏はもはや老眼で眼がかすみ、毎日働いてもあまり捗らなかった。幸い瑙児が手伝ってくれるので、なんとか生活の足しくらいにはなっていた。一方では、人に頼んで、瑙児の嫁ぎ先をさがしてもらっていたのであった。

瑙児ほどに器量がよく才能にも恵まれていれば、本来多くの求婚者があってしかるべきである。しかし二つの難点があった。一つは昨今近隣の人々に瑙児の性格がよくなくて、何かにつけて黙って腹を立てている、ということが知れ渡ってしまったこと。もし誰かが嫁に迎えるとしても、「若奥様」のご機嫌取りをするためではないのである。もう一つは母親である。実家の親はすでになく、夫という頼りもなくなったのだから、娘婿に孝養をつくしてもらわねばならない。この二つの理由のために、瑙児はしばらくよい夫を見つけることができなかった。

結局、瑙児はある商人に嫁いで後妻となった。その夫については、様々異なる説がある。小説には「人に遇うこと淑ならず、流れて而して伎たり」とあるが、結局誰に嫁いだのか、またどんな風に「淑ならず」だったのか、わからない。別の本では、「母死して、貧しきこと甚だしく、身を鬻いで妾となる。主人罪を得るも、悩娘連座せられず、発して官奴と為」ったという。ただ『比丘尼傳』には、「茶商李某に嫁して妻となる。李事に因りて罪を得、遂に南昌知府某の得るところとなる。一年を越えて、某も亦法に於いて陥れられ、師遂に転々として妓と為る」とある。この一段はまあまあ信頼できる。しかし真相は、もともと瑙児が十六歳のときに、彼女の母親が仲介婆の美辞麗句を信じて季という茶商に嫁がせたのが、そもそもの始まりであった。傳わるところによれば、李というのは転写の際の誤りである。茶商の季は、三十五、六歳になっており、薛氏を娶ったが、五年前に没しており、後添えを娶ることを考えていた。ただ眉が太く眼も大きく、性格が粗暴で、品性も下劣であったので、良家の娘はこの男に嫁ぐ気にならなかった。そこで悪事にたけた婆さんにカネで都合をつけて、瑙児の母親単氏のところで再三説得を試みたところ、瑙児を娶ることに成功したのであった。さっそく祝言をあげたところ、瑙児の母親は娘婿を見て、口に出さないまでも不満に思い、娘の一生を過ってしまったと、自らの粗忽を悔いるのであった。しかし瑙児は意外にもまったく意に染まぬという態度を見せず、一言も母を恨む言葉を発しなかったばかりでなく、隠れて密かに泣いたりすることもなかった。ただいつものように何もしゃべらないのだった。

茶商の季は、瑙児を娶ってからは、すばらしい白い牡丹の花を手に入れたかのように、女の優しさと色香を楽しむことができるのだと、心の底から思っていた。ところが瑙児はいつも冷ややかで、相手をするようなしないような、であった。笑顔で機嫌をとろうとしても、笑顔一つ浮かべることがなかったので、罵ったり、しこたま殴ったりしたのであるが、彼女はそれでも泣きもしなかったので、茶商の季もなす術がないのであった。瑙児にとって、茶商の季の家は、舅姑、小姑も、子どもや甥姪もなく、自分の母親も夫に引き取られて養ってもらえ、嫁ぐ前と変わらぬ生活を送れるのである。夫は毎日店舗に出かけていって商売を取りしきる。彼女ら母娘は生活につつがなく、衣食の心配はなくなったのだが、あいかわらず針仕事などして毎日を送っているのだった。母親は再三自分の思いを娘に話そうと考えるのだが、それは大抵この婚姻に関する悔恨の気持ちに他ならなかった。しかし瑙娘の表情はいつも心が通じているような通じていないような感じで、母親を許しているようでもあり、恨んでいるようでもある謎めいた眼差しをしており、それを見ると、言葉を口から吐き出せずに口ごもってしまうのであった。

瑙児が嫁いで二年がたち、母親が死んだ。母親の死後五ヶ月を経ずして、夫が罪を犯し、南昌府の獄につながれた。彼女の夫の犯罪については、諸本の記述はそれぞれ異なっている。大抵は当時流通していた関子宝鈔（注6）を偽造した、というもので、この挿話は重大そうであった。死刑になる可能性もあったのだ。

茶商の季が幸い死刑を免れたのは、瑙児のおかげであった。本来、茶商の通貨偽造事件では、家族を尋問する必要もあったため、瑙児も何度も出廷していた。尋問のとき、南昌の府知事が、瑙児の美しさに驚嘆したのである。退廷ののち、府知事は手下の側近の文官を呼びつけ、策を授けた。その結果、茶商の事件は家財没収、嶺南配流で結審した。ほどなく瑙児は見知らぬ老婆の指図で、錦の輿に乗せられ、南昌府知事の屋敷の奥の部屋へと担ぎこまれたのである。

しかしながら、その時の瑙児の態度は多くの人の理解しがたいものであったそうである。いずれ瑙児は茶商の妻であることに変わりがなかった。しかし夫の事件が発覚し、逮捕されてから、投獄、結審に至るまで、少しも悲しみの表情や言葉を見せなかった。それどころか、役人が夫を引き据えて家財没収にやってきたとき、瑙児は黙って荷物を二つの行李にまとめ、侍女を一人連れて、自分から出て行ってしまった。夫が配流されるに際し、瑙児は弁当を用意して城外の役人詰め所に届けたが、野次馬たちが予想したようには号泣しなかった。茶商の季は妻のそのような態度を見て、思わず長い嘆息をもらし、人々はみんな茶商を見て悲嘆にくれた。しかし瑙児は却って微笑みながら夫の手をとって、そっと、本当にそっと、傍の人々には聞こえないくらいの声で言った。「心配ないことよ。予想通りのことです。」

人々は瑙児がもともと夫に不満で、それでこのように冷淡にするのだ、今では府知事の屋敷に囲われて、綺麗な着物を着、美味いものを食べて、きっと楽しくしているに違いないと思っていたのだが、実はまったく違っていた。瑙児は南昌府知事の館では、茶商の家と変わりなく、やはり昔からのように何も言わずに坐っているだけなのだった。府知事にはもともと本妻と五人の妾がいたのだが、瑙児がやって来てのち、最初の数日は瑙児が寵愛を独り占めするのではないかと恐れて、言葉には棘があったのだが、瑙児が儒教の儀礼上必要なこと以外には、彼女たちと言葉を交わさなかったので、本妻たちは、瑙児が府知事に仕えたくないので、毎日悩んでばかりいるのだと考えて、彼女を悩娘と呼んで、仲間はずれにしなかったのである。

けれども府知事の方は、悩娘がすこぶる気に入っていた。静かで端正で、良家の品格があると言うのである。悩娘に冷淡にされているにもかかわらず、毎晩悩娘の部屋で過ごし、十何日も本妻や他の妾のもとを訪ねなかった。挙句の果てに公文書に評を書くのも悩娘の部屋でして、一日中外へ出なくなってしまった。こうなると、悩娘はほかの女どもの妬みを買い始め

（注6）関子は宋代の紙幣。宝鈔は明代の紙幣だが、両方合わせて紙幣の意味で用いたのだろう。

る。本妻たちは、悩娘の冷静が周りに見せるための一種の戦略ではないかと疑い始めた。或いは悩娘は府知事に対してはまったく違う態度をとっているのではないかと。さもなければ、あの媚へつらいが大好きな府知事が、どうしてこのような冷淡に対して却って寵愛を深めているのか、と。本妻たちは、しばしば自分たちの侍女に、悩娘の行動とりわけ彼女の府知事に対する行動を偵察に行かせた。しかし侍女たちは結局何も話題に資するような状況を見つけ出せないのだった。悩娘は常に静かに坐っており、眉にしわを寄せ、府知事が公文書に印鑑をつくのを見ているか、自分の琵琶をもてあそぶか、しているだけであった。

そうそう、府知事の屋敷にやって来てからは、楽器への接近が或いは悩娘の唯一の楽しい出来事であったかも知れない。幼いときは父親に禁止され、茶商の家には楽器など一つもなかった。良家の妻としては、自分でそのようなものを買いに行くこともできなかった。幼少から音楽への嗜好と才能をもっていたにもかかわらず、思う存分楽器をもてあそぶ機会は、南昌府知事によってはじめてもたらされたものであった。

屋敷内には様々な楽器があり、悩娘は次から次に触ってみた。一ヶ月もしないうちに、名人の師匠に伝授されたかのように、弾けない楽器はなくなってしまった。とりわけ悩娘が最も気に入ったのは琵琶である。ほぼ毎日何度かは弾いてみるのだった。琵琶を弾くのが得意だったにもかかわらず、それは一般の妓女や妾のように主人の歓心を買い、客を楽しませるためではなかった。悩娘が琵琶を抱いて演奏するとき、その表情は平時に倍する荘厳さであった。たとえ穏やかでのどかな楽曲を奏でるときでも、演奏を目の当たりに聞いている人々には楽しくは感じられず、悩娘が自分の怒りを発散しているかのように思うのであった。実際のところ、悩娘の気分はこの時ほど軽快なときはなかったのであるが、それは他人にはまったく気付かれないことだった。

我々はすでに前で触れていることだが、茶商の季が財産住宅を没収されたとき、悩娘は侍女を一人連れて出て行ったのだった。この侍女は悩娘の腹心で、今も府知事の屋敷に連れてきていた。残念ながら、我々にはこの侍女の姓名を記すことができない。この侍女にはまだ南昌に住む両親が健在であった。父親は南昌府の役人を務めたことがあった。どこで仕事をしくじったか分からないが、現府知事に責めを受けて棒百叩きにされ、免職となった。それで家で暇をかこち、よその家の冠婚葬祭の手助けをし、小銭を稼いで毎日を過ごしていた。娘を養育できなかったため、茶商季の家に小間使いとして売り飛ばした。悩娘が屋敷に入ったとき、侍女の父親は府知事が仇敵であったため、娘を屋敷に入れたくなかったのであるが、娘はすでに季の使用人であったため、自分が口を出すことは出来なかった。それに悩娘が侍女をそばに置くことを望んだため、娘がしたいようにさせたのだった。悩娘は侍女にとても寛大で、用事のないときは実家に帰って両親に会えるように放免してやるのだった。それで侍女は頻繁に外出し、実家に戻ったときに外で耳にした新鮮な話題を悩娘に語って聞かせた。

その後、侍女は父親のところから前の主人である茶商の季の話を聞いてきた。それで分ったことは、茶商季の事件は冤罪だったのである。もともとこの事件は、茶商の仇敵が、贋札を使ったと言って陥れたのだった。そこで南昌府知事はもともと季が金と財産を寄進しさえすれば、無罪にしてやろうと思っていた。図らずもそれが悩娘を見てしまって、考えを変え、あっさり季を嶺南配流に決定し、悩娘を無理やり自分の妾にしたのである。この真実はもともと誰も知らなかった。が最初に府知事のためにこの工作に当たった府の役人が、ある日悩娘の侍女の父親と酒を飲んで酔っ払い、うっかりしゃべってしまったのである。

悩娘はその事実を知っても何も言わなかった。やがて三年がたった。ちょうど宋寧宗の開禧二年、金の軍隊が大いに長江、淮河一帯を犯した年のこと、江西の情勢は緊迫していた。朝廷は制置使を南昌に駐在させた。聞くところでは、これに当たった役人は非常に正直で、鉄面無私であった。そこで赴任するやいなや多くの南昌府知事から迫害を受けた人民が訴え出た。この時、悩娘の侍女の父親も、つてによって、制置府の役所で補充役人の職を与えられていた。府知事を極めて憎んでいたので、娘のところから察知した南昌府知事の汚職の証拠を、証拠の欠乏に苦慮している告訴者たちに提供した。そこで並ぶもののない権勢を誇った南昌府知事は、だらしなくも獄につながれることとなった。一説には、悩娘が日ごろから南昌府知事の違法行為を意識的に捜査し、この機会に侍女の父親を利用して告発したのだと言う。この説は固より真実らしくないわけではないが、もし悩娘が積極的に告発したのだとすれば、それは茶商季に変わって無実を訴える形で堂々と立ち上がったであろう。そうなったら、その後のように結局府知事の他の妾たちと一緒に官妓に身を落とすことにはならなかったに違いない。

偶然とは重なるもので、ちょうど南昌府知事が、断罪され、財産没収、妻妾が妓楼に送られた頃、茶商の季が戻ってきた。それが三年の刑期満了の故なのか、逃げ戻ったのか、誰も知らなかった。いずれにしても彼の事件が冤罪であったことは誰でも知っていた。しかも彼を陥れた人間は逃亡し、南昌府知事も死んでしまったので、彼を追及するものなどいなかったのである。そこで茶商は南昌に戻ると、すぐに悩娘を訪ねた。この再会は、普通の人から見れば、きっと「縒《よ》りを戻す」結果になったに違いないと思われた。しかし実際は完全に予想外で、茶商が悩娘に身請けの準備をしているという意味のことを吐露すると、悩娘は首を振って、それを望まないという意志を露にした。「わたくしは、もうあなたとともには参りません。もうあなたの妻ではなくなりました。」それは悩娘が茶商に告げた唯一の言葉であった。

夫に身請けしてもらうのを望まず、むしろ望んで妓女となった悩娘は、三ヶ月たたぬうちに南昌でも有名な歌姫となったのであった。勾欄（こうらん、宋代の歓楽街）に足を踏み入れてのち、悩娘はまったくの別人になった。相変わらず眉をひそめ眉間に皺を寄せてはいたが、歌舞の席に出ると、悩娘は気分が奮い立つのであった。客から歌をうたえという求めを拒否したことはなかったし、舞い疲れて腰が痛くなるようなこともなかった。歌い舞うことが命のすべてのような気がして、それらを離れると残るのは寂寞と空虚と悔恨でしかなかった。そこで悩娘をこう言って嘲るものもいた。つまりこの女の性格は生まれながらの妓女である、と。しかし悩娘の歌わないとき、舞わないときの冷ややかな苦悩の表情は、妓女になる前よりももっとひどくなっていたのだとは、誰も察知していなかった。

そういった関係で、悩娘は有名ではあったが、大多数の客は酒の酌をさせたり、宴会に侍らせたりするだけで、滅多に泊まり込んで朝帰りしようと企図するものはいなかった。妓女遊びをする人間は楽しみを必要としているのだ。すき好んで黄金を支払って冷淡を買うものなどいるだろうか。とは言え、冷淡を愛する人間はいないわけでもない。そういった人々は南昌府知事のように、華やかな生活に飽き飽きして、小ざかしさや媚へつらいには喜びを感じず、突如としてこのようなつれない扱いを受けると、かえって久しく麻痺していた欲念が刺激されるのである。そこで、悩娘の冷淡を征服したい、或いは、悩娘の冷淡に征服されたい、という望みが生じ、悩娘のところに泊まろうと決心するのであった。

しかしこの種の客は永遠に悩娘を征服できなかったし、悩娘によって征服されたものも一人もいなかった。精々三日か四日で、客の悩娘に対する欲望あるいは好奇心は、完全に雲散霧消する。かくて客は他の優しい妓女をさがし求めることになる。しかしその客が他の優しい妓女と愛しあうとき、自分の悩娘に対する感情が愛ではなく、崇拝であった、ということに気付くに違いない。

悩娘のような女は、その人物を理解できるものでなければ、彼女を愛することができない、ということは明らかである。しかし実際にはそれでも不十分だった。かつて若くて風流を解する詞人がいて、悩娘のために「浣渓沙(注7)」の一首を詠んだ。「名月はどうして容易に欠けてしまうのか。美しい花はどうして秋を過ごすことができないのか。悩娘の心にあるのは、古今の愁い。」悩娘はこの詞を見て、思わず笑みを漏らし、その詞人には心を開いた。ところが数日もすると、元に戻り、詞人は悩娘の部屋の中で二度と楽しむことはなく、結局逡巡して退出するのであった。悩娘の養母がその様子を見て、不思議に思って、思わず聞いてみたところ、悩娘は何も理由は述べず、「結局この人もだめな人だった」と言うばかりだった。

悩娘がこのように男に冷たくしても、相手はことごとく彼女を崇拝した。「もし数十年早く生れていれば、開封府の李師師も顔色なからしめたろうに」と人々はしばしば誉めそやした。こうして悩娘は南昌で「舞いて南北の客を迎え、歌いて去来する人を送る」生涯を送り、瞬く間に十年が経った。悩娘は朝化粧のために鏡に向かうたびに、思わず嘆息し涙を流した。自分の色香が衰え年老いて行くことに、呆然とするのであった。ある日、招かれて或る酒楼に侍った。琵琶を一曲弾いた後、酒に酔った粗暴な客が言った。「悩娘よ、家の前は閑散として車馬の往来は稀ら、年をとったら商人に嫁いで嫁となるという。お前も、商人を捜すべきときだな。」悩娘はその言葉を聞いて、顔色が急変し、琵琶を投げ捨てて、身を翻して逃げ出した。家に辿りついたら、もう涙がとめどなく流れていた。

「やめた、やめた。この世によい男などいやしない。この世に何の未練があるというのか。」悩娘は怒りのあまりそんなことを口走った。翌日、長年蓄えてあった一千貫を取り出して養母に渡し、お寺に落ち着き先をお願いしてから、自分は度牒を買って、城外の妙住庵で剃髪して尼となった。おそらく嘉定十二年四月八日のことである。このとき、瓊琯紫清真人白玉蟾が求道のため浙江に入り、南昌に滞在していたが、このことを耳にして大いにその美を称え、このような詩を贈ったのである。

如今無用繍香嚢、　如今《いま》は無用なり繍香の嚢（ふくろ）、
已入空王選仏場、　すでに空王（仏のこと）の、仏を選ぶ場に入り、
生鉄脊梁三事衲、　鉄の脊梁を生じたり、三事の衲（僧のこと）
冷灰心緒一炉香：　冷灰の心緒、一炉の香
庭前竹長真如翠、　庭前に竹長けて真に翠が如く、

（注7）浣渓沙《かんけいさ》　詞作のための牌と呼ばれる楽曲の一つ。ほかに「菩薩蛮」「沁園春」など多数ある。

檻外花開般若香‥　欄外に花開き、般若（かきつばた）香る
万事到頭都是夢、　万事すべて是れ夢にして
天傾三峡洗高唐。　天三峡に傾きて高唐を洗う

また、次のような詞も贈っている。

豆蔻丁香，　ビャクヅクやチョウジの花を
待則甚如今休也，　待ちくたびれてどうでもよくなった
爭知道本來面目，　どうして本当の姿を知りえよう
風光灑灑。　風光は灑灑たるものだと
底事到頭驚鳳侶，　如何なることが美しき伴侶を驚かせ
不如鶉脫鴛鴦社‥　そそくさと夫婦の屋敷を出て行くしかなかったのか
好說與幾個正迷人，　今も迷える人々にはこういうとよい
休嗟訝。　おどろくことはない
紗窗外，　紗の窓の外
梅花下，　梅の花の下
酒醒也，　酒がさめると
教人怕，　恐ろしくなる
把翠云剪卻，　翠の雲を切り取り

緇衣披挂，　黒い衣をまとえば
柳翠已參彌勒了，　柳の翠もすでに弥勒菩薩にお参りだ
趙州要勘台山話，　趙州（河北）は五台山の言葉を解さねばならぬ
想而今心似白芙蕖，　思えば今こころは真っ白な蓮の花のようだ
無人畫。　絵に描く人もない。

悩娘の出家は突然のことだったので、様々な伝説を生んだ。『比丘尼傳』は言う。「忽ち定慧を得、遂に羅綺を絶つ。牒を買い尼となり、仏法に帰依す」と。この所謂「忽ち定慧を得」る話は、実際には一種の奇跡譚であり、にわかには信じがたい。とはいえ『洪都雅致』では絶妙の解釈がなされている。それによると、「ある日、一人の年老いた甚だ醜い尼僧が、故意に悩娘の輿を遮った。侍女が追い払っても立ち去らず、悩娘が御簾をめくりあげて、吟味してみると、古い知り合いのような気もした。尼は悩娘を見て、突然どなって言った。汝、如来の門下で、声もなく一笑した時を忘れたるや、と。悩娘はその言葉を聞いて、ふと前世を悟り、返事をしようとしたところ、もう尼の姿はなかった。悩娘は家に戻って、馴染みの客に感謝を述べ、その日のうちに出家した」のである。それでも半分しか説明はできておらず、「ふと前世を悟」る云々も、やはり不可思議なことである。要するに、当時の人で、悩娘の生涯における恋愛の苦悶や幻滅に気がついたものはおらず、彼女のこの驚くべき行動の動機がどこにあったのか、誰も理解できなかったのである。

実は悩娘が出家したとき、本当に奇跡が一つ起こったのであった。『雅致』に載っているも

のは、あるいはこの奇跡の誤伝であるかも知れない。実は悩娘が自ら髪を切り、出家の決意を表明してから、清く敬虔なたたずまいの庵で、修築できそうなものはないかと尋ねた。すると彼女の客となったことのある高官や貴人たちが、彼女に庵を提供したい、あるいは資金を出して寺院を建造したいと申し出た。悩娘はそれらをすべて断った。妓女の身分を利用して隠棲する場所を得たくなかったのである。そこである人の紹介で、城外の妙住庵に行き、そこの老尼僧を師と仰ぎ、妙住庵に身を置くことになった。妙住庵は建物は大して大きくなかったが、清くゆったりとしたところがあり、瓦屋根に紙の窓には、自然と荘厳な雰囲気がそなわっていた。老尼僧は高年齢の比丘尼で、その徳は人々の敬服するところであった。それゆえその庵は当時の一般的な尼庵のような、仏を祭るというのは名目で、実際には売春を生業としているようなものとは違っていた。老尼僧の門下には、十数人の弟子がいたが、人の世で辛酸を舐めたのちに身を捨てて仏に仕えることになった女性たちで、古井戸の水のように静かな宗教的信仰の持ち主であった。老尼僧は八十余の高齢であったが、いまだ首座の弟子を選んでいなかった。弟子たちの前で、「あと一人来ていないからのう」とよく言ったものだった。

今ようやく尼僧の弟子たちは、「あと一人」が、城内で有名な妓女の悩娘であったことを知ったのである。弟子たちは口にこそしなかったが、最初は内心怒っていたのだった。しかし悩娘が師匠のあとをついで、首座に坐ったあと、誰もが才能や学識、徳行においてははるかに悩娘に及ばないことを自覚し、同じように信服したのである。

さて悩娘は妙住庵に入り出家することを決めると、すぐに前もって庵に人を通知にやった。使者が庵に着くと、庵主は仏像一体ごとに線香と蝋燭をあげているところで、弟子の尼僧たちも全員二列に並んで立ち経文を唱えていた。使者は軽はずみなことをしてはいけないと、建物の外の廊下で待っていた。すると不意に庵主が自分からやってきて、「あなたが来ることはとっくにわかっていましたよ。こちらは準備が整っていますから、すぐに来られるようにとお伝えくだされ」と言ったのである。使者は大いに驚いて、あたふたと報告に戻った。

悩娘が庵にやってくると、庵主は即座に仏の前に召しだして戒律を授けた。師匠が悩娘にぼそぼそとどのような話をしたのかは分らないが、最後に朗々たる声で法名を授けた。黄心である。かくて庵主は振り返ると、弟子たちに向かってこのように言い含めた。黄心は遅れてやってきたものだが、排行から言えば兄弟子に当たる。庵主はずっと黄心がやってきて弟子の首座にすわるのを待っていたからなのだ、と。庵主はさらに自分が死んだら、この兄弟子を師と仰ぎ、自分の衣鉢を継がせるべきことも言い含めた。弟子たちが一言ごとに合掌して承諾し、鳴り物を奏で、経文を唱えようとしていたその矢先、師匠は僧衣を整え、座にある姿のまま涅槃を迎えたのであった。

そのような奇跡の伝説が広まると、妙住庵の香煙は日一日と盛大になっていった。庵主となった黄心大師の徳は、次第に近隣や遠方の善男善女に讃えられるようになり、大師がかつて妓女であったという事実は忘れられていった。黄心大師は庵から一歩も出ることなく人目につかぬところで修行にはげんだ。人々は油や米、銭や衣類を寄進してくれ、その数も夥しいものであった。三年もたたぬうちに妙住庵は、江東における一大僧林となった。比丘尼の数も三百を越える数となっていた。

聞くところによると、黄心大師が庵主をつとめた数年の間に、数多の不思議な出来事があった。小説に記載されている「霊鼠経を聴く」とか「法泉おのずと湧く」という物語は、我々には詳しい史実を書き記すことができない。目録を残して「一応聴くだけ聴いておく」ことができるのみである。しかし黄心大師が身を擲《なげう》って鐘を鋳造した最後の奇跡については、我々は幸いにもその真相を知りえたのである。

実のところ妙住庵が壮大な建物を建造してのち、すべての設備が整っていたのだが、釣鐘だけが足りないのであった。そこで黄心大師は募金をつのり四万八千斤（二十四トン）の巨大銅鐘を鋳造することを発願したのである。しかも大師の意向によれば、この四万八千斤の銅は一人の篤志家が寄贈してくれれば、あちらこちらから細々とした寄進をつのる手間が省けるとのことだった。とはいえ、その頃銅の価格は高く四万八千斤というのは、小さな数ではないので、急にはそれだけの施主を見つけるのは容易ではなかった。瞬く間に三年が過ぎ去ったが、銅の入手は目処がたたなかった。比丘尼たちは黄心大師の頑固を責めた。早く手分けして募金を募っていれば、とうに鐘は出来上がっていたかも知れないと。しかし黄心大師は誰が何と言おうと、考えを変えることはなかった。いつも合掌して「なむあみだぶつ、心配はいらぬ。遅かれ早かれその人は現れる」というのだった。

まもなく庵に線香を上げ、子授けを願って、婦人参拝者がやってきた。侍女が十余人も左右にひしめいていた。富豪の奥さまのようであった。婦人が線香を手に参拝をしおえると、知り合いの尼が女性をいつものように落ち着ける部屋に案内してお茶をふるまった。よもやま話のなかで、庵が募金をあつめて釣鐘の鋳造をする計画の話が出た。「いままでは、私どもの庵にはないものはございません。ただ釣鐘が一つ足りないだけでございます。大善の方がその功徳をかなえてくださるのであれば、この庵はこの後、施主の方々のご寄進を頂戴することはありますまい。奥様の御慈悲で、この功徳をかなえてくださるなら、将来必ずや仏様菩薩様のお助けによって子宝が授かるに違いございませぬ。」その尼はそう言いながら、果物皿に二粒の竜眼を入れ、婦人参拝者の前に差し出した。

婦人参拝者は尼の言葉を聞いて、心から喜んだ様子で、すぐさま尋ねたのである。「釣鐘を一つ鋳るのにどれくらい費用がかかりますのか。いかな善行といえども出来ることには限りがございますゆえ。」

尼はこう答えた。「普通の釣鐘でしたら、はや鋳あがってございます。ただ庵主は四万八千斤の大幽冥鐘を鋳たいと申しておりまして、これを朝晩打ち鳴らしますれば、三千里(一里は約五百メートル)四方の一切の衆生の亡き魂を救済し、西方浄土に往生させることができるのでございます。それゆえ費用も大がかりとなり、それにくわえ庵主がどうしても、大施主さまに単独でご寄進いただきたいと申しますので、ずっと鋳ることができずにおりました。何人か寄進を申し出られた方もおられましたが、庵主がその方々を無縁の方と判断してお断りになったのでございます。」

「と申されますと」と、婦人は寄進に乗り気の様子となって、「わたくしが寄進申し上げても有縁無縁はわからないではありませぬか」と言う。

「南無阿弥陀仏」と尼は合掌して言った。「奥様のような福の相の方が無縁であるはずはございますまい。」

「よいよい、無縁でも縁を結べばよい。この鐘はわたくしが寄進申し上げよう。仏様菩薩様のご加護を願って…」

「南無阿弥陀仏、奥様がこのような善事をなされるからには、菩薩様も必ずや奥様をお守り申し上げ、たくさんの子孫を授けてくださいましょう。」尼の言葉は、婦人の願いを言い当てていたのであった。

翌日、「名も無き者」と署名をした大善の婦人から、四万八千斤の銅をあがなうに足る現金が届けられた。更に、鐘の鋳造に際しては、通知をくれるべきこと、そのときは婦人は自らやってきて線香をあげるだろうことを言付《ことづ》けてきたのだった。使者はその場で婦人の住所を書き、その身分や家柄には何も触れずに立ち去ったのだった。

かくして妙住庵ではその日のうちに作業場を設け、高炉をしつらえたのだった。四万八千斤の幽冥鐘を鋳造するためである。その知らせは瞬く間に近隣四方に伝わり、毎日のように鋳造を見学に来るものが絶えなかった。数か月を経ずして、鐘の鋳型が出来上がったので、黄心大師は自ら吉日吉時を調べ、住所の書きつけをもとに婦人参拝者にその日を知らせ、手ずから線香をあげ、鋳造開始を指図されるようお願いをたてたのであった。当日、噂を聞いてやってきた人々は文字通りひしめきあっていた。仏殿には線香の煙がただよい、銅鑼や鐘の類の楽器の音が絶えることはなかった。かの寄進者の婦人は、約束通り自ら足を運び、時間になると、荘厳な面もちの黄心大師の後に従って、線香をあげ、礼拝をおこなった。一方、鋳造場では、四万八千斤の精銅の溶けた液体が鋳型に注ぎこまれ始めたのであった。ちょうど読経の声が鳴り響いていたとき、突然ギシギシという音が響いて、大鐘の鋳型に、大きな罅が入った。銅の溶液はドクドクとその罅の裂け目から流れ出し、地面いっぱいに滴った。流し込む作業をおこなった職人は、一声叫ぶと思わず後ろに跳び退いた。妙住庵の幽冥大鐘の鋳造計画はここで全てが灰燼に帰した。

「天罰じゃ、天罰じゃ。南無阿弥陀仏」黄心大師はこの不慮の出来事に、そう言っただけだった。

それから以後数回の同様の出来事については、繰り返すには及ぶまい。要するに、この大鐘の鋳造に際しては、二回目から八回目までいずれの場合も最初と同じように不慮の事故が起こって不成功に終わったのである。鋳型が割れたこともあり、銅を溶かしたなかに夾雑物が混入していたり、注入の際の具合が悪くて先に注入した銅とあとから注入した銅がきれいに混ざらず、二つの塊になってしまったり、という具合であった。こういった不慮の出来事は、黄心大師を苦悩させせたばかりでなく、町中の人々が訝しいことだと感じたのである。そこで妙住庵を妬む小人たちのなかには、さまざまな流言蜚語をこしらえて、それが黄心大師の修行の足りなさから来るのだとか、尼どもが邪な行為をしているからだとか言いたてるのであった。

かくてその日、九度目の鋳造の日がやってきた。黄心大師はじきじきに溶解炉のなかの銅の液や作り直した鋳型を細かに点検し、寄進者である婦人の到来を待っていた。しかし思いがけず時間になっても来る様子がなかった。賑わいを見にきた人々はひそかに、今回もどうやら不成功におわるのか、と疑いの気持ちにかられていた。ずいぶん時がたってから、一人の召使があわてていってきて、奥さまは病気で来ることができないので、主人がじきじきに線香を奉り、功徳を成就するためにやってくる、との知らせを伝えた。言葉が終らぬうちに、その主人が数十人の従僕をしたがえて入ってきたのであった。

黄心大師はその人物を見て、茫然とした。相手も黄心大師を見て、おどおどした様子を見せた。実はこの人物はほかでもない、かつての茶商季某だったのである。筆者としてはここで、説明しておかなければなるまい。この茶商季某は刑期を満了して故郷に戻ったが、悩娘に拒絶されてからは、これ以上南昌で暮らしつづけても面目が立たないと思い、姓を変え名を隠して、臨安の都に流れ着き、小さな商いを始めたのだった。ところが季は蓄財の運があって、二十年の間に一大財産家となった。そこで杭州で妻をめとり、故郷に錦を飾った。南昌にいたころから大した親戚も友人もなく、事件があってからは、友人とはさらに疎遠となった。さらに二十年が過ぎると、今では彼を知る者は誰もいなくなっていたのである。

黄心大師は、茶商の季某だと気づくと、内心それがすべて因縁であったのだということを思い知った。孤独をこのむ人間だったので、あのときは復縁を拒絶したにもかかわらず、今は相手の力を借りて鐘を鋳造している。黄心大師は心の中で苦しんでいた。しかしこのときは相手を見知らぬ人のように見なして、仏を拝み、線香を手に取り、相手を後ろに従えて、礼拝をさせた。建物の外に出て、鋳造場で銅液を鋳型に流し込む段になって、黄心大師は仏を唱えながら炉の周りを三度まわったかと思うと、突然、衆人の意表をついて、身を躍らせ、煮えたぎる炉の中に跳び込んだのであった。銅の液はしばらくの間黄金の波のように揺れていたが、しばらくして黄心大師の姿はまったく見えなくなった。

衆人の叫び声と、議論や讃嘆の飛び交う中、妙住庵の著名な大幽冥鐘の鋳造は完成したのであった。『比丘尼傳』にいう「師身を捨てて、炉に入り、魔孽遂に敗れ、始めて冶を成し得たり」ということの真実はこういったことだったのである。当時茶商の季某が一人だけ真実を悟ったのであったが、人々の混乱している間に姿を消し、その後も真実を語ることがなかったので、人々がこの出来事を神の奇跡のように尾ひれをつけて話すのも無理のないことである。

中華民国二十六（一九三七）年三月十一日

解説

青野　繁治

施蟄存（一九〇五～二〇〇三）は杭州生まれ、上海近郊の松江で少年期を過ごした。十代から文学を好み、詩を書いたり、小説を書いたりして、雑誌に投稿した。旧時代の古典的素養と辛亥革命後の外国文学の素養をともにバランスよく獲得して、独特のスタイルを確立した。彼が小説家として活動したのは、習作時期を除けば十年ほどであった。その小説作品は『施蟄存全集』第一巻にほとんど収録されている。

本書は一九三二年に新中国書局から出版した『将軍底頭』に収録された四編の歴史小説と作品集『李師師』に収められた表題作「李師師」および朱光潜編『文学雑誌』に発表された「黄心大師」の六編を合わせて、一冊にまとめたものである。施蟄存が執筆した歴史小説のみを集めた作品集は、初めての企画である。これまで紹介が少なく、日本ではあまり馴染みのない作家であるが、日本の読者にも関心をもっていただける作品を書いた作家であることは、この翻訳から理解していただけると考える。

以下それぞれの作品について、簡単に解説を行なう。

「鳩摩羅什の煩悩」

原作の題は「鳩摩羅什」である。鳩摩羅什（クマラジーバ　344-413）は、亀茲（現中国新疆ウィグル自治区の庫車＝クチャ）出身、北朝後秦王姚興によって、弘始三年（401）長安に迎えられ、「摩訶般若波羅密陀経」「妙法蓮華経」「維摩詰所説経」「阿弥陀経」「金剛般若波羅密陀経」など、合計七十四部三百八十四巻を漢訳した、とされる高僧である。

施蟄存は『晋書』、『梁高僧伝』、『出三蔵記集』などの史料に見られる鳩摩羅什についての事跡を吟味し、鳩摩羅什が妻帯したこと、死後火葬にされたとき舌が焼け残ったという伝説のあることに注目、鳩摩羅什の後半生をフロイト学説にもとづいて愛欲心理と宗教的感情との葛藤劇として再構成したのである。この作品においては、「舌」は男根だけでなく性欲の象徴でもあり、最後の場面で、鳩摩羅什の舌に最後の針が一本突き刺さるのは、去勢に対する恐怖を象徴する表現にほかならない。

本年（二〇一七年）一月に立松和平・横松新平著『鳩摩羅什　法華経の来た道』が出版された。この作品は鳩摩羅什を法華経を翻訳した宗教者の側面から描いており、施蟄存とは立場がことなるが、作者の高い見識がうかがえる作品である。

「花将軍の涙」

原題は「将軍底頭」（将軍の首）であるが、最後の場面が印象的だったので訳題をこのようにした。

この物語の主人公花驚（敬）定将軍も歴史上の実在人物である。冒頭に引かれている杜甫の詩の一節から知れるように、唐の当時は大変有名な人物であったらしい。施蟄存自身によれば、この小説は民族心理と恋愛心理の葛藤を描こうとしたものだという。

作品は冒頭、チベット系吐蕃の血をひきながら、漢民族王朝唐の将軍となって花々しい戦功をたてた花驚定将軍が、部下の民衆掠奪行為に眉をしかめ、祖父からきかされた吐蕃軍の規律正しさに憧憬をいだく、いわゆる民族的アイデンティティの問題を描いている。後半になると、将軍は、部下の掠奪から救った漢民族の美少女への恋心から、自分を吐蕃との戦闘に駆り立てることになる。その意味で恋愛心理と民族心理の葛藤が描かれている、というのはその通りである。

しかしそれは題材であるにすぎない。この作品のもっとも感動的な部分はそういったストーリー展開にあるのではない。戦闘で首を失った将軍が、美少女のところに戻ってきて、冷たくあしらわれて倒れ、そのとき遠い戦場に打ち捨てられていた将軍の首が涙を流す、その幻想的な場面にこめられた将軍の悲哀が読者に感動をもたらすのである。施蟄存の狙いは、読者がそこに幻想的な美を感じることにあったのではないだろうか。

「石秀の欲望」

原題「石秀」（一九九一年に出版された「十年創作集　上」では「石秀之恋」）であるが、内容から「石秀の欲望」としたほうがよかろうと判断した。

石秀は『水滸伝』に登場する人物である。実在の人物かどうかはわからない。それは重要な問題ではない。大事なのは、施蟄存が『水滸伝』という古典小説の一挿話をリメイクして自分なりの心理小説にしたてたことである。

『水滸伝』では、しがない役人の楊雄が義兄弟の約束をかわした石秀を自宅に居候として連れかえり、妻潘巧雲の父の屠殺業の手伝いをさせたところ、石秀は潘巧雲が和尚の裴如海と密通していると知り、まず裴如海を殺害、次に楊雄と二人で、潘巧雲と侍女を山上に呼び出して殺害する、という話になっている。施蟄存はこのプロットをほぼ完全に踏襲し、その枠組みのなかに、石秀という登場人物の心理描写をつけ加えた。美しい女への愛欲と義兄弟の妻に対する遠慮、義理の弟である自分に媚びをうる人妻に対する反発、潘巧雲の浮気相手裴如海や楊雄に対する嫉妬心と、複雑に揺れる若い石秀の心理が緻密に描き込まれる。また女の踝に衝動的に唇をつけるフェチの描写もあり、極めつけは、娼婦と一夜を過ごした石秀が、傷ついた女の指から血の流れ出るのを見て、いい知れない恍惚を感じる場面と、ラストシーンの楊雄が潘巧雲の腹を裂いて内臓をえぐりだす描写である。谷崎潤一郎の影響があると思われるこの描写は、残酷な情景にもかかわらず、一種の透明感を伴った美が感じられる。

「大理王の妻」

原題「阿襤公主」（もともと「孔雀胆」と題されていた）。歴史書『新元史』に、この物語の原型と考えられる「阿禯公主」の伝がある。モンゴル王朝である元のフビライ汗に征服された大理国（現在の雲南省一帯）の末裔段功が、紅巾の乱の元帥明玉珍を撃退して、梁王バッァラワルミを窮地から救い、その報償として雲南平章の地位と梁王の娘アガイを手に入れた。しかし段功の勢力の強大化を恐れた梁王は密かに娘を呼んで「孔雀胆（緑青の毒）」を渡し、段功暗殺を示唆する。公主は梁王の計略を夫に告げ、夫を救おうとするが、自らの力を過信した段功は結局暗殺されてしまう。

施蟄存は『新元史・烈女伝』のこのプロットをそのまま踏襲している。施蟄存の筆は、阿襤公主よりも段功の心理的葛藤の方に重点を置いて、元に滅ぼされた祖国大理を復興すべしとの人民の声と美しい阿襤公主に対する愛情との矛盾を描いているが、前三作のような性愛心理の描写は見られなくなった。意表をつくようなプロットを排し、『新元史・烈女伝』が記している夫の死に望んで公主が詠んだ詩をそのまま引用するなど、史的文献の記述を重んずるようになっている。そしてその傾向は次の「李師師」や「黄心大師」へと繋がっていく。

「李師師の恋」

原題は「李師師」である。テーマを明確化する意味もあり、他の作品の訳語にならって、「の恋」を付加した。施蟄存の初期の歴史小説は比較的長いものが多かったが、この作品は大変短い。李師師は北宋末期の有名な伎女で、歴史小説『大宋宣和遺事』や『水滸伝』の登場人物でもある。実在人物かどうかはわからないが、南宋から元代にかけて、李師師に言及する文献もあり、「李師師外伝」のような伝記小説も書かれている。また魯迅が古小説の研究をしていた折に整理した文献が二十巻本『魯迅全集』第十巻に収められている。施蟄存の「李師師」はこの魯迅の見出したテクストにもとづいている。つまり、徽宗皇帝と周邦彦が李師師宅でニアミスするエピソードである。ただ魯迅のテクストにある、その後周邦彦が徽宗皇帝と李師師の逢瀬を詞に詠んで諷刺したため、徽宗は周を流罪にし、それを知った李師師が仲介をして、周邦彦が許される、という挿話までは、施蟄存は描ききっていない。李師師の恋愛心理に重点をおいて、短編小説化したためであろう。

「黄心大師の奇跡」

原題は「黄心大師」、他の作品と同様、テーマを明確化する題名とした。施蟄存の歴史小説の最後の作品である。施蟄存は、この作品を書くに際し、西洋近代小説の描写方法に、中国の

「詞話」のスタイルを加味した、と述べているが、そのように文体にこだわった作品となっている。その目的は、中国の読者の読書スタイルを意識したのだという。「黄心大師」は実在人物であるにも関わらず、ほとんど伝記的文献が残っていない。それを逆手にとるように、施蟄存は『比丘尼傳』や『洪都雅致』のような実在しない文献を物語に登場させ、それを巧みに引用して、物語にリアリティを与えている。その結果、実際に上海のあるお寺の僧侶が、それを参照させて欲しいと言ってきて、施蟄存が対応できないうちに、施蟄存「黄心大師」をもとに『続比丘尼傳』の「妙住庵黄心尼傳」が出版されてしまった。施蟄存がフィクションが嘘を信じさせる力を目の当たりにして恐怖にかられた瞬間であった。このことが原因で施蟄存は次第に小説創作から遠ざかっていったように思われ、この作品はこの作家にとっても、中国文学の在り方にとっても、重要な分岐点となる作品であったように思う。ちなみに華東師範大学の金晶氏によって、施蟄存がこの作品を書くに際し、谷崎潤一郎の『春琴抄』の影響を受けた、という指摘もなされている。

本書の出版にあたり朋友書店の土江洋宏さまをはじめとして安宅健人さま、石坪満さまには大変お世話になりました。厚くお礼申上げます。

二〇一七年七月

プロフィル

青野繁治

1954年福岡県北九州市生まれ。大阪外国語大学中国語学科卒業。2007年より大阪大学言語文化研究科教授。中国現代文学専攻。訳著『砂の上の足跡』(大阪外国語大学学術叢書1999)。主要論文「施蟄存『鳩摩羅什』——その虚構過程」(中国文芸研究会『野草』39号)、「施蟄存『石秀』の成立」(中国文芸研究会『野草』72号)

鳩摩羅什の煩悩　施蟄存歴史小説集

二〇一八年三月二十五日　第一刷発行

著者　施蟄存
訳者　青野繁治
発行者　土江洋宇
発行所　朋友書店

六〇六-八三一一　京都市左京区吉田神楽岡町八
電話(〇七五)七六一-一二八五
FAX(〇七五)七六一-八一五〇
E-Mail:hoyu@hoyubook.co.jp

印刷　亜細亜印刷株式会社

ISBN978-4-89281-171-5 C0097 ¥3000E